KERSTIN HOHLFELD

Kirschblütenfrühling

EINFACH ROSA Rosa Redlich, die Schneiderin mit dem großen Herzen, steckt in Schwierigkeitn: Sie muss die Schneiderei managen, weil ihre Chefin Margret zur Kur nach Bayern fährt. Während sie kopfüber in Arbeit versinkt, begegnet ihr immer öfter vor ihrem Stammlokal »Schraders« eine junge Frau – dem Aussehen nach eine Punkerin.

Während eines Unwetters lädt Rosa sie ein, sich in der Schneiderwerkstatt unterzustellen, und die beiden kommen ins Gespräch. Koma, so nennt sich die Frau, ist nicht besonders freundlich, aber durch Rosas Hartnäckigkeit taut sie langsam auf. Rosa fasst den Entschluss Koma zu helfen, Fuß zu fassen, und überredet die Wirte vom »Schraders«, die Punkerin als Küchenhilfe einzustellen. Koma erweist sich zunächst als recht zuverlässig, doch plötzlich verschwindet sie spurlos. Zeitgleich fehlen im »Schraders« die Tageseinnahmen von mehreren 1.000 Euro, und die Schneiderei wurde verwüstet. Alle verdächtigen natürlich Koma. Nur Rosa glaubt nicht an ihre Schuld und macht sich auf, den Fall zu lösen.

Kerstin Hohlfeld, geboren 1965 in Magdeburg, lebt seit über 20 Jahren in Berlin. Nach einem Theologiestudium und einer bunten Mischung von Jobs widmet sie sich seit 2011 dem Schreiben von Romanen. ›Kirschblütenfrühling‹ ist ihr vierter Roman um die sympathische Schneiderin Rosa Redlich und gleichzeitig der letzte Teil der Serie.

Bisherige Veröffentlichungen im Gmeiner-Verlag:
Winterwünsche (2013)
Herbsttagebuch (2012)
Glückskekssommer (2011)

KERSTIN HOHLFELD

Kirschblüten-frühling

Roman

GMEINER SPANNUNG

Dieses Buch wurde vermittelt durch die Literaturagentur Lesen & Hören
Frau Anna Mechler Manfred-von-Richthofen-Str. 156 Berlin

Ausgewählt von
Claudia Senghaas

Personen und Handlung sind frei erfunden.
Ähnlichkeiten mit lebenden oder toten Personen
sind rein zufällig und nicht beabsichtigt.

Besuchen Sie uns im Internet:
www.gmeiner-verlag.de

Im Ehnried 5, 88605 Meßkirch
Telefon 07575/2095-0
info@gmeiner-verlag.de

1. Auflage 2015

Lektorat: Katja Ernst
Herstellung: Mirjam Hecht
Umschlaggestaltung: U.O.R.G. Lutz Eberle, Stuttgart
unter Verwendung eines Fotos von: © Cattari Pons/photocase.de
Druck: GGP Media GmbH, Pößneck
Printed in Germany
ISBN 978-3-8392-1644-6

Für meine Familie

PROLOG

»Es riecht nach Frühling«, bemerkt Jola. »Kommt bald die gute Wetter.«

Wenn meine polnische Kollegin das sagt, dann stimmt es. Seit ich sie kenne, brauche ich keinen Wetterbericht im Radio zu hören. Jola kann Schnee schnuppern, Regen in ihren Knien spüren und von nahenden Stürmen bekommt sie Kopfschmerzen.

»Das wäre so schön«, erwidere ich und werfe einen sehnsüchtigen Blick zum dunklen und wolkenverhangenen Berliner Himmel, der kein bisschen nach Frühling aussieht. Eher nach einem heftigen Wolkenbruch.

Jola und ich sind vorm *Schraders* angekommen. In unserem Stammlokal holen wir uns jeden Morgen drei Becher Kaffee fürs gemeinsame Frühstück. Meine Kollegin läuft schon vor zur Schneiderei direkt gegenüber. Ich warte darauf, dass unser Lebenselixier aus der Maschine in die Becher läuft, und tausche derweil Neuigkeiten mit den Wirten aus.

»Wie geht's Margret?«, fragt Jens, während er Milch aufschäumt. »Sie sieht ziemlich blass aus im Moment.«

»Eigentlich gut«, erwidere ich. Allerdings frage ich mich, ob das wirklich der Wahrheit entspricht. Margret, unsere Chefin und Besitzerin der Schneiderwerkstatt, in der ich arbeite, gehört zu den Menschen, die keinerlei Aufheben um sich machen.

Ich weiß, dass sie manchmal Rückenschmerzen hat, aber wenn ich sie nach ihrem Befinden frage, reagiert sie meistens unwirsch. »Lass mal« oder »Geht schon.« Mehr kriege ich nicht aus ihr heraus.

»Gestern hat sie mir gesagt, ihr wird es langsam, aber sicher zu viel, jeden Tag zehn Stunden in der Schneiderei zu verbringen«, erzählt Jens und stellt die Kaffeebecher auf ein Tablett.

»*Das* hat sie gesagt?« Ich bin sprachlos.

Jens nickt.

»Ich muss gleich mit ihr reden«, beschließe ich. »Weißt du, wie oft Jola und ich ihr schon angeboten haben, etwas kürzer zu treten?«

»Weiß ich«, antwortet er. »Ich könnte mir vorstellen, dass sie es jetzt will.«

»Das glaube ich erst, wenn sie es mir ins Gesicht sagt«, erwidere ich. »Aber danke für den Tipp!«

Als ich das *Schraders* verlasse und über die Straße gehe, stürzt Jola mit schreckgeweiteten Augen aus der Tür unserer Werkstatt auf mich zu. »Kommst du«, schreit sie und fuchtelt mit den Armen. »Schnell!«

»Was ist denn los?« Ich stelle das Tablett auf der nächstbesten Blumenrabatte ab und rase in die Werkstatt.

Ein großes Chaos empfängt mich. Unser Frühstückstisch ist umgestürzt, ein Stuhl liegt daneben und auf dem Fußboden liegt Margret und stöhnt leise.

»Was ist passiert?« Ich knie mich hin und sehe meiner Meisterin ins Gesicht. In ihren Augen schimmern Tränen.

»Ist sie verrückt«, sagt Jola und schiebt ihr ein Kissen unter den Kopf. »Wollte sie abmachen die Knoblauchzopf von die Decke.«

»Margret?«

Meine Meisterin nickt und wischt sich über das Gesicht.

»Bevor wir weiterreden«, sage ich. »Habt ihr einen Arzt gerufen?«

»Habe ich gleich«, antwortet Jola.

»Das solltest du doch nicht«, schimpft Margret. Bei dem Versuch sich aufzurichten, verzieht sie ihr Gesicht vor Schmerzen und lässt sich wieder nach hinten fallen. »Ich bin gleich wieder in Ordnung.«

»Du hast also einen Stuhl auf unseren wackligen Tisch gestellt und bist darauf geklettert, um den Knoblauchzopf von der Decke abzunehmen? Das ist nicht dein Ernst, oder?«

»Wieso nicht?«, fragt Margret trotzig.

»Na deshalb!« Ich bin kurz davor zu schreien. »Was, wenn du dir etwas gebrochen hast?«

Von draußen ertönt lautes Tatütata und ein Krankenwagen bremst vor der Werkstatt. Fünf Minuten später liegt Margret auf einer Trage und wird ins nächstgelegene Krankenhaus transportiert. Mein Angebot, sie zu begleiten, lehnt sie ab.

»Nicht so viel Wirbel«, befiehlt sie. »In ein paar Stunden bin ich wie neu und ihr kümmert euch bitte, bis ich zurück bin, um die Kunden.«

Jola und ich beseitigen das Chaos in der Schneiderei, nachdem der Krankentransport abgefahren ist.

»Die ganze Zeit alles ist gut«, murmelt Jola vor sich hin, als sie den ramponierten Knoblauchzopf in den Mülleimer stopft. »Und jetzt …«

Meine Kollegin ist ziemlich abergläubisch und hat uns den Zopf vor Monaten als Glücksbringer in die Werkstatt gehängt. Ich finde es selbst ein bisschen gruselig, dass Margret bei dem Versuch, den leicht müffelnden Zopf zu entfernen, prompt ein Unglück widerfahren ist. Aber mein Verstand klopft zaghaft an und nach kurzem Nachdenken gebe ich ihm recht. Ein Glücksbringer, der sich als rachsüchtig erweist, weil man ihn entfernen will, verdient seinen Namen nicht. Vielmehr hätte Margret nicht diesem wackligen Konstrukt aus Tisch und Stuhl vertrauen sollen. Ich hoffe, dass sie sich nicht ernsthaft verletzt hat.

»Wo ist denn Margret?«, fragt meine Schwester Lila, die zur Mittagszeit die Schneiderei betritt.

Zum wiederholten Male erzählen Jola und ich im Wechsel, was heute Morgen passiert ist. Denn der Krankenwagen vor unserer Tür ist den Nachbarn natürlich nicht verborgen geblieben. Beinahe ununterbrochen klingelte unsere Türglocke und jeder wollte wissen, ob Margret etwas Schlimmes passiert ist.

Meine Meisterin ist eine Institution hier im Kiez. Ich bin ganz gerührt von der regen Anteilnahme der Kunden.

»Sie hat vorhin angerufen«, erzähle ich meiner kopfschüttelnden Schwester. »Zwei Rippen angebrochen, diverse Prellungen und einen verstauchten Knöchel. Sie bleibt erst einmal zur Beobachtung in der Klinik und bekommt Schmerzmittel.«

»Wieso klettert sie denn auf irgendwelchen Tischen herum?«, fragt Lila kopfschüttelnd.

»Du kennst doch unsere Margret«, antworte ich. »Wenn sie was will, dann will sie es gleich, und jemanden um Hilfe zu bitten, kommt gar nicht infrage.«

»Kann ich verstehen«, sagt Lila. »Sie hat die Schneiderei lange allein geführt. Und jetzt fällt es ihr schwer, ein bisschen kürzer zu treten, obwohl sie über 60 ist und es längst könnte. Ihr habt doch hier alles im Griff.«

»Hat sie Pause jetzt«, meint Jola.

»Zwangspause«, ergänze ich. »Und sie wird es hassen.«

Trotz der Sorge um Margret widmen wir uns unserem Tagesgeschäft. Ich weiß, wie wichtig unserer Chefin ihre Werkstatt ist, und sie soll nicht das Gefühl haben, dass es ohne sie nicht läuft.

Während Jola sich der zahlreichen Änderungsarbeiten annimmt, habe ich meine Schwester zur Anprobe ihres Brautkleides hergebeten. Lila wird Mitte Juni ihren Freund

und Lebensgefährten Rob heiraten. Die beiden sind so glücklich miteinander, dass es eine wahre Freude ist.

Ich habe ihr Brautkleid entworfen und nun darf ich es nähen, was für mich eine Ehre und zugleich natürlich eine gewaltige Herausforderung darstellt. Tagelang habe ich an den Entwürfen getüftelt. Nachdem Lila sich ihr Traumkleid ausgesucht hat, haben wir Stoffe, Spitze, Garn und Tüll in Mengen eingekauft. Ich war richtig aufgeregt, als ich schließlich mit der Arbeit begonnen habe. Und jetzt, als Lila in das fast fertige Unterkleid schlüpft, bin ich es wieder.

»Sag mal, ziehst du den Bauch ein?«, frage ich, als Lila schließlich vor mir steht. »Du wirkst so angespannt.«

»Nein. Wieso?«, fragt Lila gepresst.

Ich sehe Jola grinsen.

»Lila?«

»Okay«, gibt sie zu und atmet aus. »Ich hab zwei Kilo zugenommen.«

»Das macht doch nichts«, erwidere ich. »Ich lasse die Naht ein bisschen aus.«

Die Braut muss sich wohlfühlen, das ist das Allerwichtigste. Das Hochzeitskleid darf also auf keinen Fall irgendwo kneifen.

»Das macht nichts?«, faucht Lila und sieht mich verzweifelt an. »Und ob das was macht! Seit ich die Hochzeitseinladungen verschickt habe, bin ich laufend bei einem unserer Gäste eingeladen. Alle backen und brutzeln für mich, als wollten sie, dass ich fett werde und vorm Traualtar wie ein Walfisch aussehe.«

Ich kann nicht anders. Ich muss laut lachen. Jola fällt ein und nach kurzem Zögern auch Lila.

»Ist doch fies, oder?«, prustet sie.

»Nein«, sage ich. »Alle freuen sich mit euch. Das ist herrlich. Außerdem machen die zwei Kilo mehr bei dir rein optisch gar nichts aus.« Meine Schwester ist gertenschlank.

»Sicher?« Sie guckt noch immer skeptisch.

»Also keine Sorge. Ich passe das an und alles ist gut.«

»Ich werde aufpassen, dass nicht noch mehr auf die Hüften kommt. Versprochen!«

»Ich ruf dich an, wenn ich den Rock fertig habe«, sage ich, als ich Lila an der Tür mit Küsschen rechts und links verabschiede.

»Danke!«, sagt Lila, nun wieder ganz fröhlich. »Und grüß Margret, wenn du sie siehst.«

Die Patientin wirkt übellaunig, als wir sie am Krankenbett besuchen. Jola hat Blumen und Kekse gekauft, ich habe etwas Obst beigesteuert.

»Ich will hier raus!«, begrüßt uns Margret. »Und nun zieht nicht solche Gesichter. Ich bin ja noch nicht tot.«

Derartig mies gelaunt habe ich meine Meisterin lange nicht erlebt.

»Kommst du bald raus«, erwidert Jola. »Aber zuerst hörst du auf, die ganze Zeit so viel Mecker zu machen.«

Wo Jola recht hat, hat sie recht.

Margrets angespannte Züge verändern sich schlagartig. »Entschuldigung«, sagt sie. »Ihr könnt ja nichts dafür, dass diese Quacksalber mich hier festhalten wollen.«

»Die Quacksalber, wie du sie nennst, wissen schon, was sie tun«, widerspreche ich. »Hab doch ein bisschen Geduld, dann wirst du sehen, dass alles gut wird.«

»Pah!«, stößt Margret aus. »Die wollen mich nach dem Krankenhaus gleich zur Kur schicken.«

Jola und ich wechseln einen raschen Blick. »Also das geht natürlich nicht«, sage ich, so ernst es mir möglich ist.

»Nein, nicht«, bekräftigt Jola.

»Ihr verkohlt mich.« Margret kennt uns natürlich und schaut stirnrunzelnd zwischen uns hin und her.

»Du willst doch sowieso nicht fahren«, behaupte ich.

»Genau.« Margret verschränkt die Hände über der Brust, verzieht bei der heftigen Bewegung jedoch schmerzlich das Gesicht. »Ihr seid also der gleichen Meinung wie ich.«

Ich bin gespannt, wie lange wir unser kleines Theaterstück noch durchhalten. Zur Kur? Das wäre einfach großartig. Ich kann quasi vor mir sehen, wie gut sich meine Meisterin dort erholen würde. »Nun ja«, setze ich an, um meine wahre Meinung zu sagen. »Jola und ich könnten …«

»Ich war ewig lange nicht verreist«, unterbricht Margret mich und sieht dabei richtig verträumt aus.

Leider betritt in diesem Moment eine Krankenschwester den Raum, die das Abendessen bringt, und Margret setzt sogleich wieder ihre verschlossene Miene auf. Jola und ich verabschieden uns. Ich bin sicher, der Samen ist in die Erde gelegt. Margret weiß genau, dass sie eine Pause braucht. Sie muss es sich nur noch zugestehen.

KAPITEL 1

An: rosa.redlich@webfix.de
Angekommen

Liebe Rosa!

So, jetzt will ich mal mein Glück mit diesem neumodischen Smartdings versuchen und dir eine Mail schreiben. Neben mir im Zug saß ein junges Mädel, das mit den Fingern so schnell über die Buchstaben sauste, dass ich kaum hinsehen konnte. Und wieso steht da plötzlich »liegen«, wenn ich »liebe« schreiben will? Ich muss jedes Wort kontrollieren, sonst steht nur Blödsinn in meiner Nachricht. Seltsame Technik!

Aber gut, ich will gern zugeben, dass mir dieses kleine Spielzeug durchaus Spaß bereitet. Und ich werde schon noch dahinterkommen, wie man das Ding richtig bedient.

Jetzt erst einmal: Herzliche Grüße aus Bad Aibling, meine liebe Rosa!

Die Zugfahrt von Berlin hierher dauerte ziemlich lange. Das Umsteigen in München und Rosenheim hat zum Glück gut geklappt.

Nach acht Stunden endlich am Ziel wurde ich abgeholt und in meine Klinik gebracht. Ich bewohne nun ein hübsches Zimmer mit Balkon und Blick auf die Berge.

Die Frühlingssonne strahlt vom hellblauen Himmel und beim ersten Spaziergang lief ich durch ein Meer blühender Buschwindröschen! Postkartenidylle, wohin ich blicke.

Trotzdem: Ich vermisse Berlin, ich vermisse meine Werkstatt! Dich und Jola vermisse ich auch!

Liebe Grüße
deine Margret

PS Habt ihr den Auftrag von Frau Rosen noch rechtzeitig geschafft?

An: Margret-Sonnemann@starnet.de
Re: Angekommen

Liebe Margret,

Glückwunsch! Das klappt doch schon prima mit dir und dem Smartphone.

Du sollst uns nicht vermissen, sondern dich entspannen und gut erholen! Jola und ich haben alles im Griff und natürlich haben wir den Auftrag rechtzeitig fertiggestellt. Mach dir keine Gedanken, ruh dich schön aus und genieße deine Kur!

Liebe Grüße
deine Rosa

Lieber Himmel, es war nicht einfach, meine Meisterin zu einer Auszeit zu überreden, aber mit vereinten Kräften haben Jola und ich sie nach ihrer Rückkehr aus dem Krankenhaus davon überzeugt, dass eine Kur sowohl nötig als auch möglich wäre. Sie hat es eine Woche lang versucht, doch dann musste sie einsehen, dass sie vor Schmerzen kaum an ihrer Nähmaschine sitzen konnte, und schließlich hat sie uns unter Tränen gestanden, dass ihr die Arbeit in der Schneiderei, so sehr sie ihren Beruf liebt, manchmal einfach zu viel wird.

Ein paar Tage später packte sie endlich ihre Koffer, um zur wohlverdienten mehrwöchigen Pause aufzubrechen.

Meine Kollegin Jola und ich hängen an Margrets kleiner Weddinger Schneiderwerkstatt genauso wie sie selbst. Unsere Chefin kann sich hundertprozentig auf uns verlassen.

Während Jola und Margret hauptsächlich Änderungsarbeiten ausführen, habe ich mich auf das Entwerfen und Anfertigen von Mode spezialisiert.

Gestatten, Rosa Redlich ist mein Name. Ich bin Schneiderin mit Leib und Seele. Ich lebe seit ein paar Jahren in Berlin und ich liebe diese Stadt von ganzem Herzen.

Ach, Sie kennen mich? Na, umso besser!

Dann muss ich Ihnen nicht erzählen, dass eine ziemlich turbulente Zeit hinter mir liegt und ich manchmal eine chaotische Fettnäpfchentreterin bin, die gern sehenden Auges in ihr Unglück rennt. Allerdings bin ich bisher heil aus jedem Schlamassel herausgekommen, denn erstens bin ich umgeben von Menschen, die mich lieben (und mir im Zweifelsfall verzeihen), und zweitens habe ich im Lauf der Zeit einiges dazugelernt. Ich bin erwachsener geworden, wie man so schön sagt. Na ja, einige Monate vorm 30. Geburtstag ist das eigentlich nicht verkehrt.

Ein Jahr ist vergangen, seit ich mit meiner Kollektion an einem internationalen Modewettbewerb teilgenommen und … verloren habe. Schrecklich enttäuscht war ich, schließlich hatte ich mein Herzblut für meine märchenhaften Kleider hingegeben.

Oft kommt es im Leben anders als erwartet oder erhofft, was jedoch am Ende nicht unbedingt schlecht sein muss. Meine Märchenkollektion hat zwar nicht den Wettbewerb gewonnen, wurde allerdings in der Juniausgabe der Zeitschrift *Estelle* in einer großen Fotostory vorgestellt.

Vickis kleines Schloss in der Mark Brandenburg diente

als Kulisse für das Shooting, und selten habe ich schönere Modeaufnahmen gesehen als diese.

Mein Handy klingelt. Wenn man vom Teufel – in diesem Fall von meiner besten Freundin – spricht … »Hey, Vicki!«, rufe ich fröhlich in den Hörer. Ich stehe von meinem Platz an der Nähmaschine auf und trete, während wir quatschen, an die Schaufensterscheibe der Werkstatt.

»Hi, Rosa.«

»Du klingst müde!«

»Und wie. Ich glaube, Lulu kriegt Zähne, sie hat die ganze Nacht kein Auge zugetan. Ich demzufolge auch nicht.«

»Oh weh.«

»Jetzt schläft sie.«

»Und? Willst du dich nicht kurz hinlegen?«, frage ich.

Vicki geht nicht auf meinen Vorschlag ein. »Wann kommt ihr uns besuchen?«, fragt sie stattdessen zurück. »Ich bin ein bisschen einsam hier draußen!«

Victoria Graf, geborene von Liesen, wohnt im Paradies, genauer gesagt in einem Schlösschen in Kletzin, dort, wo die Mark Brandenburg am romantischsten ist. Lichte Mischwälder, sattgrüne Felder, Seen und Dörfer wechseln sich ab. Auf den Wiesen grasen schwarzbunte Kühe, am Waldessaum äsen Rehe und in den Orten thronen Störche auf Scheunendächern.

Das Anwesen, von dessen Existenz Vicki lange nichts gewusst hatte, gehörte einst ihrer Urgroßtante. Auf ziemlich verschlungenen Wegen ist es – verfallen, aber von unvergleichlichem Charme – in Vickis Besitz übergegangen.

Ein Dreivierteljahr lang haben sie und ihr Mann jeden Cent und jede freie Minute in die Sanierung gesteckt. Seit drei Monaten leben sie und Daniel nun mit ihrem Baby Luna Luisa, kurz Lulu, dort draußen. Nicht zu vergessen, unser aller Liebling Princess, eine bildschöne Landseer-

Hündin, die Daniel im vorletzten Winter vor dem sicheren Tod gerettet hat.

Unser erstes gemeinsames Weihnachtsfest in Kletzin unter einem prächtig geschmückten, meterhohen Tannenbaum im riesigen Wohnzimmer des Schlosses werde ich mein Leben lang nicht vergessen. Lulu war gerade ein halbes Jahr alt geworden und entzückte uns alle mit ihren vor Staunen leuchtenden Augen und ihrem glucksenden Babylachen. Unsere ganze eingeschworene Gemeinschaft versammelte sich am langen, festlich gedeckten Tisch – meine Zwillingsschwester Lila und ihr Lebensgefährte Rob, Margret und Jola, zusammen mit ihrem Mann, meine Großmutter und natürlich mein Freund Basti, seine Tochter Juli und ich. Dazu stießen unsere Freunde Jens und Oskar, die Besitzer unseres Weddinger Lieblingsrestaurants, dem *Schraders*.

»Das machen wir jetzt jedes Jahr so«, beschloss Vicki, als wir am nächsten Tag nach dem Frühstück wieder nach Berlin aufbrachen. Keiner von uns widersprach.

Abgesehen vom Weihnachtsfest besuche ich meine Freundin regelmäßig in Kletzin. Nach einer hektischen Arbeitswoche ist so eine Flucht in die Idylle der Mark Brandenburg genau das Richtige für mich und meine kleine Familie.

»Wir kommen wie geplant nächstes Wochenende zu euch«, muntere ich Vicki auf. »Juli freut sich auf die Pferde und auf Lulu sowieso.«

»Wunderbar!« Meine Freundin klingt gleich viel fröhlicher. »Wie geht's Margret in der Kur?«

»Ich weiß noch nicht viel. Sie hat mir nach ihrer Ankunft eine kurze Mail geschrieben. Stell dir vor, sie hat sich extra ein Smartphone gekauft, angeblich, um uns immer und überall erreichen zu können. In Wirklichkeit will sie sichergehen, dass wir *ihr* jederzeit ausführlich berichten können, falls irgendetwas in der Schneiderei nicht klappt. Aber ich werde mich hüten, sie mit Kleinkram zu nerven. Sie braucht eine Weile ihre Ruhe.«

Vicki lacht. »Es grenzt an ein Wunder, dass sie überhaupt gefahren ist«, erwidert sie. »Abgesehen davon bin ich sicher, ihr habt die Schneiderei fest im Griff.«

»Klar«, bestätige ich ein wenig selbstbewusster, als mir zumute ist.

Man wächst mit seinen Aufgaben, sagt meine Oma, und damit hat sie recht.

»Ich vermisse euch voll.« Vicki klingt plötzlich wieder ein wenig unglücklich.

»Vicki, du lebst nicht auf dem Mond«, tröste ich. »Wenn es so schlimm um dich steht und du es nicht länger aushältst, pack Lulu ins Auto und komm mich besuchen!«

»Du musst doch arbeiten.«

»Es ist Freitag um eins«, antworte ich aufmunternd. »Jola ist eben weg. Sie fährt nach Polen, ihr Sohn hat Geburtstag. Also los! Schwing dich her!«

»Na ja …« Vicki möchte noch ein bisschen überzeugt werden.

»Wenn du ankommst, schließe ich die Werkstatt«, locke ich meine Freundin. »Jens und Oskar haben heute zum ersten Mal Tische und Stühle nach draußen gestellt.«

Während ich mit Vicki spreche, lasse ich meinen Blick über die Malplaquetstraße schweifen. Jola hatte recht. Der Frühling ist da und hat endlich den Grauschleier von der Straße genommen. Vorm *Schraders* stehen bunte Tische und Stühle. Die Blumenrabatten sind mit leuchtenden Primeln bepflanzt und an jedem zweiten Fenster des fünfstöckigen Mietshauses gegenüber steht einer der Bewohner mit Lappen und Glasreiniger bewaffnet, um die Scheiben blank zu wienern.

Lebenslust liegt in der Luft.

Ich habe meine Aufträge für diese Woche gut abgearbeitet. Warum also nicht den ersten Milchkaffee im Freien genießen?

Ein paar Leute schlendern vorüber und winken mir zu. Schüler sausen auf ihren Rädern vorbei, und auf der Blumenrabatte gegenüber hocken ein paar junge Leute, trinken Bier und rauchen. Nachdem ich über ein Jahr hier arbeite, kenne ich fast alle Bewohner vom Kiez. Die drei – zwei junge Männer und eine Frau – fallen mir heute allerdings zum ersten Mal auf. Ihre Kleidung sieht, na ja, ein wenig gewöhnungsbedürftig aus. Als Schneiderin jucken mir da gleich die Finger. Ich mag lässigen urbanen Look, doch was die drei tragen, erinnert definitiv mehr an Altkleidertonne als an ein modisches Statement.

Vicki seufzt vernehmlich. »Hach, mit dir einen Drink im *Schraders* …«, schwärmt sie. »Wie in alten Zeiten.«

Gleich hab ich sie. Ich bin sicher, ein Treffen wird uns beiden guttun, denn manchmal vermisse ich meine Freundin ziemlich heftig. Und sie mich.

Seit Vicki Mutter ist, wird sie schnell sentimental. Ein wenig verstehe ich sie, denn ihr Leben hat sich ziemlich verändert. Innerhalb eines Jahres ist sie, die gefeierte Autorin von Erotik-Romanen, gleichzeitig Schlossbesitzerin, Ehefrau und Mutter geworden. Obwohl sie ihre Lulu über alles liebt, fehlt ihr manchmal das »lockere Leben«, wie sie es nennt.

»Kommst du nun?«, frage ich.

Die drei Biertrinker erheben sich gerade und schlurfen davon. Die Flaschen und ein paar qualmende Kippen lassen sie zurück.

»Bin schon auf dem Weg!« Vicki klingt plötzlich munter. »Lulu kann im Auto weiterschlafen.«

Ich bin gerade ein wenig abgelenkt. *Hey ihr da*, würde ich den Jugendlichen am liebsten hinterherrufen, *nehmt gefäl-*

ligst euren Müll mit! Ich bin nicht spießig, echt nicht, doch zwischen den frischgepflanzten Blumen haben die Überbleibsel eines Umtrunks einfach nichts zu suchen.

Ich sage Vicki, wie sehr ich mich auf sie und Lulu freue, dann beende ich das Gespräch, öffne die Tür der Werkstatt und schaue nach den Missetätern. Doch die sind längst verschwunden.

Kopfschüttelnd klaube ich sechs Bierflaschen aus den Blumenrabatten und stelle sie unter den nächstliegenden Mülleimer. Es gibt genug Leute in Berlin, die sich beim Flaschensammeln ein paar Cent verdienen.

Eine Stunde später ist Vicki da und die Flaschen sind weg, wie ich beim Abschließen der Werkstatt mit einem Seitenblick feststelle.

Die kleine Lulu rekelt sich in ihrer Sitzschale und fängt sofort an zu strahlen, als ich mich über sie beuge. »Hallo, meine Süße«, begrüße ich sie und fasse ihr winziges Händchen. »Bist du groß geworden. Und du kriegst ein neues Zähnchen?«

Wie auf Kommando fängt Lulu an zu greinen. Ich schnalle sie los und hebe sie hoch. Das gefällt ihr und schon strahlt die kleine Maus wieder.

Vicki und ich umarmen uns und gehen über die Straße ins *Schraders*. Sie schleppt Lulus Babyschale und eine gigantisch große Wickeltasche.

»Ich will nicht bei dir einziehen, oder so«, sagt sie lachend und klopft auf das prall gefüllte Teil, »nur für alle Eventualitäten gerüstet sein.«

Ihre rotbraunen Haare glänzen im Sonnenlicht. Sie trägt Jeans und eine weiße Bluse. Von Gewichtszunahme keine Spur mehr. Meine Freundin ist eine wirklich schöne Frau.

Ich hüpfe mit Lulu auf und ab. Von ihrem fröhlichen Glucksen kann ich gar nicht genug bekommen.

»Hey! Wer kommt denn da?«, fragt Jens, als er uns sieht. Schon schnappt er sich Lulu und hebt sie einmal hoch über seinen Kopf. Die Kleine jauchzt vergnügt. Ein Speichelfaden rinnt ihr aus dem Mund.

»Vorsicht, sie sabbert«, warnt Vicki. »Ich glaub, sie kriegt an die 300 Zähne auf einmal.«

»Das macht doch nichts«, sagt Jens und drückt Lulu an sich.

»Sag mal«, meint Vicki, als er mit ihrem Baby davongeht, um Lulu die Osterdekoration im Fenster zu zeigen. »Hat der *mich* gerade überhaupt begrüßt?«

»Ich glaube nicht!«, antworte ich. Wir prusten los.

»Echt jetzt«, sagt Vicki. »Als Gebärmaschine findest du ja noch einigermaßen Beachtung, aber kaum hast du den kleinen Schreihals zur Welt gebracht, bist du abgemeldet.«

»Nimm es positiv«, schlage ich vor. »Wir zwei haben Zeit für einen schönen Kaffee.«

»Lieber Alkohol«, erwidert Vicki. »Ich stille seit einer Woche nicht mehr, das heißt, ich kann essen und trinken, was ich will. Und nachher holt uns Dani ab. Ich darf also!«

Das lasse ich mir nicht zweimal sagen und bestelle bei der Kellnerin zwei Gläser *Aviation*, meine Neuentdeckung in Sachen Feierabenddrink, ein wunderbarer Cocktail aus Gin, Zitronensaft und Veilchenlikör. Letzterer verleiht dem Getränk seine lila Farbe und einen unnachahmlich interessanten Geschmack.

Fünf Minuten später bringt Jens uns Lulu zurück.

»Oskar mault rum«, seufzt er mit einem Blick zu seinem Kompagnon. »Wir sind extrem unterbesetzt im Moment. Ich muss an der Bar helfen. Tut mir leid!«

»Schon okay«, beschwichtige ich Jens, nehme ihm Lulu ab und setze sie auf meinen Schoß.

Vicki kramt unterdessen aus ihrer Tasche ein Gläschen

Möhren-Bananen-Brei. »Ich muss sie sowieso füttern«, sagt sie. »Lulus Laune verschlechtert sich nämlich blitzartig, wenn die kleine Madam Hunger kriegt.«

Während wir unseren Cocktail trinken, verputzt Vickis Baby zufrieden den Brei.

»Du hast da was Rotes im Gesicht«, begrüßt mich Basti, als ich wenig später nach Hause komme, und nimmt mich in die Arme. Ich recke mich und gebe ihm einen Kuss zur Begrüßung. Wenn ich meine Acht-Zentimeter-Pumps ausziehe und in meine gemütlichen Hausschlappen schlüpfe, wird der Größenunterschied zwischen uns beiden erst recht deutlich. Ich bin eine schmale blonde Frau von nicht mal eins sechzig Körpergröße. Basti ist ein Riese gegen mich. Was uns beide jedoch kein bisschen stört.

»Wahrscheinlich Möhrenbrei«, erwidere ich schmunzelnd, während ich mir im Spiegel die Bescherung ansehe und endlich verstehe, warum mich die Leute in der U-Bahn derart komisch angesehen haben. Vicki hätte ruhig einen Ton sagen können, dass mir ein orangeroter Fleck an der Schläfe klebt. Aber wahrscheinlich hat sie es gar nicht mitbekommen. Ihr Baby hält sie ziemlich auf Trab.

»Lecker!«, sagt Basti grinsend, während ich mir die Reste des Breis aus dem Gesicht wische. »Bist du neuerdings auf Schonkost?«

»Bloß nicht«, erwidere ich. »Vicki hatte den Blues und ich hab sie überredet, mich von der Arbeit abzuholen. Wir waren im *Schraders* und haben uns einen Drink gegönnt.«

»Richtig so.«

»Jedenfalls lernt Lulu seit ein paar Tagen eifrig, mit dem Löffel zu essen. Ich bin ziemlich sicher, die Leute vom Nachbartisch haben auch eine Portion abbekommen.«

Bei der Erinnerung, wie hartnäckig Lulu den Löffel in

ihrer Hand verteidigt hat, obwohl sie viel weniger Brei in ihren Mund bekam, als sie in ihre Umwelt verteilte, muss ich lachen. Was für ein süßer, eigenwilliger Fratz!

»Rosa!« Juli, Bastis achtjährige Tochter, rennt wie ein Wirbelwind auf mich zu und hängt sich an meinen Hals. »Fahren wir bald wieder nach Kletzin?«

»Klar! Das habe ich mit Vicki vorhin besprochen«, antworte ich.

Juli liebt Pferde über alles und der Hof, auf dem sie Reiten lernt, liegt gleich neben Vickis Zuhause. Gern verbringen wir die Wochenenden, wenn Basti keinen Dienst im Krankenhaus schieben muss und Juli nicht bei ihrer Mutter ist, draußen in Kletzin.

Vicki hat uns ein eigenes Gästezimmer eingerichtet. Eine Freundin zu haben, die ein Schloss besitzt, birgt ganz klar seine Vorteile. Aber natürlich würde ich Vicki genauso mögen, wenn sie eine Einzimmerwohnung am Ende der Welt bewohnen würde.

Der April zeigt sich gewohnt launisch und begrüßt uns mit seinem sprichwörtlichen Wetter. Als ich nach einem herrlich erholsamen Wochenende in Kletzin die Werkstatt aufschließe, scheint strahlend die Sonne. Bereits eine Stunde später, als der erste Kunde gemeinsam mit meiner Kollegin Jola den Laden betritt, ist der Berliner Himmel von einer dichten Wolkendecke überzogen. Eine weitere Stunde vergeht und die Stadt versinkt in einem tropisch anmutenden Dauerregen. Bei solch ungemütlichem Wetter kommen nur wenige Kunden in unsere Schneiderei. Wer kann, bleibt lieber im Trockenen, und wir können ungestört unsere zahlreichen Aufträge abarbeiten.

Ich strecke mich kurz, nachdem ich eine Stunde an Lilas Kleid gearbeitet habe, und sehe dabei nach draußen. Gegenüber auf der Blumenrabatte hockt eine junge

Frau im strömenden Regen. Sie gehört zu dem Trio, das am Freitag die Blumen zugemüllt hat. Ich erkenne sie an der auffälligen neongrünen Strähne in ihrem ansonsten schwarzen Haar. Sie sitzt da, als wäre das schönste Wetter, und raucht. Jedenfalls klemmt zwischen ihren Lippen eine Zigarette. Ob die bei diesem Wolkenbruch überhaupt brennen kann, ist mehr als fraglich. Von ihren Begleitern sehe ich keine Spur.

Die Frau – oder sollte ich lieber »das Mädchen« sagen? – stützt ihre Ellenbogen auf die Knie und heftet den Blick auf den Boden. Ihr Anblick stimmt mich ziemlich traurig. Obwohl ich sie gar nicht kenne und mein erster Eindruck von ihr nicht gerade der beste war.

Nachdem ich ein Glas Apfelsaft ausgetrunken habe, setze ich mich zurück an meine Nähmaschine, von wo aus ich einen erstklassigen Blick auf die Straße genieße. Zeit, um das Mädchen auf der Straße zu beobachten, bleibt mir jedoch nicht. Wir haben viel zu viel zu tun. Nur ab und zu muss ich mich rekeln, um Schmerzen durch heftig verspannte Schultern vorzubeugen.

Als ich das nächste Mal aufblicke, sitzt die junge Frau noch immer an ihrem Platz und betrachtet die Schnürsenkel ihrer schweren Stiefel. Sie ist klatschnass, bis auf die Haut.

»Jola, guck mal«, sage ich und winke meine Kollegin zu mir. »Meinst du, das Mädel da ist betrunken oder zugedröhnt? Die sitzt bestimmt seit einer Stunde völlig teilnahmslos im strömenden Regen herum.«

»Ist sie bald krank, wenn sie nicht nach Hause geht«, gibt Jola zu bedenken.

Das ging mir selbst schon durch den Kopf und zudem die Frage, ob und was ich unternehmen soll. Ein offensichtliches Elend wie dieses mit anzusehen, kommt für mich jedenfalls nicht länger infrage. Einem spontanen Impuls folgend stehe ich auf und öffne die Tür zur Werkstatt.

»Hallo!«, rufe ich.

Sie reagiert nicht.

»Hallo, hörst du mich?«

Die junge Frau hebt langsam den Kopf und schaut mich mit verkniffenem Gesichtsausdruck an.

»Komm mal her!«, lade ich sie ein, indem ich sie heranwinke. »Du kannst dich hier unterstellen.«

Sie erhebt sich langsam und schlurft über die Straße zu mir herüber.

»Was ist?«, fragt sie. »Hast du Probleme?«

»Ich? Nein, ich habe keine Probleme«, antworte ich ein wenig verunsichert. »Ich wollte nur … Sag mal, willst du nicht reinkommen? Du bist total …«

»Was willst 'n dann von mir?«

Ach du liebes bisschen. »Ich will nichts von dir«, beteuere ich geduldig. »Jedenfalls nichts Blödes oder so. Ich dachte nur, du willst vielleicht lieber ins Trockene.«

Über ihre Lederjacke rinnen Regentropfen. Die schwarzen, an der rechten Seite des Schädels ausrasierten Haare hängen ihr nass und strähnig ins Gesicht.

Ich versuche, nicht allzu auffällig auf ihre zahlreichen Piercings im Gesicht zu starren, aber das fällt mir schwer. Der klobige silberfarbene Ring in ihrer Nasenscheidewand erinnert mich an Fotos von Zuchtstieren – leicht reizbar und zugleich traurig – und sieht einfach furchtbar in dem eigentlich hübschen Gesicht des Mädchens aus.

Vor mir steht eine junge Frau, die so ziemlich alles tut, um sich zu verunstalten, zumindest nach meinem Empfinden. Ich schätze sie auf kaum älter als 20 Jahre.

»Also, kommst du jetzt rein?«, frage ich erneut. »Ich kann dir Tee machen und ich habe …«

»Is 'n das für 'n Laden hier? Bahnhofsmission oder so?«

»Eine Schneiderei«, antworte ich geduldig, während ich meine Strickjacke fröstelnd enger um meine Schultern ziehe und mich frage, was ich hier eigentlich mache. Ich bin ja wirklich nicht die Bahnhofsmission.

Hätte ich sie einfach unbeachtet im Regen sitzen lassen sollen?

Nein! Denn erstens kann die Bahnhofsmission (wie schon der Name sagt) nicht überall sein. Und zweitens kann man ja wohl einfach so jemandem helfen. Oder? Es steht ihr frei, mein Angebot anzunehmen oder abzulehnen. Ganz einfach ist das allerdings nicht, wie sich nun herausstellt.

»Und was soll ich hier?«, fragt das Mädchen beharrlich weiter, während es die Stirn runzelt und sich ein paar Regentropfen aus Gesicht streift.

Ich widerstehe dem Impuls, die Tür der Werkstatt einfach wieder zuzuwerfen. »Weißt du was«, sage ich stattdessen beherrscht. »Ich muss zurück an meine Arbeit. Wenn du einen Tee und dich ein bisschen im Trockenen aufhalten willst, dann fühl dich eingeladen. Du musst nicht da draußen im strömenden Regen sitzen.« Ich schenke der jungen Frau ein aufmunterndes Lächeln und drehe mich um.

»Spießer«, schickt sie mir hinterher, und ich höre, wie sie durch den Regen davonschlappt.

Heb die Füße beim Gehen, würde ich ihr am liebsten zurufen, auch wenn das in der Tat ein bisschen spießig wäre und außerdem mit den kiloschweren Boots, die sie trägt, sowieso ein hoffnungsloses Unterfangen darstellt.

»Also, das ist ein Ding«, sage ich kopfschüttelnd und setze mich zurück an meinen Platz.

Jola klopft mir auf die Schulter. »Vergiss du die komische Mädchen«, muntert sie mich auf. »Siehst du sie sowieso nicht wieder.«

Ich nicke. »Da hast du wohl recht.«

Doch bereits am nächsten Morgen stellt sich heraus, dass wir uns geirrt haben. Als ich von der U-Bahn im strömenden Regen zur Werkstatt haste, sehe ich die junge Frau schon von Weitem vor unserer Tür stehen, wo sie offenbar vor den klatschenden Tropfen Schutz sucht.

»Guten Morgen«, sage ich freundlich und fange an, mich zu fragen, was sie beinahe täglich in die Malplaquetstraße führt.

Sie macht Platz, als ich den Schlüssel aus meiner Tasche krame und mich anschicke, die Tür aufzuschließen. Ich nehme einen leichten Alkoholgeruch wahr, der von ihr ausgeht.

»Sag mal …«, setze ich an, doch sie lässt mich nicht weiterreden.

»Ich geh ja schon«, unterbricht sie mich.

Ihre abweisende Art macht mich hilflos. »Du musst nicht gehen«, erwidere ich. »Ich hab dir doch gestern schon gesagt, dass du gern reinkommen kannst, wenn du einen Tee trinken und dich unterstellen willst.«

Dieses Mal rennt sie nicht gleich weg, sondern bleibt stehen und schaut mir prüfend in die Augen. Überrascht sieht sie aus. Sie runzelt nachdenklich die Stirn und überlegt anscheinend, ob sie es riskieren kann, mein Angebot anzunehmen.

»Meinst du das ernst?«, fragt sie schließlich.

»Klar«, antworte ich.

Ich weiß nicht, warum mich ihr Anblick berührt. Vielleicht liegt es an ihrer schmalen, beinahe zerbrechlichen Gestalt, an den weichen, fast ein wenig kindlichen Zügen.

Oder an ihren großen braunen Augen im blassen Gesicht? Ihrem Versuch, hart und unnahbar zu sein und dabei unglaublich verloren zu wirken?

»Hast du zufällig einen Kaffee da?«, fragt sie. »Mir ist kalt.«

»Ich hol uns einen. Drüben im *Schraders*. Was magst du? Milchkaffee?«

»Hab keine Kohle für so was«, sagt sie und igelt sich direkt wieder ein.

»Ist okay. Keine Sorge. Ich krieg den Kaffee geschenkt.«

Wir arbeiten eng mit den beiden Wirten von gegenüber zusammen. Der morgendliche Kaffee für uns ist inklusive, dafür sind wir, wenn die beiden ein paar neue Kissen für ihr Restaurant brauchen oder etwas auszubessern ist, direkt zur Stelle.

Ich rechne fest damit, dass die junge Frau geflüchtet ist, als ich mit einem Tablett und drei Bechern (Jola wird gleich zu uns stoßen) kurze Zeit später zurückkomme.

Erleichtert stelle ich fest, dass sie vor der Werkstatt wartet und dabei unruhig von einem Bein auf das andere tänzelt. Ich drücke ihr einen Latte macchiato in die Hand, schließe die Tür auf und bitte sie hinein. Unsicher tritt sie ein und bleibt dann mitten im Laden stehen. Um ihre Schuhe sammeln sich Schmutzpfützen, die auf dem braun gestrichenen Dielenboden zum Glück nicht sehr auffallen.

Ich schiebe ihr einen unserer Stühle ans Fenster neben meine Nähmaschine. »Ich bin Rosa«, stelle ich mich vor und halte ihr die Hand hin. Zögernd schlägt sie ein. Ihre Finger sind eiskalt. »Nimm Platz, wenn du magst!« Ich hänge meine Jacke an die Garderobe und drehe unauffällig die Heizung höher. Die junge Frau setzt sich und legt die Hände fröstelnd um ihren Kaffeebecher. Neugierig schaut sie sich um und nippt dabei an dem warmen Getränk.

»Der ist lecker«, sagt sie leise. Dann heftet sie ihren Blick einmal mehr auf den Fußboden und schweigt.

»Wie heißt *du* eigentlich?«, frage ich nach einer Weile vorsichtig und hoffe, sie nicht zu verschrecken. Ich möchte gern ein bisschen mit ihr reden. Hören, wer sie ist und was sie täglich vor die Tür der Werkstatt treibt.

»Koma«, antwortet sie. »Ich heiß Koma.«

»Das ist … ähm … originell«, stammele ich schwer verwundert. Wer bitte nennt sich freiwillig wie eine lebensbedrohliche Störung der Hirnfunktion?

Sie sagt nichts, zuckt lediglich die Schultern.

Ich kann nichts dafür, doch sie tut mir noch mehr leid, und ich beschließe, für den Fall, dass wir öfter Kontakt haben werden, ihren richtigen Namen herauszubekommen.

Koma? Also echt jetzt. Ich glaube nicht, dass ich es fertigbringe, sie so zu nennen.

Auch wenn der Name in Verbindung mit ihrem Äußeren auf traurige Weise stimmig ist. Auf mich wirkt sie, als wäre sie meilenweit von sich selbst entfernt. Gar nicht richtig bei sich – bewusstlos eben.

Jola betritt den Laden, sieht unseren Gast zusammengesunken auf dem Stuhl sitzen und reagiert großartig. »Guten Morgen«, sagt sie lächelnd. »Ist schöne kalt draußen. Hab ich uns warme Brötchen gebracht von die Bäcker.« Aus der Tüte, die sie auf unseren neuen Frühstückstisch legt (wir haben ein stabiles Exemplar gekauft, falls noch einmal jemand Lust verspürt, darauf herumzuklettern), strömt appetitlicher Duft.

Wir nehmen Platz und laden unseren Gast mit einer Handbewegung zu uns ein. Nach kurzem Zögern und einem misstrauischen Blick in Richtung Jola setzt sich Koma zu uns und beginnt, während wir unsere Aufträge durchsprechen, an einem Kürbiskernbrötchen herumzuknabbern. Ich habe das Gefühl, das Eis zwischen uns ist gebrochen. Oder wenigstens angetaut.

»Kann ich hier mal pinkeln gehen?«, fragt Koma, als wir wenig später das Frühstück abräumen.

Ich zeige ihr die Toilette und frage mich, wie es mit ihr und uns weitergehen soll, wenn sie fertig ist. Die Antwort gibt sie selbst, indem sie nach dem Besuch im Bad wortlos aus der Werkstatt verschwindet und ihren Platz gegenüber von unserem Fenster einnimmt. Zum Glück hat es aufgehört zu regnen.

Jola und ich setzen uns an die Nähmaschinen. Ich winke Koma zu. Sie tut, als hätte sie es nicht gesehen, und dreht den Kopf weg. Leise seufzend widme ich mich meinem Tagwerk.

Als ich zwischendurch noch einmal nach ihr sehe, hat Koma Gesellschaft bekommen. Einer der beiden Typen von neulich steht neben ihr. Sie diskutieren lautstark. Nach einer Weile zieht er sie am Arm auf die Füße und anschließend hinter sich her. Ich bin nicht sicher, ob sie ihm freiwillig folgt. Während ich grübele, ob ich mich einmischen soll, sind die beiden von der Bildfläche verschwunden. Ich seufze noch einmal.

Doch dann vergesse ich Koma und schenke meine volle Aufmerksamkeit Lilas Brautkleid.

Ich grinse in mich hinein, während ich die letzten Stiche am glänzenden Seidentaft des Unterkleids ausführe. Es ist einfach verrückt, wie das Leben manchmal spielt. Robert, genannt Rob, war lange Zeit *mein* Freund und noch vor zwei Jahren war ich der festen Überzeugung, dass *ich* es wäre, die ihn heiraten würde. Ich habe wochenlang gelitten und geheult, als ich erfuhr, dass er und meine Schwester sich lieben.

Am Ende einer ganzen Kette von teilweise chaotischen Ereignissen habe ich meinen Basti kennengelernt. Wenig später stellte er mir seine Tochter Juli vor – ein hinreißendes, fröhliches Mädchen, das ich im Handumdrehen lieb gewonnen habe – und ehe ich mich versah, war ich Teil einer kleinen Patchworkfamilie.

Und wieder glücklich!

Seit Vicki nach Kletzin gezogen ist, leben Basti, Juli und ich zusammen in der großen Schöneberger Altbauwohnung, die Vicki und ich uns bis zu ihrem Umzug geteilt haben. Juli verbringt jedes zweite Wochenende bei ihrer Mutter in Hamburg. Diese Zeit genießen Basti und ich selig zu zweit. Wenn Basti Spät- und Nachtdienst im Krankenhaus hat, kümmere ich mich um Juli. Ansonsten verbringen wir so viel Zeit wie möglich als Familie. Unser Arrangement funktioniert sehr gut.

Was ich aus all dem Hin und Her gelernt habe?

Leicht zu beantworten: Offenheit.

Klar, manchmal wär's schöner und unkomplizierter, es würde im Leben so laufen, wie wir es geplant haben. Die Steine, die gelegentlich wie vom Himmel gefallen auf unserem Lebensweg liegen, sind jedoch zu etwas gut. Sie wegzuräumen macht uns nämlich stärker. Umwege und Anstrengungen verhindern, dass wir im Alltagstrott abstumpfen. Sie bewirken, dass wir wach bleiben, uns Herausforderungen stellen und immer wieder neu nach einem Weg und unserem Glück suchen.

Ich sage nicht, dass das leicht ist. Manchmal macht es wirklich überhaupt keinen Spaß. Doch unterdessen bin ich sicher, dass es sich lohnt.

Lila und Rob sind jedenfalls glücklicher miteinander als er und ich es jemals waren.

»Stellt euch vor, ich habe ein Mädchen kennengelernt, das nennt sich Koma«, erzähle ich Basti und Juli am Abendbrottisch.

»Komischer Name«, sagt die Kleine, während sie nach einem Fischstäbchen angelt. »Kann ich trotzdem mal mit ihr spielen?«

»Na ja, Mädchen war nicht der richtige Ausdruck«, gebe ich zu. »Sie ist eigentlich erwachsen, aber noch ziemlich jung. Sie wirkt irgendwie traurig, finde ich.«

Basti erkundigt sich nach den näheren Umständen unserer Bekanntschaft.

»Juli«, sagt er, nachdem ich zu Ende erzählt habe. »Ich bin mir sicher, du wirst die junge Dame namens Koma ziemlich bald kennenlernen.«

»Wieso das denn?«, frage ich und schaue Basti verwundert an. »Gibst du mir bitte den Kartoffelsalat?«

Während er mir die Schüssel reicht, sagt er zwinkernd: »Sie beschäftigt dich, das sehe ich dir an der Nasenspitze an. Und wenn du an diesem Punkt angekommen bist, lässt du nicht locker, bis du irgendetwas eingefädelt hast.«

»Eingefädelt trifft es gut«, entgegne ich. »Ich mache ja den ganzen Tag nichts anderes.«

»Du weißt genau, dass ich nicht den Faden deiner Nähmaschine meine, oder?« Basti grinst mich süß an. »Ich hatte eine übertragene Bedeutung im Sinn, deinen Hang, irgendwen oder irgendwas zu retten.«

»So ’n Quatsch«, erwidere ich. »Obwohl ich glaube, in ihrem Fall könnte ein bisschen Rettung gar nicht verkehrt sein. Irgendwie tut sie mir leid.«

»Siehst du!«, amüsiert sich Basti.

»Wir können ja morgen mit ihr in den Zoo gehen«, schlägt Juli vor. »Da kommt sie auf andere Gedanken.«

Basti und ich schauen uns an, dann fangen wir an zu lachen.

Hab ich schon erzählt, dass wir eine harmonische Familie sind?

KAPITEL 2

An: rosa.redlich@webfix.de
Kinder, wie die Zeit vergeht

Liebe Rosa,

nun bin ich schon eine Woche in Bad Aibling und die Zeit vergeht wie im Fluge. Ich übe fleißig, mein Smartdings zu bedienen, und verbringe, wenn ich nicht esse, lese oder in Therapien bin, jeden Tag mehrere Stunden an der frischen Luft. Das Wetter ist wunderbar und lädt ein, draußen herumzuspazieren. Sonnenschein, 20 Grad. Ich kann kaum glauben, dass es bei euch immerzu regnet.

Unterdessen habe ich in meiner Klinik ein paar nette Frauen kennengelernt. Manchmal gehen wir einen Kaffee trinken und schwatzen angeregt über alles, worüber sich alte Damen gerne austauschen – die Kinder, die Enkel und die Ehemänner (falls vorhanden), die Zipperlein … Ach, das willst du alles gar nicht wissen, meine Liebe!

Hab ich euch schon erzählt, dass ich hier ganz viel Wassergymnastik machen muss? Die ist sanft und schonend und tut mir wirklich gut. Noch besser gefallen mir allerdings die Moorbäder mit anschließender Massage. Im heißen schwarzen Schlamm kann ich richtig schön entspannen.

Na, habt ihr es gemerkt? Die Wörter »ich« und »Entspannung« in einem Satz? Ist wirklich wahr, ich lerne das jetzt auf meine alten Tage, auch wenn ich es selbst ein wenig ungewöhnlich und fast ein bisschen unangemessen finde. Ich bin doch Schneiderin mit Leib und Seele. Keine, die faul rumliegt und sich von der Sonne bescheinen lässt.

Ich weiß genau, meine liebe Rosa, dass du Jola von meiner Mail erzählst oder sie ihr gerade vorliest. Ich sehe förmlich vor mir, wie ihr beide euch zuzwinkert und die Daumen hebt.

Noch zwei Wochen, meine Lieben, dann bin ich wieder bei euch!

Seid herzlich umarmt von eurer Margret!

PS Ich höre den bayerischen Dialekt richtig gerne, auch wenn ich bei Weitem nicht alles verstehe, was die sagen.

An: Margret-Sonnemann@starnet.de
Re: Kinder, wie die Zeit vergeht

Liebe Margret,

schön, dass es dir so gut geht. Jola und ich freuen uns riesig über dein tolles Erholungsprogramm, und wir finden es nicht nur angemessen, sondern goldrichtig, dass du dich von der Sonne bescheinen lässt und so viel wie möglich für deine Gesundheit tust. Wir wollen dich schließlich gut erholt und mit frischer Energie zurückhaben. Bis dahin genieße die Zeit nach Kräften. Und das Wörtchen »alt«, das ich in deiner Mail komischerweise gleich zweimal vorgefunden habe, will ich nicht noch einmal hören. Denn das passt nicht zu dir! Ehrlich nicht.

Ich soll dich von Jola, Jens und Oskar grüßen und dir weiterhin ganz viel Spaß wünschen. Liebe Grüße auch von mir!

Deine Rosa

Klar, Margret kennt uns genau. Das bleibt nicht aus, wenn man Tag für Tag in einem etwa 30 Quadratmeter großen

Raum zusammensitzt und arbeitet. Außerdem hat sie jedes einzelne meiner Hochs und Tiefs miterlebt. Hat mich wahlweise getröstet und aufgefangen, sich mit mir gefreut oder mit mir gelitten. Manchmal hat sie mir schonungslos die Meinung gesagt. Doch egal, was geschah, Margret Sonnemann stand mir stets zur Seite.

Ich gönne meiner Meisterin die Kur, trotzdem freue ich mich natürlich darauf, dass sie in zwei Wochen zurück an ihrer Nähmaschine sein wird.

»Wie geht's Margret?«, fragt Jens, als ich mittags eine Schüssel Suppe im *Schraders* löffle.

»Bestens!«, antworte ich. »Sie erholt sich gut und hat eine Menge Spaß! Willst du dich nicht einen Moment zu mir setzen?«

»Ich würde gerne, hab aber leider keine Zeit!«, seufzt Jens. »Wie ich dir neulich erzählt habe, herrscht bei uns im Moment der blanke Horror in Sachen Personal. Ein Koch fehlt, die Küchenhilfe ist krank, eine Kellnerin hat gekündigt. Ich muss quasi an drei Stellen einspringen, und das auch noch gleichzeitig.«

»Stellst du keine neuen Leute ein?«

»Will ich, aber es ist nicht leicht, welche zu finden.« Mit diesen Worten saust er zurück hinter den Tresen, wo er Getränke eingießt, Milch aufschäumt und Kuchen auffüllt.

Jens und Oskar arbeiten wirklich rund um die Uhr. Das *Schraders* erfreut sich großer Beliebtheit und die Gäste strömen zu jeder Tageszeit in das Lokal. Für mich sind die gemütlichen Gasträume, seit ich in Margrets Schneiderei arbeite, zum zweiten Wohnzimmer geworden. Beinahe jeden Tag verbringe ich die Mittagspause auf meinem Stammplatz, der großen Couch am Fenster. Während ich eine Kleinigkeit esse, beobachte ich (natürlich unauffällig) die hereinkommenden Gäste. Manchmal kleide ich sie in Gedanken neu ein oder schaue mir genau an, was sie tragen. In meinem Lieblingsrestaurant zu sitzen, ist auf jeden Fall sehr inspirierend. So manche Idee für ein Kleidungsstück ist mir genau hier gekommen.

Als ich nach dem Essen und einem abschließenden Espresso das *Schraders* verlasse und über die Straße Richtung Schneiderei gehe, hockt Koma an ihrem Stammplatz. Beinahe eine Woche habe ich sie hier nicht gesehen.

»Hi«, grüße ich sie freundlich. »Wie geht's?«

»Hi«, entgegnet sie so leise, dass ich sie kaum verstehe. Sie blickt nicht auf, sondern mustert wie immer eingehend ihre Schuhspitzen.

Kurz entschlossen setze ich mich neben sie auf den Rand der Blumenrabatte. Da erst entdecke ich einen schwarzblauen Bluterguss an ihrer Schläfe, der durch ihre Haare nur unvollständig bedeckt wird. Mein Herz beginnt aufgeregt zu klopfen. Das sieht übel aus, doch mir ist klar, dass ich keinesfalls aufgeregt drauflos schnattern darf, weil sie sonst sofort auf und davon läuft.

»Wollen wir zusammen was trinken?«, frage ich und nicke mit dem Kopf Richtung *Schraders*.

»Du hast doch gerade erst was getrunken«, erwidert sie.

»Ach so?« Ich bin verblüfft.

»Hab dich da drüben sitzen sehen.«

»Hast du … hast du mich gesucht?«

»Wie kommst 'n darauf?«

»War nur so eine Idee. Du bist ziemlich oft hier.«

Sie hebt den Kopf, sieht mir zum ersten Mal, seit ich mich neben ihr niedergelassen habe, in die Augen. »Doch nicht deinetwegen«, sagt sie ungehalten. »Es ist wegen Kippe. Der will, dass ich hier auf ihn warte.«

»Kippe ist … dein Freund?«

Sie nickt.

»War er das?«

»Was?«

»Dein Gesicht. Hat er das gemacht?«

»Das war nicht mit Absicht. Ich bin hingefallen.«

Mein Herz wird schwer bei diesen Worten. Und in diesem Moment weiß ich, dass Basti recht hat. Ich will, muss und werde etwas einfädeln. Ich weiß nur noch nicht, was das sein wird.

Jens guckt verwundert, als ich zwei Minuten nach meinem Abgang noch einmal im Restaurant auftauche. Nun mit Koma im Schlepptau. Sie besteht darauf, dass wir uns an einen Tisch im Freien setzen, damit sie ihren Freund nicht verpasst, wenn er vorbeiläuft.

Wir bestellen zwei große Apfelsaftschorlen. Koma trinkt ihr Glas in einem Zug halb leer.

»Möchtest du etwas essen?«, frage ich.

Sie schüttelt den Kopf. »Hab keinen Hunger.«

Eine Mahlzeit würde Koma sicherlich guttun. Sie sieht erschreckend mager aus. Zwingen kann ich sie natürlich nicht dazu.

Sie zündet sich eine Zigarette an. Wir hocken schweigend nebeneinander, obwohl mir ungefähr 2.000 Fragen auf der Zunge liegen. Mein Gefühl sagt mir jedoch, dass es im Moment nicht klug wäre, sie zu löchern. Immerhin vertraut sie mir so weit, dass sie sich darauf eingelassen hat, mit mir etwas trinken zu gehen. Ich beschließe, langsam zu machen. Wobei der Bluterguss an ihrer Schläfe darauf hindeutet, dass eigentlich Eile geboten ist.

Wenn ich mir bisher nicht sicher war, so weiß ich jetzt, dass die junge Frau Unterstützung braucht. Nie und nimmer ist sie hingefallen. Sie wurde geschlagen, das sieht ein Blinder.

Koma und Kippe – mit diesem Paar stimmt was nicht. So viel steht fest.

»Wenn du willst«, sage ich in unser Schweigen hinein, »kannst du gern zu mir in den Laden kommen. Jederzeit.«

Unvermittelt springt sie auf.

»Hey«, rufe ich. »Jetzt lauf bitte nicht gleich wieder weg.«

Sie ist ein paar Schritte entfernt, bleibt aber stehen und dreht sich zu mir um. »Ich weiß, dass du mir helfen willst«, sagt sie, »und das finde ich nett von dir, denn das wollen echt nicht viele. Normalerweise hassen mich alle Menschen, die mich kennen. Ich bringe nämlich Unglück.«

Ich bin ebenfalls aufgestanden und gehe zögerlich hinter ihr her. »So etwas gibt es doch gar nicht«, entgegne ich leise. »Einen Menschen, der anderen Unglück bringt. Vielleicht hat dir das jemand eingeredet, aber das darfst du nicht glauben, hörst du?«

»Du hast ja keine Ahnung!«, wirft sie mir wütend zu. »Und jetzt lass mich endlich in Ruhe!«

Ehe ich ein weiteres Wort erwidern kann, dreht sie sich um und läuft davon.

»Reizendes Persönchen«, spottet Jens, der eben hinter mich getreten ist. »Wo hast du die denn aufgegabelt?«

Ich erzähle ihm, wie Koma und ich uns kennengelernt haben. »Auch wenn es nicht danach aussieht, ich glaube, das Mädchen ist eigentlich ganz in Ordnung«, schließe ich meinen kurzen Bericht.

Er zuckt die Schultern. »Selbst wenn«, meint er nachdenklich. »Sie scheint im Augenblick nicht die Absicht zu haben, sich von ihrer Schokoladenseite zu zeigen. Wenn sie will, dass die Leute freundlich zu ihr sind, muss sie schon ein bisschen mitmachen.«

»Du hast recht«, entgegne ich seufzend.

Vielleicht muss ich den Gedanken zulassen, dass ich ihr zwar noch oft begegnen werde, sie mich jedoch trotzdem nicht weiter als bisher an sich heranlassen wird.

Am nächsten Tag kommt Lila erneut zur Anprobe ihres Kleides in die Werkstatt. Ich bin, was meine Arbeit anbelangt, wirklich perfektionistisch. Das trägerlose romantische Corsagenkleid aus matt glänzendem Seidentaft und Unmengen Schichten von Tüll im Rockteil nimmt langsam Gestalt an. Meine süße Schwester sieht einfach wundervoll darin aus. Allerdings bin ich mit der Passform auch dieses Mal nicht zufrieden. »Das sitzt noch immer nicht richtig«, sage ich stirnrunzelnd, zücke mein Maßband, lege es um Lilas Taille und vergleiche das Messergebnis mit meinen Notizen. »Sag mal, hast du etwa in der kurzen Zeit seit der letzten Anprobe wieder *abgenommen*?«, frage ich fassungslos.

Lila wird ein bisschen rot. »Du merkst aber auch alles.«

»Ich glaube es nicht.«

»Ja, sollte ich denn als Pummelelfe heiraten?«

»Du meinst, dieses kleine bisschen Fleisch auf deinen Hüften?«

»Ich hab mich beim Essen nur ein klein wenig zusammengerissen«, verteidigt sich Lila errötend. »Ich konnte ja nicht ahnen, dass es gleich die ganze Passform ruiniert, wenn ich abnehme.«

Sie schwindelt, das ist klar. Schließlich ist Lila genauso ausgebildete Maßschneiderin wie ich.

Dennoch muss ich plötzlich lachen. »Ich ändere das«, verspreche ich. »Aber zum letzten Mal. Okay?«

»Versprochen«, freut sich meine Schwester. »Und nachdem wir das geklärt haben, kann ich dir ja endlich sagen, dass ich das Kleid traumhaft finde. Es ist so … so wunderschön.«

Sie streicht mit den Händen über den bauschigen Rock und sieht dabei ganz verzückt aus.

Dann albern wir vor dem großen Spiegel herum.

»Ich bin ein Baiser!«, quiekt Lila vergnügt und schwenkt den mehrlagigen Rock hin und her wie eine Cancan-Tänzerin.

Danach nehmen wir uns in die Arme und verdrücken gerührt ein paar Tränchen.

»Schon schräg, dass Rob und ich heiraten, oder? Nachdem du und er …« Lila stockt und wischt sich gerührt über die Augen. »Und ausgerechnet du nähst das schönste Kleid der Welt dafür.«

Ich lasse sie los, schüttele den Kopf und sehe ihr fest in die Augen. »Nein, das ist kein bisschen schräg, sondern wunderbar!«, beteuere ich. »Ich bin so froh für euch beide! Ihr seid der beste Beweis dafür, dass es kommt, wie es kommen muss. Und im Übrigen hast du das schönste Kleid der Welt einfach verdient.«

»Vielleicht hast du recht«, entgegnet sie nachdenklich. »Auch wenn es zwischenzeitlich ziemlich heftig zuging und nicht gerade nach Happy End aussah, sind wir trotz allem beide glücklich! Du mit Basti und ich mit Rob.«

»Und Juli freut sich riesig, dass sie Blumenkind sein darf.«

Wir umarmen uns ein weiteres Mal. Was für ein herrliches Gefühlsgewitter!

»Ich wünsch dir alles Glück der Erde«, flüstert Lila in mein Ohr.

Die Türglocke bimmelt.

»Ich dir auch«, sage ich leise.

Dann wende ich mich von Lila in ihrem leuchtend weißen Brautkleid ab und drehe mich zur Tür. Jola ist wegen eines Arzttermins früher gegangen, sodass ich mich neben der Arbeit an Lilas Hochzeitsstaat um die Kunden kümmern muss.

Ich traue meinen Augen kaum, als Koma plötzlich im Laden steht.

»Hey«, grüße ich sie zaghaft, als würde ein unbedachter Atemzug sie gleich aus der Tür pusten.

Sie lächelt zögerlich. Doch als sie die glücklich strahlende, zukünftige Braut in ihrem halb fertigen Traumkleid sieht, erstarrt sie und der sanfte Zug um ihren Mund weicht der üblichen verschlossenen Miene. »Ich geh gleich wieder«, sagt sie eilig und wendet sich zur Tür.

»Nein, bleib!«, bitte ich sie einmal mehr.

Sie schüttelt den Kopf und greift bereits nach der Klinke.

»Jetzt warte!« Mit zwei Schritten bin ich bei ihr, lege leicht meine Hand auf ihren Arm. »Das ist meine Schwester Lila«, stelle ich sie vor. »Ich nähe ihr Hochzeitskleid. Wir sind fertig für heute. Komm! Setz dich!«

Koma schüttelt unwillig den Kopf. »Ich wollte … wollte nur …«, stottert sie. »Wegen vorhin … Ich war ziemlich gemein zu dir.«

»Ist längst vergessen«, beteuere ich.

»Ach, Scheiße!« Sie schüttelt grob meine Hand ab, hastet aus dem Laden und schmeißt die Tür so heftig zu, dass ich fürchte, die Scheibe knallt gleich auf den Boden.

»Wer war das denn?«, fragt Lila erstaunt, während sie Koma durch das Schaufenster neugierig hinterherguckt.

Ich erzähle ihr in Kurzform, was sich seit ein paar Tagen hier abspielt. »Ich habe das Gefühl, sie braucht jemanden, der sie ein bisschen an die Hand nimmt«, schließe ich meinen etwas wirren Bericht, der eigentlich ausschließlich davon handelt, dass Koma einen kleinen Schritt auf mich zumacht, um dann blitzartig zu verschwinden, als hätte sie panische Angst davor, dass jemand sie freundlich behandelt.

»Und diejenige, die das Mädel an die Hand nimmt, bist du?«, fragt Lila. »Stimmt's?«

»Keine Ahnung! Hast du gesehen, was mit ihrem Gesicht passiert ist?«

Lila nickt betreten. »Vielleicht solltest du die Polizei einschalten«, schlägt sie vor.

»Ich hab ja nichts in der Hand«, entgegne ich. »Sie selbst sagt, dass sie bloß hingefallen ist.«

»Pass ein bisschen auf, ja?«, bittet Lila.

»Vor Koma muss ich mich nicht in Acht nehmen«, erwidere ich. »Ich habe den Verdacht, dass ihr Freund ein Riesenidiot ist. Aber solange sie das nicht selbst erkennt …«

Und plötzlich geht alles blitzschnell. Am nächsten Abend ruft Basti mich von der Autobahn aus an und verspricht, mich gleich abzuholen. Er hat Juli zu ihrer Mutter nach Hamburg gebracht – der Startschuss zu unserem kinderfreien Wochenende, auf das wir uns wie immer besonders freuen. Zwar muss er ab Samstagabend in die Klinik, doch bis dahin wollen wir es uns richtig gemütlich machen.

Ich bin gerade dabei, die Werkstatt aufzuräumen und sauberzumachen, als die Tür aufgerissen wird und Basti mit Koma hereingestürzt kommt. Sie kann sich kaum auf den Beinen halten, aus ihrer Nase tropft Blut.

»Oh mein Gott!« Ich lasse vor Schreck den Besen fallen, mit dem ich gerade Stoff- und Fadenreste zusammenkehre. »Was ist passiert?«

»Das Mädchen taumelte mir gerade vor der Tür in die Arme. Ich habe keine Ahnung, woher sie kommt und was passiert ist. Hast du ein feuchtes Tuch?«

Er setzt Koma, die er mehr schleift, als dass sie geht, vorsichtig auf einem Stuhl ab. Wie der Blitz sause ich ins Bad, lasse kaltes Wasser über zwei Geschirrhandtücher laufen, wringe sie aus und bringe sie ihm. Sorgsam legt Basti Koma ein Tuch auf die Stirn. Mit dem anderen wischt er ihr das Blut vom Gesicht.

»Stütz sie mal!«, bittet er mich. »Damit sie mir nicht seitlich wegkippt.«

Ich lege einen Arm um die Verletzte, während er ihr Gesicht vorsichtig abtastet. »Meinst du, sie ist betrunken?«, frage ich, erstaunt darüber, dass sie willenlos alles, was wir tun, über sich ergehen lässt.

Basti schüttelt den Kopf. »Ich denke nicht«, antwortet er. »Ihre Benommenheit scheint mir eher Folge eines Schocks aufgrund von Gewalteinwirkung zu sein. Es sieht ganz danach aus, als wäre sie zusammengeschlagen worden.«

Verdammt! Ich ziehe entsetzt Luft durch die Zähne. »Das viele Blut!«, sage ich erschüttert. »Sie hört ja gar nicht auf zu bluten.«

»Ich denke, wir bringen sie besser direkt ins Krankenhaus«, schlägt Basti vor. »Ich muss mir die Verletzungen genauer ansehen. Möglicherweise ist ihre Nase gebrochen. Auch eine Gehirnerschütterung ist denkbar.«

»Nein«, stöhnt Koma, hebt mühsam den Kopf und sieht uns an. »Ich will nicht ins Krankenhaus. Lasst mich hier kurz ausruhen und dann verschwinde ich.«

»Mein Freund ist Arzt«, beruhige ich sie. »Du bist wahrscheinlich schwer verletzt und musst gründlich untersucht werden.«

»Nein.«

»Keine Angst, ich bleib bei dir«, verspreche ich.

»Ihr kennt euch?«, fragt Basti.

Ich nicke und sehe an seinem Gesicht, dass er verstanden hat.

»Koma?«, formen seine Lippen. Ich nicke erneut.

»Hör zu«, sagt er leise zu seiner Patientin. »Wir bringen dich in das Krankenhaus, in dem ich arbeite. Du kommst direkt mit mir in mein Sprechzimmer, da schau ich nach, ob du schwerere innere Verletzungen hast. Das Ganze geht ohne großen Wirbel über die Bühne, also mach dir keine Sorgen! Wenn alles so weit okay ist und du mir versicherst, dass du dich ein paar Tage ausruhst und noch mal zur Nachkontrolle zu mir kommst, lasse ich dich gleich wieder gehen.«

Ich bezweifle stark, dass Koma auf ihn hören wird. Bastis medizinische Autorität scheint jedoch ihre Wirkung nicht zu verfehlen, denn Koma nickt unmerklich.

»Okay«, haucht sie dann.

»Bist du versichert?«, fragt Basti.

»Klar«, antwortet sie und mit einem Mal schießen Tränen aus ihren Augen, laufen über ihre Wangen und vermischen sich dort mit Blut, Rotz und Speichel. Plötzlich wird sie käsebleich. Sie verdreht die Augen und ihr Kopf sinkt gegen Bastis Schulter.

»Jetzt aber!« Basti fängt Koma auf, bevor sie auf den Boden fallen kann, und trägt sie zu seinem Auto, das glücklicherweise direkt vor der Tür steht.

»Müssen wir nicht einen Krankenwagen holen?«, frage ich hilflos.

Basti handelt zielstrebig, eilig, aber nicht hektisch, und wirkt in jeder Sekunde souverän. »Wir sind schneller, wenn wir selbst fahren«, antwortet er und nickt mir aufmunternd zu. »Du hältst sie, während ich fahre.«

Ich vertraue ihm, lasse alles stehen und liegen, schließe rasch die Tür der Schneiderei ab und setze mich mit unserer Patientin auf die Rückbank. Vorsichtig bette ich ihren Kopf auf meine Oberschenkel.

Eine Stunde später sitzt Koma, die zum Glück aus der

Ohnmacht rasch erwacht ist, in Bastis Sprechzimmer im Krankenhaus. Er untersucht sie gründlich.

»Deine Nase ist gebrochen«, diagnostiziert er, während er die Röntgenbilder aufmerksam betrachtet. Er zeigt auf eine Aufnahme, auf der selbst für einen Laien wie mich deutlich sichtbar der verletzte Knochen zu sehen ist. »Das muss im OP gerichtet werden. Tut mir leid! Ich muss dich einweisen.«

Koma, die ziemlich schwach, allerdings nicht mehr so benebelt wirkt, protestiert leise. »Ich bleibe nicht hier, das könnt ihr vergessen.«

Wo sie die Energie für ihren Widerspruch hernimmt, ist mir schleierhaft. Ich mustere ihr Gesicht, das trotz der geschwollenen Nase und der Blutspuren unendlich zart und vor allem sehr hübsch aussieht. Ohne die vielen Piercings und Ringe, die die Röntgenschwester entfernen musste, während Koma trotz offensichtlicher Schmerzen die Zähne zusammenbiss und ich schon beim Hinschauen blass wurde, wirkt sie viel verletzlicher. Sie versucht aufzustehen, was ihr jedoch nicht gelingt, denn ihr wird sofort schwindlig.

»Scheiße«, flucht sie. »Der Typ hat mich total fertiggemacht.« Nachdem der Satz heraus ist, schlägt sie erschrocken die Hand vor den Mund.

»Wer hat dir das angetan?«, fragt Basti.

»Es war Kippe, stimmt's?«, füge ich hinzu.

Koma kneift die aufgeplatzten Lippen zusammen und schüttelt den Kopf. Dann fängt sie erneut an zu weinen.

»Wir müssen etwas unternehmen«, beschließe ich. »Dein Freund darf dich nicht …«

»Er hat nichts gemacht«, zischt Koma, wischt sich die Tränen ab und funkelt mich plötzlich böse an.

»Du hast doch selbst gesagt …«

»Gar nichts habe ich gesagt«, unterbricht sie mich. »Ich bin die Treppe heruntergefallen, hörst du!«

Es ist offensichtlich, dass sie lügt, aber genauso klar ist, dass Koma nur im Krankenhaus und somit in Sicherheit bleiben wird, wenn wir ihr glaubhaft versichern, dass wir – Übergriff hin oder her – nicht die Polizei einschalten werden. Obwohl ich der Meinung bin, dass der Typ, der ihr das angetan hat, umgehend angezeigt werden sollte, gebe ich ihr ein Versprechen: »Keine Sorge! Wir gehen nicht zur Polizei. Aber bitte bleib hier! Lass dir die Nase operieren und ruh dich aus. Wenn du willst, komme ich dich jeden Nachmittag besuchen.«

Endlich ist sie bereit nachzugeben. »Okay«, schnieft sie und wischt sich erneut mit der Hand über die Augen. »Aber du versprichst mir, dass du nichts unternimmst. Keine Bullen! Die würden mir sowieso kein Wort glauben.«

Basti steht neben uns, hört schweigend zu und schüttelt unwillig den Kopf.

Koma wird, nachdem sie der Behandlung endlich zugestimmt hat, von einem Pfleger auf die HNO-Station gebracht. Basti und ich folgen ihr und unterhalten uns leise, während ihr ein Bett zugewiesen wird, vor der geöffneten Tür ihres Zimmers.

»Musst *du* eigentlich etwas unternehmen?«, frage ich meinen Freund. »Ich meine, es ist offensichtlich, dass ihr Typ sie misshandelt und krankenhausreif geschlagen hat.«

»Ich unterliege in diesem Fall leider der Schweigepflicht«, antwortet Basti resigniert. »Du hast gehört, was sie gesagt hat.«

»Wie?«, frage ich verdattert. »Du *darfst* der Polizei gar nichts sagen, selbst wenn sonnenklar ist, dass es sich um Körperverletzung handelt?«

»So ist es! Vor allem, weil sie selbst behauptet, dass ihre

Verletzungen keine Folge von häuslicher Gewalt sind. Und noch dazu ausdrücklich fordert, dass wir die Polizei nicht einschalten.«

»Dann ist üblen Kerlen wie Kippe ja Tür und Tor geöffnet«, erwidere ich entsetzt. »Wenn wir wider besseren Wissens stillhalten müssen.«

»Sie kann ihn natürlich selbst anzeigen«, fügt Basti hinzu. »Aber du hast eben gehört, was sie gesagt hat.«

»Klar! Sie hat natürlich totale Angst vor dem Typen! Wer weiß, was er ihr beim nächsten Mal antut.«

»Und deshalb kommt der Scheißkerl, der ihr die Nase gebrochen hat, vermutlich ungeschoren davon.«

»Was für ein bescheuerter Kreislauf«, sage ich traurig. »Und wenn *ich* ihn anzeige?«

»Hast du ihr nicht gerade versprochen, das nicht zu tun?«, fragt Basti zurück.

»Du hast recht«, gebe ich zu. »Im Moment geht es in erster Linie um sie und darum, dass sie gesund wird. Wenn wir gegen ihren Willen handeln, haut sie ab und verschwindet auf Nimmerwiedersehen, sobald sie die Gelegenheit dazu bekommt. Und damit haben wir nichts gewonnen. Das Ganze macht mich irre wütend. Wie kann ein Mann nur … Ach, verdammt!«

Basti nimmt mich in den Arm. »Vielleicht fällt uns in den nächsten Tagen eine Lösung ein«, tröstet er mich. »Jetzt ist wichtig, dass sie operiert wird und wir sie erst einmal ein wenig aufpäppeln.«

»Ich werde versuchen, etwas aus ihr herauszubekommen und ihr Vertrauen zu gewinnen«, beschließe ich. »Wenn sie will, können wir später zur Polizei gehen.«

Während wir flüsternd diskutieren, weint Koma die ganze Zeit still vor sich hin. Zwei Schwestern kümmern sich um sie, waschen ihr vorsichtig das Blut aus dem Gesicht, helfen ihr anschließend in ein Krankenhaushemd und dann ins Bett, wo sie sich zusammenrollt wie ein Embryo und sich die Decke über den Kopf zieht.

Die anderen Plätze im Zimmer sind von drei älteren Damen belegt, die den Neuzugang mitleidig mustern. Ich habe spontan ein gutes Gefühl. Die werden sich bestimmt ein bisschen um Koma, das Küken, kümmern.

Kurz bevor sie in den OP geschoben wird, schlüpfe ich zu ihr ins Zimmer. »Soll ich wen für dich anrufen?«, frage ich. »Möchtest du, dass dich außer mir jemand besucht?«

Sie schüttelt den Kopf. »Nur du«, antwortet sie fast unhörbar und dreht den Kopf weg.

»Das mache ich«, verspreche ich ihr. »Sag mal, hast du Papiere bei dir?«

»In meiner Jacke«, kommt es leise von ihr zurück.

»Sie heißt Cornelia. Cornelia Markgraf.« Ich habe in ihrem Portemonnaie ihren Personalausweis und die Versichertenkarte gefunden.

Basti gähnt, dann grinst er. »Was immerhin ihren reichlich schrägen Spitznamen erklärt«, sagt er. »CoMa.«

»Mag sein«, erwidere ich nachdenklich. »Aber es erklärt nicht, warum sie so krass drauf ist. Die meisten Cornelias nennen sich Conny und gut ist.«

Es ist unterdessen Mitternacht geworden, und wir schleichen müde durch die Krankenhausgänge zu Bastis Auto, um nach Hause zu fahren. Koma hat ihre Operation gut überstanden. Sie ist wohlbehalten aus der Narkose aufgewacht und liegt jetzt, mit einem Verband im Gesicht, in ihrem Zimmer und schläft.

»Sie ist erst 21«, denke ich laut. »In ihrem Ausweis ist eine Straße in Wannsee als Wohnort eingetragen. Eigentlich keine Gegend, in der besonders prekäre Verhältnisse herrschen und die Bewohner morgens mit Bierflaschen auf Blumenrabatten hocken.«

»Eigentlich nicht«, bestätigt Basti und schließt das Auto auf.

»Ich würde gern wissen, was mit ihr los ist«, denke ich laut.

»Also, ich brauche erst einmal eine Pause«, gibt Basti zu bedenken.

Wir steigen ein und fahren endlich nach Hause, wobei wir beide still unseren Gedanken nachhängen. Ich bin zwar hundemüde, dennoch denke ich ununterbrochen über Koma nach. Besonders beschäftigt mich die Frage, was aus ihr werden soll, wenn sie aus dem Krankenhaus entlassen wird. Auf keinen Fall darf sie zu Kippe, dem Typen, der sie verletzt hat, zurückkehren! Warum sie, nachdem er sie das erste Mal geschlagen hat, überhaupt wieder zu ihm gegangen ist?

Zu Hause kuscheln Basti und ich uns im Bett müde aneinander. Schon bald höre ich ihn gleichmäßig atmen, ich selbst finde jedoch keine Ruhe. Also stehe ich auf und fange an, in meinem Kleiderschrank zu wühlen. Zum Glück geht das leise vonstatten, sodass ich Basti nicht aufwecke. Nach einer halben Stunde türmt sich ein ansehnlicher Haufen von Klamotten auf dem Fußboden. Koma braucht etwas anzuziehen, wenn sie aus der Klinik kommt. Sie mag etwas schmaler als ich sein, bei den meisten Sachen spielt das allerdings keine große Rolle. Vielmehr stellt sich die Frage, ob sie überhaupt bereit ist, eine Bluejeans samt roter Bluse oder weißem T-Shirt zu tragen.

Und die nächste, alles entscheidende Frage ist die, ob ich, so gerne ich ihr helfen möchte, Koma und ihren offensichtlichen Problemen überhaupt gewachsen bin. In was für Schwierigkeiten sie wirklich steckt, kann ich nicht ahnen, geschweige denn wissen. Wäre es nicht doch besser, die Polizei einzuschalten?

Beim Frühstück am nächsten Morgen kommt Basti, der natürlich ahnt, was mich beschäftigt, auf unser gestriges Erlebnis zu sprechen.

Nachdem ich erst gegen 3 Uhr nachts Ruhe und Schlaf gefunden habe, sitze ich müde und schweigsam am Frühstückstisch. Trotz zweier doppelter Espressi fühle ich mich kein bisschen munter. Unser gemeinsames Wochenende hat nicht sehr ermutigend begonnen.

»Ich nehme an, du willst gleich ins Krankenhaus?«, fragt Basti augenzwinkernd.

Ich nicke. »Kommst du mit?«

Er denkt einen Augenblick lang nach. »Ich schlage vor, wir beide verbringen den Tag zusammen und du begleitest mich heute Abend in die Klinik, wenn ich sowieso hingehen muss«, schlägt er schließlich vor.

Basti hat recht. Wir beide haben selten Zeit zu zweit, und ich gehe davon aus, dass Koma unterdessen nicht weglaufen wird. Wahrscheinlich ist sie dafür ohnehin viel zu schwach.

»Was hältst du von einem Spaziergang mit anschließendem Mittagessen am Wannsee?«, frage ich und zwinkere zurück.

Er grinst. »Das geht klar!«

»Markgraf« steht auf dem Klingelschild der schicken Villa mit Wassergrundstück am Kleinen Wannsee.

Wenn man hier im Südwesten Berlins die Sieben-Seen-Tour mit dem Ausflugsboot bucht, kommt man zu Beginn der Fahrt genau an diesen Grundstücken vorbei. Prächtige Villen, elegante Bootshäuser, gepflegte Gärten, die eher die

Bezeichnung Parkanlagen verdienen – Berlin zeigt sich hier von seiner noblen und repräsentativen Seite.

Hier ist Koma also aufgewachsen?

Ich versuche, während Basti und ich weiterschlendern, dieses Umfeld mit der gepiercten, abgemagerten und verzweifelt wirkenden jungen Frau zusammenzubringen, die mit gebrochener Nase im Krankenhaus liegt und nirgendwo hinzugehören scheint.

»Verstehst du das?«, frage ich Basti.

Er schüttelt den Kopf. »Manchmal hört man solche Geschichten«, sagt er. »Wer weiß, was deine Freundin auf dem Kerbholz hat.«

»Warum sie? Warum nicht ihre Eltern?«

»Du hast recht. Wir wissen nicht, was abgelaufen ist. Lass uns lieber nicht spekulieren. Vielleicht erzählt Cornelia dir ein bisschen, wenn du sie nachher besuchst.«

Ich zucke mit den Schultern. »Bisher hat sie sich nicht besonders gesprächig gezeigt.«

»Ich hatte gestern das Gefühl, dass sie dich mag«, erwidert Basti. »Als ich sie aufgesammelt habe, schien sie auf dem Weg in deine Werkstatt zu sein.«

»Wirklich?«

Ich bin ziemlich berührt und beschließe im Stillen, in meinen Anstrengungen für Koma – die ich bei nächster Gelegenheit fragen werde, ob ich sie bei ihrem schönen Namen Cornelia nennen darf – nicht nachzulassen.

Als ich am frühen Abend das Krankenzimmer betrete, hat sich Koma den Großteil ihres Schmucks erneut angelegt. Ganze zwölf Stecker zähle ich an ihren Ohren. Dazu ein Ring in der rechten Augenbraue, eine Art Schraube in der linken, nicht zu vergessen das Zungenpiercing, das aufblitzt, wenn sie redet, und den kleinen Ring in der Unterlippe. Nur den großen Nasenring konnte sie nicht zurück an Ort und Stelle bringen, da der Verband sie daran hindert.

»Wie geht's dir?«, frage ich.

Sie nickt müde. »Geht einigermaßen«, sagt sie. »Die Nase tut ziemlich weh.«

»Ich hab dir Obst mitgebracht. Magst du?«

»Danke!«

Koma wirkt vergleichsweise ruhig und ausgeglichen.

Die drei Damen in den Nachbarbetten haben ebenfalls Besuch, schauen aber gelegentlich zu uns herüber. Wahrscheinlich wissen sie nicht, was sie von Koma und ihrem martialischen Äußeren, das zu allem Überfluss durch zahlreiche Prellungen und Blutergüsse verstärkt wird, halten sollen. Sie sieht wirklich abenteuerlich aus.

Während Koma langsam die kleine Plastikschale mit dem gemischten Obst leert, schweigen wir.

»Was kann ich für dich tun?«, frage ich, als sie aufgegessen hat. »Möchtest du, dass ich dir was zu lesen bringe? Ein bisschen Schokolade? Sag einfach!«

Statt einer Antwort fragt sie: »Warum machst du das?«

Ja, warum mache ich das? Keine Ahnung. Vielleicht weil ich es normal finde zu helfen, wenn es mir möglich ist? Vielleicht, weil ich selbst mal kein Zuhause hatte, auch wenn es nur für eine Nacht war, und weiß, wie verloren man sich fühlen kann, wenn man niemanden hat, der einem die Hand reicht?

»Du hast in letzter Zeit beinahe jeden Tag vor der Schneiderei gesessen«, antworte ich schwammig, weil ich nicht aus Versehen etwas sagen will, was sie verletzt.

»Na und? Lädst du jeden zum Kaffee ein, der sich vor deiner Tür ausruht? Bist du so 'ne Art Mutter Teresa vom Kiez?«, spottet sie.

Ich finde ihre plötzliche Attacke ziemlich verletzend und beschließe, die vorsichtige Zurückhaltung aufzugeben und mich zu wehren. »Nein, bin ich nicht«, antworte ich laut und ziemlich gereizt. »Bisher ist aber auch noch keiner blutend und mit zerschlagener Nase bei mir aufgekreuzt. Die anderen bringen mir einfach nur ihre Hosen zum Ausbessern.« In diesem Moment ist mir egal, dass Koma erbleicht und die anderen Leute im Zimmer erstaunt die Köpfe zu mir drehen.

»Ich …«

Nein, jetzt rede ich. Und zwar Klartext! »Weißt du was? Du kannst mich gerne laufend hinterfragen und an allem, was ich mache, herummosern. Ich finde es trotzdem richtig, dass mein Freund und ich dich nicht zusammengeschlagen auf der Straße liegen lassen haben!«

»Tut mir leid!« Koma sieht mich mit großen Augen erschrocken an. »Danke!«, fügt sie hinzu, nachdem sie geschluckt hat. »Ich hab bisher gar nicht Danke gesagt.«

»Bitte!«, erwidere ich, noch immer leicht verschnupft.

»Ich bin es nicht gewöhnt, dass einer nett zu mir ist.«

»Das hast du mir schon einmal gesagt«, stelle ich fest und frage mich, ob ich an dieser Stelle nachhaken soll, warum sie nicht bei ihrer Familie in Wannsee lebt, sondern sich an einen Typen hängt, der offensichtlich ein brutaler Schläger ist.

Im letzten Moment beiße ich mir auf die Zunge. Es ist zu früh. Welche Gründe es auch sein mögen, die sie von zu Hause weggetrieben haben. Es werden schwerwiegende gewesen sein.

»Ich bin jedenfalls nett«, sage ich stattdessen. »Gewöhn dich einfach dran.«

Als ich mich eine Stunde später verabschiede, folgt mir eine der Zimmergenossinnen von Koma, eine freundlich aussehende, leicht rundliche Frau von vielleicht 70 Jahren. »Was ist denn los mit dem Mädchen?«, fragt sie mich. »Gestern sah sie so nett aus und heute? Diese ganzen schrecklichen Metalldinger in ihrem Gesicht …«

Ich seufze leise. »Ich weiß es nicht«, antworte ich schließlich. »Ich glaube, sie braucht im Augenblick Menschen, die sie nichts fragen, sondern einfach total lieb zu ihr sind.«

»Hat sie irgendwas verbrochen?«

Ich schüttele den Kopf. »Nein«, antworte ich. »Nein, ich glaube nicht.«

»In Ordnung! Wir kümmern uns um sie«, sagt die alte Dame. »Ich bin übrigens Elsa.«

»Rosa.«

Wir schütteln uns die Hände.

Als ich am nächsten Nachmittag ins Krankenhaus komme, entdecke ich die vier am Fenster, wo sie Karten spielen. Ein kleiner Marmorkuchen und Kekse stehen auf dem Tisch. Koma sitzt zwischen den alten Ladys, deckt gerade eine Karte auf und … sie lacht.

Ich wiederum könnte bei dem Anblick heulen.

Vor Freude natürlich!

KAPITEL 3

An: rosa.redlich@webfix.de
Allerlei

Liebe Rosa,

bestimmt hast du mit deinem Basti ein schönes Wochenende verbracht. Wart ihr in Kletzin?

Wie sehr ich euch alle vermisse! Unsere Lulu ist sicher kräftig gewachsen, nicht wahr? Sobald ich zurück bin, muss uns Vicki mit ihrer kleinen Familie wieder einmal besuchen.

Mein Wochenende war übrigens wirklich traumhaft. Am Samstag habe ich mir Salzburg angeschaut und am Sonntag ist der Seppi mit mir zum Tegernsee gefahren. Das waren zwei schöne Tage, und der Wettergott hat es sehr gut mit uns gemeint.

Erzähl mir, liebe Rosa, wie laufen die Geschäfte? Ich bin sicher, ihr kommt wunderbar ohne mich zurecht.

Fragen die Kunden nach mir?

Stell dir vor, genau seit 30 Jahren gehört mir jetzt die kleine Schneiderei. Ein halbes Leben lang bin ich dem Wedding und meinem Beruf nun schon treu. Auch wenn du mir verboten hast, das Wort ein weiteres Mal zu benutzen: 30 Jahre eine Straße, eine Werkstatt, ein Beruf. Liebe Rosa, findest du nicht, dass das ziemlich alt klingt? Und ist es nicht seltsam, dass ich mich trotzdem neuerdings so spannungsgeladen fühle? So, als wäre ich noch einmal jung und das Leben läge noch vor mir? Und gleichzeitig Angst habe, die restliche Zeit liefe mir ungenutzt davon?

Ich drück dich fest und meine liebe Jola natürlich auch!

Deine Margret

PS Um die Mail zu tippen, habe ich nur fünf Minuten gebraucht. Mein Smartdings und ich verstehen uns täglich besser. ☺ Siehst du, ich kann sogar schon diese Lach-Gesichter machen.

An: Margret-Sonnemann@starnet.de
Re: Allerlei

Liebe Margret,

schön, dass du mir gemailt hast. So ein Smartphone ist eine praktische Sache, nicht wahr?

Das Wochenende, nun ja, sagen wir mal, es war ein wenig speziell. Näheres erzähle ich dir, wenn du wieder in Berlin bist. Nur so viel: Du musst dir keine Sorgen machen. Die Geschäfte laufen wie immer sehr gut. Da nun in Berlin der Wettergott ein wenig Einsehen zeigt und seit drei Tagen die Sonne scheint, haben wir alle Hände voll damit zu tun, die Frühlingsgarderobe der Kunden auf Vordermann zu bringen. Und natürlich fragen sie alle nach dir. Was denkst du denn?

Ich war in den letzten Tagen ziemlich viel mit Lilas Brautkleid beschäftigt. Wie du weißt, besteht sie darauf, in ungefähr hundert Lagen Tüll zu heiraten. Das Kleid sieht fantastisch aus! Macht allerdings eine Heidenarbeit.

Jola und ich freuen uns riesig über deine gelungene Kur. Du grübelst ziemlich viel, nicht wahr? Ich wundere mich nicht darüber, denn endlich hast du Zeit, um an mehr als deine Werkstatt zu denken. Du denkst an dich! Gratuliere!

Höre ich das richtig heraus? Du verspürst den Wunsch, dein Leben ein wenig zu verändern? Fühl dich ermutigt! Jeder Tag, der noch vor dir liegt, möge ein guter sein. Doch jetzt zur allerwichtigsten Frage: Wer, liebe Margret, ist eigentlich der Seppi?

Alles Liebe!

Deine Rosa

Als ich am Montag die Werkstatt betrete, ist Jola gerade eingetroffen und erwartet mich mit schockiertem Gesichtsausdruck.

»Was ist passiert hier?«, fragt sie und blickt sich ratlos um.

Bevor wir am Freitag mit der halb ohnmächtigen Koma ins Krankenhaus gerast sind, hatte ich keine Zeit, die Blutflecke aufzuwischen und die verschmierten Handtücher in die Wäsche zu geben. In Kurzform berichte ich Jola, was vorgefallen ist.

Sie schüttelt den Kopf. »Macht sie nichts als Ärger, diese Mädchen.«

»Ich war am Sonntag den Nachmittag über bei ihr im Krankenhaus«, berichte ich, nachdem ich eilig Putzzeug aus dem Bad geholt habe, mich hinknie und den Boden mit einer Bürste sauber schrubbe. »Da hat sie sich völlig normal verhalten. Wir sind spazieren gegangen und haben uns unterhalten.« Koma erzählt nicht viel von sich, dass sie mich jedoch weder angefeindet hat noch weggelaufen ist, muss ich dennoch als Fortschritt in unserer Beziehung werten.

»Und was willst du machen, wenn sie kommt aus Krankenhaus?«

Jolas Frage ist berechtigt. Ich habe sie mir selbst bereits mehrfach gestellt. Sie darf auf keinen Fall zu ihrem »Freund« zurück.

»Ich weiß es nicht«, antworte ich gleichermaßen wahrheitsgemäß wie überfordert. »Das ist eine schwierige Situation, schließlich ist sie im Grunde eigentlich eine Fremde. Komischerweise fühle ich mich trotzdem für sie verantwortlich.«

Jola lächelt. »Fragst du Vicki!«, schlägt sie vor.

Die Gelegenheit kommt schneller als gedacht, denn kaum habe ich das Putzen hinter mich gebracht und meinen Morgenkaffee mit Jola getrunken, ruft Vicki mich an, als ahnte sie, dass ich ihren Rat brauche. Nachdem ich ihr mein Problem geschildert habe, sagt sie: »Klarer Fall, wenn du mich fragst.«

»Ach ja?«

»Du nimmst sie mit zu dir!«

»Echt jetzt? Meinst du das ernst?«

»Du hast sie sowieso schon halb adoptiert«, erwidert Vicki. Ich kann quasi sehen, dass sie bei diesen Worten breit grinst. »Es ist besser, sie wohnt bei dir, wo du sie aufpäppeln und ganz nebenbei ein bisschen auf sie aufpassen kannst, als dass sie draußen herumstromert.«

»Das stimmt natürlich.«

»Weißt du noch, wie das mit uns beiden damals lief?«, fragt Vicki.

»Logisch!« Ich muss lachen. »Allerdings ist mir eben erst klar geworden, dass du mich anscheinend weniger aus purer Freundschaft aufgenommen hast, sondern vielmehr, um auf mich *aufzupassen*.«

Vicki stimmt in mein Lachen ein. »Glaub mir, es war besser so. Freundinnen müssen das manchmal machen. Vor allem, wenn die eine nüchtern ist und die andere unter dem Einfluss von mehreren Litern Pflaumenwein steht.«

»Pfff«, spiele ich die Entrüstete. Der Schlagabtausch mit Vicki macht mir Spaß.

Wir gackern fröhlich.

»Danke«, sage ich. »Dein Rat bedeutet mir viel.« Ich bin froh über Vickis unkomplizierte Ermutigung.

Ein Unterschied zwischen damals und heute ist jedoch nicht zu leugnen. Vicki und ich kannten uns lange, als sie mir Unterschlupf gewährt hat. Ich weiß nicht viel von Koma, und sie in unsere Wohnung einzuladen, birgt ein gewisses Risiko. Was, wenn wir überhaupt nicht miteinander klarkommen? Wenn sie anstrengend, unangenehm, gar kriminell ist? Bevor ich irgendetwas entscheide, muss ich auf jeden Fall Basti nach seiner Meinung fragen. Da wir beide die Verantwortung für die kleine Juli tragen und sie seine Tochter ist, hat er bei der Angelegenheit natürlich ein Wörtchen mitzureden.

Basti grübelt eine Weile, nachdem ich ihm Vickis Idee und meine Überlegungen dazu mitgeteilt habe. Dann nickt er. »Die Idee ist nicht schlecht. Im Grunde glaube ich wie du daran, dass sie in Ordnung ist und nur etwas Orientierung braucht.«

Ich bin froh, dass er das so sieht.

»Und Juli?«

»Fragen wir sie! Ich bin durchaus dafür, Cornelia eine Weile zu uns zu nehmen, wenn sie will. Aber das Zünglein an der Waage ist Juli.«

Ich stimme ihm zu. »Okay! Wir entscheiden, aber Juli muss ebenfalls einverstanden sein.«

»Wir können doch zusammen was Schönes unternehmen«, schlägt die Kleine erneut ganz unkompliziert vor, als wir beim Abendessen auf einen möglichen Aufenthalt von Koma in unserer Wohnung zu sprechen kommen. »Ich merke dann schon, ob ich mich mit ihr vertrage. Und dann sag ich euch Bescheid.«

Jetzt muss noch Koma selbst ihr Okay geben. Wahrscheinlich stellt das bei dem ganzen Vorhaben die größte Hürde dar.

»Ich soll bei dir wohnen?«, fragt sie, als wir zusammen in der Cafeteria des Krankenhauses sitzen, und verschluckt sich beinahe an ihrer heißen Schokolade. »Warum?« Völlig überrumpelt sieht sie mich an.

»Mal eine Gegenfrage«, erwidere ich. »Weißt du denn, wo du sonst hingehen sollst?«

Sie senkt den Blick, nimmt ihren Löffel und rührt im Kakao. Ich mache, was ich immer tue, wenn Koma Zeit braucht, um nachzudenken – abwarten und Tee trinken. Ihr Mienenspiel spricht Bände, während sie grübelt.

Schließlich blickt sie auf und schüttelt sie den Kopf. »Nein«, gibt sie zu. »Ich weiß absolut nicht, wohin ich gehen soll.«

»Deine Eltern?«, wage ich mich vorsichtig vor.

Ihre Hand an der Tasse fängt an zu zittern. »Nein«, antwortet sie leise. »Da kann ich nicht mehr wohnen.«

»Kannst du nicht oder willst du nicht?«

»Beides.« Sie holt tief Luft. »Sie wohnen in Berlin, aber wir haben keinen Kontakt zueinander. Sie … sie wollen nichts mit mir zu tun haben.«

»Dann nimm mein … unser Angebot bitte an. Basti hat nichts dagegen und die kleine Juli …«

»Ihr habt ein Kind?«

»Es ist seine Tochter. Sie lebt bei uns, weil ihre Mutter ein Jahr in Amerika war, um dort zu forschen. Als sie zurück nach Hamburg kam, hatte sich Juli so gut eingelebt, hier in Berlin und in ihrer Schule. Wir haben alle zusammen beschlossen, dass es besser ist, wenn sie vorerst bei uns bleibt.«

»Du hast ein echt großes Herz.«

»Kann sein«, antworte ich. »Ehrlich gesagt denke ich nicht viel darüber nach. Ich bin einfach so, wie ich bin.«

Nach diesen Worten lächelt mich Koma zum ersten Mal richtig offen an. Die Spuren der Schläge und der Gewalt, die sie erfahren hat, sind noch lange nicht verheilt. Trotzdem liegt in ihren Augen in diesem Augenblick ein glückliches Glitzern.

Ein guter Moment, um sie zu fragen, was mir schon länger auf dem Herzen liegt: »Sag mal, ist es okay, wenn ich dich Cornelia nenne?«, wage ich mich vor. »Oder Conny?«

»Meinetwegen«, erwidert sie grinsend. »Solange du nicht hoffst, dass ich deshalb Rüschenblusen und Blümchenkleider trage.«

»Nee, natürlich nicht«, beteuere ich, während ich hinter dem Rücken die Finger kreuze. Ich bin sicher, die hübsche Conny würde in einem Blümchenkleid zauberhaft aussehen. Aber an solch wichtige Nebensächlichkeiten ist vorerst nicht zu denken. Da muss die passionierte Schneiderin in mir einfach eine Weile Ruhe geben.

Am gleichen Nachmittag holt Basti Juli von der Schule und mich von der Arbeit ab. Gemeinsam fahren wir ins Krankenhaus, wo er seiner Patientin bis zum Abend »Ausgang« gewährt. Bereits am nächsten Tag soll sie entlassen werden. Ihre Verletzungen heilen gut, jedoch muss sie ein paar Wochen lang einen kleinen Gipsverband zum Schutz der frisch operierten Nase tragen.

Ihre drei Mitpatientinnen winken ihr fröhlich nach, als sie das Zimmer verlässt.

Nach vier Tagen sehe ich sie, statt in Schlafanzug und Bademantel, zum ersten Mal in den Klamotten, in denen sie eingeliefert wurde. Unglücklich betrachtet sie das graue T-Shirt, das voller Blutflecken ist. Ihre Jeans und die abgetragene Lederjacke sind unversehrt geblieben. Jedenfalls sind keine neuen Löcher dazugekommen.

Das ist mein Moment. »Ich hab dir ein paar Sachen mitgebracht«, sage ich so beiläufig wie möglich und halte ihr eine Plastiktüte hin. »Guck mal, ob dir was davon gefällt.«

Sie brummt etwas Unverständliches, verzieht sich dann jedoch mit den Klamotten auf eine Toilette und kommt kurz darauf mit gesenktem Kopf wieder. Unter ihrer Lederjacke trägt sie jetzt eine graue Bluse mit gesmoktem Bund und kleinen gelben Streublümchen. Ein Stilbruch, der gar nicht schlecht aussieht.

Vielleicht sollte ich, wenn ich wieder Lust und Zeit für eine selbst entworfene Kollektion habe, mich an genau diesem Stilmix orientieren. Schwere Boots und leichte Blümchenkleider. Zerrissene Jeans und romantische Carmenblusen …

»Was starrst du denn so?«, fragt Conny und bleibt an der Toilettentür stehen. »Sieht scheiße aus, oder?«

»Nein«, beteuere ich. Sie weiß natürlich nichts von meiner Leidenschaft für Mode und dass ich eigentlich ununterbrochen Inspiration sammele. »Du siehst sehr hübsch aus.«

»Danke«, murmelt sie und gibt mir die Tüte zurück.

Juli und Basti warten am Auto auf uns. Bastis Tochter reißt beim Anblick von Conny erschrocken die Augen auf. Ich befürchte, die vielen Piercings in Verbindung mit den Hämatomen im Gesicht und dem Gipsverband auf der Nase sind ein bisschen zu viel für sie.

Doch als Conny ihr die Hand schüttelt, lächelt sie.

»Hi, ich bin Koma … äh, Conny. Ich meine, ich … ich bin Conny.«

»Ich bin Julia, aber alle nennen mich Juli. Und ich hab im Juli Geburtstag, lustig, oder? Setzt du dich neben mich?«

»Klar!«

Conny kraxelt zu Juli auf die Rückbank.

»Weißt du, was ich mir dieses Jahr zu Weihnachten wünsche?«, plappert die Kleine sofort fröhlich drauflos. »Ein Pferd! Also, ich meine ein echtes, nicht eins zum Spielen aus Plüsch oder so. Verstehst du?«

»Ein echtes Pferd? Cool!«

»Ich kann reiten und Vicki hat gesagt, dass sie in Kletzin genug Platz für Pferde hat und vielleicht, also, wenn ich genug gespart habe, dann kaufe ich mir besser selbst eins und dann kann Papa gar nichts dagegen haben, denn es ist ja mein Geld … Weißt du, was ich glaube?« Sie senkt die Stimme, doch wir hören sie trotzdem. »Er will mir nämlich keins schenken.«

»Na ja, ein Pferd ist ganz schön teuer, meinst du nicht?«

Ich lausche zufrieden dem Gespräch der beiden, während Basti langsam vom Krankenhausgelände fährt.

Juli zeigt keinerlei Scheu. »Weißt du, wie viel ich für mein Pferd gespart habe?«, fragt sie mit Stolz in der Stimme. Conny schüttelt den Kopf. »300 Euro! Die sind in meiner Sparbüchse. Die steht in meinem Zimmer auf dem Schreibtisch und jedes Mal, wenn ich Geld geschenkt bekomme, stecke ich das da rein.«

»Super!«

Conny muss nicht viel sagen, wenn sie nicht will, denn Juli redet, wenn sie erst einmal bei ihrem Lieblingsthema Pferde angekommen ist, ohne Unterlass und lässt niemanden sonst zu Wort kommen.

»Iri heißt das Pferd, auf dem ich in Kletzin immer reite«, holt sie nun weiter aus. »Rat mal! Ist das eine Stute oder ein Hengst?«

»Iri? Ich würde sagen, das ist ein Mädchen.«

»Falsch«, freut sich Juli, die mich mit dieser Frage vor Kurzem ebenfalls aufs Glatteis geführt hat. »Das denken alle, aber Iri ist ein Jungsname. Ich wollte es zuerst nicht glauben. Iri ist mein absolutes Lieblingspferd. Du *musst* unbedingt mit nach Kletzin kommen, da ist es so schön. Kannst du reiten?«

»Nein«, gesteht Conny. »Aber ich stelle es mir schön vor.«

»Es ist das Allerschönste auf der ganzen Welt.«

Basti und ich lächeln uns verschwörerisch an. Unsere kleine Juli macht sich großartig als Herzensbrecherin.

»Ich hab übrigens umdisponiert«, sagt Basti, der in diesem Augenblick den Blinker setzt und auf die Hauptstraße einbiegt. »Wir fahren nicht wie geplant in den Zoo, sondern ins Umland.«

»Ach so?« Conny runzelt die Stirn. »Warum das denn?«

»Ein Kollege hat mir einen Tipp gegeben«, antwortet Basti.

»Und was für einen?«, frage ich leicht verwundert. Ich bin überrascht und neugierig, denn genau wie Conny war ich davon ausgegangen, dass wir den Nachmittag im Berliner Zoo verbringen.

»Zoo kann jeder«, sagt Basti und zwinkert mir zu. »Lasst euch überraschen.«

»Pferdehof?«, fragt Juli strahlend. »Fahren wir auf einen Pferdehof?«

»Besser.«

»Los, Papa, sag es uns!«, quengelt die Kleine und rutscht ungeduldig auf ihrem Hosenboden herum.

Basti genießt es sichtlich, uns auf die Folter zu spannen, und schweigt sich den Rest der Fahrt über beharrlich aus.

Schon bald haben wir die Stadt verlassen und reihen uns auf dem Berliner Ring in eine stetig strömende Blechkolonne ein. Basti pfeift fröhlich und grinst vor sich hin. Juli hat es aufgegeben, ihn zu löchern, und unterhält sich leise mit Conny.

Ich lehne mich zurück, vertraue darauf, dass Basti sich etwas Schönes überlegt hat, und träume, während wir Berlin weit hinter uns lassen, beim Blick aus dem Fenster vor mich hin.

Der Frühling ist eindeutig meine allerliebste Jahreszeit. Ich freue mich jedes Jahr aufs Neue und fühle mich wie neugeboren, wenn der winterliche Grauschleier sich hebt und die Farben wieder leuchtend und intensiv werden. Das Gras auf den Wiesen sieht saftig und strahlend aus, sodass ich am liebsten anhalten und mit bloßen Füßen hindurchlaufen würde. Die ersten Obstbäume blühen. Gelbe Ranunkeln leuchten in frisch geharkten Vorgärten, und als wir nach einer Stunde Fahrt das Auto verlassen, umfängt uns Ruhe, Bienensummen und Fliederduft.

»Und jetzt?«, frage ich neugierig.

Ein Spaziergang in der milden Frühlingsluft ist sicherlich sehr entspannend. Aber ich weiß, dass Juli auf den Zoo eingestellt war, und vermute, sie wird enttäuscht sein, wenn wir überhaupt keine Tiere zu sehen kriegen.

»Papa!«

Während ich im ziemlich unordentlichen Kofferraum unseres Autos krame, um meine flachen Treter zu finden, die ich gegen meine Absatzschuhe tauschen will, schreit die Kleine so laut auf, dass ich erschrocken zusammenfahre. Sie hat sich ganz nach Kinderart umgehend auf die Beine gemacht, um die Gegend zu erkunden. Und jetzt brüllt sie.

»Guckt mal, was ist das für ein komisches Tier?«

In meinen Ohren klingt das wie ein Hilferuf.

Während ich entsetzt alles stehen und liegen lasse und in die Richtung hetze, in der ich Juli vermute, um sie vor komischen Tieren gleich welcher Art zu beschützen, nehme ich aus dem Augenwinkel wahr, dass Basti sich ausführlich rekelt. Der hat Nerven!

»Was ist denn los?«, rufe ich atemlos, als ich die Kleine erreicht habe, die im Übrigen total munter aussieht, und folge mit meinem Blick ihrem ausgestreckten Zeigefinger.

Hinter Bäumen halb verborgen, sehe ich ein felliges hochbeiniges Etwas mit seinen spitzen Ohren wackeln. Gefährlich sieht es jedenfalls nicht aus. Plötzlich geniere ich mich dafür, dass meine Fantasie mit mir durchgegangen ist. Basti ist ein absolut fürsorglicher Vater. War eigentlich klar, dass er seine Tochter nicht zum Spazierengehen in einen Jurassic Park schickt.

»Hat irgendwer einen Tipp?«, fragt Basti, der mir in entspanntem Ultraslowmotion-Tempo gefolgt ist.

»Das ist ein Lama«, antwortet Conny. »Glaub ich zumindest.«

»Richtig!«

»Das sind doch die, die so gerne spucken, oder?«, frage ich.

Basti guckt mich von der Seite an. »Ich denke, das werden wir gleich sehen.«

»Also werden wir den Nachmittag mit diesem Lama verbringen?«, frage ich verblüfft.

Basti grinst zufrieden.

»Kann ich es streicheln?«, ruft Juli begeistert und schaut uns bittend an.

»Sag endlich, was genau du vorhast!«, fordere ich den Geheimniskrämer auf.

»Erst musst du dir Schuhe anziehen.« Der Quälgeist genießt es sichtlich, mich ein bisschen zu necken. Juli und Conny schauen prompt auf meine Füße. Die Kleine kichert, als sie meine schmutzigen Socken sieht. Conny gibt sich sichtlich Mühe, ihr Grinsen zu unterdrücken. Das hab ich nun davon, dass ich selbstlos und ohne zu zögern seinem schreienden Kind zu Hilfe geeilt bin. »Ich wollte dir gerade erzählen, was ich geplant habe, als du wie der Teufel an mir vorbeigesaust bist.«

»Hmppff«, mache ich. Dann drehe ich mich um und bemühe mich um einen stolzen Abgang, so gut das auf Socken eben möglich ist, während ich mir schwöre, beim nächsten Mal, wenn Basti es eilig hat, meine Schuhe besonders langsam anzuziehen.

Als ich zum Auto zurücklaufe, entdecke ich an einem nahe gelegenen Haus ein Schild. *Brandenburger Lamafarm*, steht in Großbuchstaben darauf geschrieben.

»Also gut«, lässt sich Basti nicht länger bitten, als ich wenig später, an den Füßen ordnungsgemäß gekleidet, zu der kleinen Gruppe zurückkehre. »Wir machen eine Lama-Wanderung.«

»Eine ... was?«

Während ich nicht recht weiß, was ich von Bastis Überraschung halten soll, reagiert Conny total entspannt. »Cool«, kommentiert sie und schaut sich interessiert um. Dann folgt sie Juli an das Gatter und späht neugierig zu dem großen Tier mit dem langen Hals hinüber, das uns zuerst mustert und anschließend gelassen weiter Gras von der Wiese zupft.

»Wie kommst du auf so eine verrückte Idee?«, frage ich noch immer misstrauisch. »Unter einer Lama-Wanderung kann ich mir rein gar nichts vorstellen.«

»Das lässt sich ändern!«, vernehme ich hinter mir eine fröhliche Stimme. Erschrocken drehe ich mich um.

Ein junger Mann – groß, schlank, in Jeans und Shirt gekleidet und mit langer dunkelblonder Rastamähne – lächelt gewinnend und reicht mir die Hand. »Darf ich mich vorstellen? Ich bin Ole Schmitz, und ich bin heute für Sie verantwortlich.«

Unterdessen haben sich außer uns ein paar weitere Erwachsene und Kinder am Gatter versammelt. Alle schauen neugierig zu dem Tier hinüber, und ich frage mich angestrengt, wie eine Wanderung von zehn Leuten mit einem einzigen Tier eigentlich vonstattengehen soll.

Ole begrüßt nacheinander die einzelnen Teilnehmer der Wanderung mit Handschlag. Als er bei Conny angekommen ist, bleibt sein Blick etwas länger an ihr hängen.

Sie tut mir leid, denn ich sehe, dass Ole nicht der Einzige ist, der sie aufgrund ihres abenteuerlich anmutenden Äußeren neugierig mustert. Ihre Augen sind, seit wir nicht mehr unter uns sind, wieder fast ausschließlich auf den Boden gerichtet, ihr Lächeln ist dem üblichen verschlossenen Gesichtsausdruck gewichen. Ich hoffe, die Leute hören bald auf, sie anzustarren, und konzentrieren sich stattdessen auf das Lama, das, bei näherem Hinsehen, ein wirklich hübsches und vor allem freundlich aussehendes Tier ist.

Der nette Ole trommelt jetzt die ganze Truppe zusammen und erklärt uns, was es mit der heutigen Wanderung auf sich hat. »Ich weiß genau, was Sie zuerst wissen wollen«, sagt er. »Ob Sie heute angespuckt werden oder nicht, stimmt's?«

Die meisten der Teilnehmer lachen und nicken, manche sehen allerdings ziemlich unsicher aus.

Ole grinst. »Kein Problem«, sagt er. »Das ist *immer* die erste Frage.« Dann schüttelt er den Kopf. »Davor brauchen Sie sich wirklich nicht zu fürchten. Grundlos wird kein Lama Sie anspucken.«

Interessiert höre ich, dass Lamas und ihre Verwandten, die Alpakas, die wiederum eigentlich alle Kamele sind, spucken, um ihr Revier zu verteidigen und sich innerhalb einer Gruppe zu behaupten und ihre Stellung zu klären.

»Also, solange die Tiere Sie nicht für ein anderes Lama halten, müssen Sie sich keine Sorge machen.«

Ich bin beruhigt. Solch eine Verwechslung sollte sich ohne großen Aufwand verhindern lassen.

Anschließend erklärt Ole uns, dass wir nicht mit der Zunge schnalzen sollen, um die Tiere zu locken oder zum Weitergehen zu bewegen. Das würde die Lamas irritieren, denn dieses Geräusch ähnelt dem, das sie machen, um sich gegenseitig zum Kampf herauszufordern.

Ole erzählt kurzweilig und ausführlich. Man merkt, dass er sich gut auskennt und uns die Tiere auf unkomplizierte Weise nahebringen will. Ich schaue mich um und merke, wie sich die anfängliche Anspannung in der Gruppe zu lösen beginnt.

Juli hüpft fröhlich an Connys Hand auf und ab, und ich kann ihr ansehen, wie ungeduldig sie darauf wartet, dass es losgeht. Unterdessen bin ich ebenfalls ziemlich neugierig geworden.

»Jeder, der möchte, kann während der Wanderung sein eigenes Lama führen«, bietet Ole nun an. »Ich habe insgesamt 25 Lama- und einige Alpaka-Hengste auf der Weide, zu der wir jetzt gleich gemeinsam laufen. Zum Wandern werden übrigens ausschließlich die männlichen Tiere eingesetzt. Die Damen befinden sich auf einer Extraweide. Einige von ihnen haben gerade Nachwuchs.«

»Lamababys?« Juli ist nun noch aufgeregter.

Ole verspricht ihr, dass sie die Kleinen nachher bewundern darf, allerdings aus der Ferne.

Während er uns erzählt, dass Lamas in ihrer ursprünglichen Heimat nicht als Reit-, sondern als Lasttiere gehalten werden, machen wir uns auf den Weg zu der Weide, auf der unsere Gefährten für die nächsten Stunden bereits warten.

Wir stapfen an einem kleinen Kanal entlang, lassen uns von der Sonne bescheinen und sind guter Dinge. Nach meiner Erfahrung mit Pferden (die sich von mir gar nicht in

Gang setzen lassen, sondern es vorziehen, mich und mein hilfloses Zerren am Zügel zu ignorieren, stehen zu bleiben und Gras zu fressen) beschließe ich, während der Wanderung kein eigenes Lama in Obhut zu nehmen, sondern mir mit Basti eins zu teilen. Im Zweifelsfall ärgert *er* sich mit dem Tier herum, während ich einfach entspannt nebenherlaufe.

Juli und Conny entscheiden sich dafür, jede ein eigenes Lama zu führen.

»Die Kinder dürfen sich zuerst ihr Lama aussuchen«, sagt Ole gerade, »danach sind die Großen dran.«

Schon von Weitem ist die Herde auf der Weide zu sehen. Es gibt kaum einen friedlicheren Anblick, als ruhig vor sich hin grasende Weidetiere. Ob es sich hierbei um Kühe, Schafe, Pferde oder eben Lamas handelt, ist eigentlich egal. Der Anblick der fremdländischen Vierbeiner zaubert einen seligen Ausdruck auf alle Gesichter.

Dazu passt, dass Ole seinen Bericht mit der Erklärung abschließt, dass die *Brandenburger Lamafarm* die Tiere nicht wegen ihres Fleisches hält. Lamas können 20 Jahre alt werden, und das dürfen sie hier auf der Farm auch.

Der Gedanke an ein kleines Paradies liegt gar nicht so fern.

Gemeinsam betreten wir nun die Weide. Eines der großen Tiere schreitet langsam auf uns zu, um uns ohne Scheu zu inspizieren. Zum ersten Mal sehe ich ein Lama aus nächster Nähe.

»Das hat ganz lange Wimpern«, sagt Juli und fasst nach meiner Hand. »Das nehme ich.«

»Die haben bestimmt alle solche«, erwidere ich und frage mich, wie das zierliche Mädchen es schaffen soll, ein Riesentier wie dieses von der Stelle zu bewegen. Juli ist zwar im Umgang mit Pferden versiert, ob das allerdings beim Lamawandern nützt, muss sich erst zeigen. »Vielleicht suchst du dir lieber eins von den süßen Alpakas aus.« *Die außerdem nur halb so groß wie Lamas sind.* Letzteres denke ich mir nur, um Julis sportlichen Ehrgeiz und ihren Widerspruchsgeist nicht noch weiter anzustacheln.

Bevor es jedoch ans Auswählen geht, helfen wir Ole, ein paar Tiere von der Weide in ein kleineres Gatter zu treiben. Erst dort sucht sich jeder seinen Gefährten aus, wartet geduldig, bis Ole dem Lama ein Halfter angelegt hat und wir zusammen losmarschieren.

Juli ist die jüngste Teilnehmerin der Wanderung, bleibt dennoch entschlossen bei ihrer anfänglichen Wahl. »Ich will den da, Rosa!«, beharrt sie. »Ich schaff das schon.«

Da Ole nichts gegen ihren Entschluss einzuwenden hat, verkneife ich mir weitere Bemerkungen.

Henry ist das größte Lama der Herde – ein freundlich aussehender Riese mit langen, spitzen Ohren und vertrauenerweckenden Kulleraugen. Stolz hält Juli die Leine in der Hand, während Ole uns erklärt, wie Lamas zu führen sind.

»Wenn wir gleich die Koppel verlassen«, sagt er, »bitte nicht wundern. Die Lamas tun erst einmal so, als hätten sie wochenlang nichts zu fressen bekommen.« Alle lachen. »Ich bitte Sie, nicht stehen zu bleiben, sondern einfach weiterzugehen«, fährt Ole fort, »und dabei etwas fester an der Leine zu ziehen. Die Lamas wissen dann, dass sie weiterlaufen müssen. Okay?«

»Basti«, sage ich ängstlich. »Nimm du die Leine, ja!«

Unser Lama heißt Charlie, hat vorne braunes und hinten weißes Fell, wackelt mit den Ohren und beschnuppert neugierig Bastis Rucksack, während wir warten. Ich bin mir sicher, dass Charlie keinen einzigen Schritt gehen wird, sobald *ich* versuche, ihn zu führen.

Ole teilt nun die Reihenfolge ein. Wir werden alle hintereinander im Gänsemarsch laufen. Ganz vorne geht er selbst, um uns den Weg zu zeigen. »Edi ist der Erste«, bestimmt Ole. »Der hat es nämlich immer ziemlich eilig.«

Edi ist ein hellbraunes Alpaka, das unglaublich wuschelig und niedlich aussieht und arttypisch viel kleiner ist als die Lamas. Der süße Edi wird von Conny an der Leine gehalten, die ihn problemlos in Bewegung setzt und sich kommentarlos neben Ole stellt. Ich glaube, sie ist dabei rot geworden.

Angestarrt wird sie unterdessen von niemandem mehr, denn alle sind vollauf mit sich selbst und ihren vierbeinigen Gefährten beschäftigt. Es gilt gleichzeitig, sie in Gang zu bringen, sich nicht in der Leine zu verheddern, den Abstand zum Vordermann nicht zu groß werden zu lassen und zu verhindern, dass die Lamas stehen bleiben und sich den Bauch mit Wiesenkräutern vollhauen.

Letzteres ist gar nicht so schwer, wie ich gedacht hatte. Zwar wird Oles Prophezeiung sofort wahr: Sobald die Tiere ihre Koppel verlassen und am Feldrain Löwenzahn und andere grüne Leckerbissen sehen, senken sie die Köpfe und beginnen, daran herumzuzupfen. Doch ein leichter Ruck an der Leine genügt, und sie laufen ohne Probleme weiter.

Juli, die vor uns geht, führt den riesenhaften Henry so souverän, als hätte sie ihr Leben lang nichts anderes getan. »Das macht Spaß!«, jubelt sie.

»Juli ist auf jeden Fall schon mal glücklich«, sage ich zu Basti. »Meinst du, dass es Conny da vorne gut geht?«

Basti reckt den Hals. Zum Glück ist er recht groß. Da wir beide das Schlusslicht der Wandertruppe bilden, muss er ziemlich weit nach vorn schauen.

»Ich glaube, sie unterhält sich angeregt mit Ole«, sagt er.

»Ehrlich?«

Das freut mich, schließlich ist unser Guide ein freundlicher und herzlicher Typ, der obendrein lässig daherkommt.

Ein, zwei Piercings trägt er ebenfalls. Ich finde, die beiden passen optisch ziemlich gut zusammen.

»Was grinst du so?«, fragt Basti und mustert mich. »Ich wüsste gern, was in deinem Kopf vor sich geht.«

»Nichts, nichts von Bedeutung«, wiegele ich ab.

In Wahrheit ist mir natürlich gerade ein interessanter Gedanke gekommen, nämlich, dass Ole das braune Alpaka samt Conny nicht ohne Grund zu sich nach vorn geholt hat. Vielleicht gefällt sie ihm. Sicher hat er hinter ihren zahlreichen Verletzungen das bildhübsche Mädchen gesehen.

Nach einer Stunde gemächlichen Gehens machen wir Rast auf einer sonnigen Waldlichtung. Endlich dürfen unsere vierbeinigen Begleiter in Ruhe grasen. Basti übergibt mir die Leine und schießt Unmengen Fotos. Lachen und fröhliches Schwatzen erfüllt die Luft. Der Ausflug scheint allen großen Spaß zu machen.

»Alles klar?«, frage ich Conny, die sich mit ihrem Alpaka ein wenig abseits hält.

Sie nickt. »Das ist ein schöner Tag!«, sagt sie. »Alles so ruhig und friedlich hier.«

Basti hat für uns Kekse und Obststückchen eingepackt und reicht uns das kleine Picknick. Juli kommt kurz vorbei, holt sich eine Handvoll Proviant und stromert weiter mit Henry auf der Lichtung herum, auf der Suche nach den saftigsten Kräutern.

Nach einer halben Stunde setzen wir uns erneut in Bewegung. Ole guckt, dass sich alle in die richtige Reihenfolge begeben, dann läuft er nach vorn, lächelt Conny an und beginnt direkt wieder mit ihr zu plaudern. Soweit ich das von hinten sehen kann, unterhalten sich die beiden äußerst angeregt.

Als wir uns zwei Stunden später von den Lamas verabschieden, bin ich, auch wenn ich unseren Charlie kaum selbst geführt habe, hellauf begeistert von diesen wunderbaren, sanften und freundlichen Tieren. Juli ist kein bisschen müde und will »gleich morgen« nochmals herkommen.

Conny sitzt mit leicht geröteten Wangen auf der Rückbank, blickt während der Fahrt verträumt aus dem Fenster. Ich bin ziemlich sicher, dass sie und Ole beim Abschied ihre Handynummern ausgetauscht haben. Allerdings hüte ich mich, Conny deshalb auszufragen.

Im Krankenhaus angekommen, begleite ich sie auf ihre Station. »Ich hol dich morgen gegen 16 Uhr ab«, sage ich, als wir vor der Tür angekommen sind. »Vorher schaffe ich das leider nicht. Jola und ich haben ziemlich zu tun im Moment.«

»Ich mache dir ganz schön viele Umstände.«

»Machst du nicht«, beteuere ich.

»Ihr müsst zur Arbeit und ich …« Sie schweigt plötzlich.

»Ich hol dich um 16 Uhr ab«, verspreche ich, ohne auf ihre Zweifel weiter einzugehen. Ich mag ihre zurückhaltende Art. Connys Bescheidenheit schenkt mir das Vertrauen, das ich brauche, um eine mehr oder weniger fremde Person in unsere Wohnung hineinzulassen. »Wir sind uns alle einig, dass du eine Weile bei uns unterschlüpfen kannst. Ich bitte dich, nimm das Angebot einfach an und mach dir keine Gedanken.«

»Okay«, sagt Conny und gibt mir die Hand.

Ich schlage ein. Sie verzieht für einen Moment das Gesicht.

»Was ist?«, frage ich erschrocken. »Habe ich dir wehgetan?«

»Nicht schlimm«, antwortet sie. »Ich … ich hatte da mal eine Verletzung. Ist schon eine Weile her. Aber wenn ich die Hand länger belaste oder wenn jemand so einen kräftigen Händedruck hat wie du, tut sie manchmal weh.«

Noch eine Verletzung?

Ich frage mich, was Conny in den letzten Jahren alles durchgemacht haben mag, und bin einmal mehr froh, dass ich ihr in den nächsten Wochen etwas Ruhe und Geborgenheit schenken kann. Nach dem heutigen Tag bin ich sicher, dass wir gut miteinander auskommen werden.

»Wir könnten doch zu Vicki aufs Land ziehen«, empfängt mich Juli, die mit Basti im Auto auf mich gewartet hat. »Ich will mir jetzt nämlich ein Pferd *und* ein Lama kaufen. Die brauchen doch eine Wiese, weißt du, Rosa?«

»Ja, klar.«

»Heißt das einverstanden?«

Ich muss lachen. »Mal langsam, Juli«, bremse ich die kleine Tiernärrin. »Zuerst einmal kriegen wir Besuch. Morgen kommt Conny aus dem Krankenhaus zu uns und wir müssen für sie ein Zimmer zurechtmachen. Also lasst uns schnell nach Hause fahren.«

Auf dem Weg stoppen wir beim Italiener und decken uns mit Pizza ein. Ein Tag an der frischen Landluft macht ziemlich hungrig, und bevor wir unser Zuhause auf den Kopf stellen, haben wir eine Stärkung nötig.

Ich weiß noch, wie ich mich fühlte, als ich zum ersten Mal die schöne und große Altbauwohnung betreten habe, in der wir leben. Die Ausmaße der hochherrschaftlichen Räume haben mich regelrecht umgehauen.

Ich bin gespannt, wie es Conny bei uns gefallen wird. Da sie in einer Wannsee-Villa groß geworden ist, dürfte die Größe der Wohnung weniger ihr Problem sein als die Winzigkeit ihres Zimmers.

Nach Vickis Auszug haben Basti, Juli und ich die Wohnung nach unseren Bedürfnissen umgeräumt. Bastis Tochter bewohnt nun mein ehemaliges Zimmer. Er und ich haben Vickis Zimmer zu unserem Schlaf- und Arbeitszimmer gemacht. Wohnraum und Bibliothek sind an Ort und Stelle geblieben. Küche und Bad natürlich ebenfalls. Wenn wir nicht alles noch einmal umräumen wollen, wofür wir natürlich keine Zeit haben, müssen wir Conny das kleinste Zimmer geben, das früher eine Rumpelkammer war und in dem ich mir ein Nähstübchen eingerichtet habe.

Es ist ein schmaler, langer Raum, aber er hat ein Fenster zum begrünten Innenhof heraus, sodass man Vögel zwitschern statt Autos brummen hört.

Nachdem wir hungrig die Pizza verputzt haben, schleppen wir meinen kompletten Schneiderkram ins Schlafzimmer, in dem zum Glück noch eine Ecke frei ist. Basti holt unsere große Gästematratze aus dem Keller, die ich mit gemütlichen Kissen und Decken ausstatte, welche ich mit schöner Wäsche beziehe. Das große Lager auf dem Fußboden und die duftig weißen Vorhänge zaubern sofort eine gemütliche Atmosphäre.

Juli malt für Conny ein großes buntes Bild mit Lamas, das wir an der Tür aufhängen.

Ein schmaler Sekretär aus Kirschholz samt passendem Stuhl zieht von der Bibliothek in Connys Reich um. Komplettiert wird die Einrichtung durch einen gemütlichen Lesesessel aus rotem Samt.

Ein Kleiderschrank passt jedoch beim besten Willen nicht in das Zimmer. Da Conny im Moment nicht viele Sachen besitzt, hoffe ich, dass sie eine Weile mit einer Wandgarderobe samt einigen Bügeln klarkommt.

»Das ist schön!«, sagt Juli, als wir nach vollbrachter Tat im Zimmer stehen und unser Werk ansehen. Dann saust sie in die Küche und kommt mit einem Strauß gelber Tulpen zurück, den sie auf dem Sekretär abstellt.

»Ob sich Conny hier wohlfühlen wird?«, frage ich meine kleine Familie.

»Dafür sorgen wir«, verspricht Basti und legt einen Arm um meine Schultern.

Ich liebe ihn dafür, dass er so ein wunderbarer, offener Mensch ist. Mit einem Misanthropen käme ich keine drei Tage klar.

Nachdem die Vorbereitungen getroffen sind, freue ich mich auf Connys Ankunft und bin neugierig, wie sich unser Zusammenleben gestalten wird. Ganz im Stillen bereitet mir jedoch eine Sache ziemliches Kopfzerbrechen – ihr alter Umgang, allen voran der schreckliche Mann, der sich Kippe nennt. Wird sie ihn wiedersehen wollen?

Ich denke, Conny ist auf einem guten Weg. Wir geben ihr genügend Zeit und Raum, um sich zu überlegen, wie ihr Leben nun weitergehen soll. Ich hoffe, das hilft ihr dabei, mit ihrem alten Umgang abzuschließen und sich nicht in Koma zurückzuverwandeln.

KAPITEL 4

An: rosa.redlich@webfix.de
Bayerische Sahneschnittchen

Liebe Rosa,

du fragst nach dem Seppi.

Was soll ich dir erzählen? Der Seppi (der eigentlich »Joseph« heißt, aber so nennt ihn keiner) ist ein richtig netter Kerl. Einer von den Hiesigen. Ein Urbayer – oder wie nennt man die?

Wie lernt eine alte Schachtel wie ich einen Mann kennen?, fragt ihr euch bestimmt. Bei einem Tanztee? Einer Lesung? Einem Volksmusikkonzert? Möglich, aber so war es nicht.

Ich habe mich nicht mit Ruhm bekleckert, sondern ihn mit Sahne. Genauer gesagt mit einem ganzen Stück Sahnetorte, das ich fallen ließ und im hohen Bogen auf seiner Hose landete, als ich über meine eigenen Füße stolperte.

Peinlich, nicht wahr?

Falls ihr euch jetzt kichernd fragen solltet, ob ich das mit Absicht gemacht habe … Die Antwort lautet: Nein! Obwohl der Mann mir gleich angenehm aufgefallen war, als ich diese Bäckerei in Bad Aibling betrat und mich kurz fragte, ob es im fortgeschrittenen Alter wohl möglich und überhaupt sinnvoll wäre, jemanden kennenzulernen. Ein Tanztee wäre mir lieber gewesen. Das glaubt ihr mir doch, oder? Ich halte Sahnetorte auf einer Hose nämlich nicht für den bestmöglichen Beginn einer Bekanntschaft.

Der Seppi aber hat eine Menge Humor, wie sich zeigte.

»Wartst hier!«, befahl er, nachdem er die Bescherung kopfschüttelnd betrachtet hatte, und verschwand.

Fünf Minuten später kehrte er zurück, trug eine saubere Hose und setzte sich zu mir an den Tisch. Ich wurde feuerrot, weil ich erstens davon ausgegangen war, dass er nicht zurückkommen würde, und zweitens annahm, dass ich jetzt richtig Ärger mit ihm kriegen würde.

»Ois guad«, beruhigte er mich grinsend, als er mein angespanntes Gesicht sah. Als ich lauter fröhliche Lachfältchen um seine blauen Augen spielen sah, da konnte ich nicht anders, als über mein Missgeschick herzlich zu lachen.

Nach diesem furiosen Start haben wir uns ziemlich lange unterhalten – zuerst in der Bäckerei, wo er mich zu Kaffee und Kuchen einlud, und anschließend bei einem Spaziergang an der Mangfall. Am Abend hat er mich zurück ins Kurheim gebracht.

Jetzt weißt du alles, meine Liebe!

Ich grüße dich herzlich!

Deine Margret

An: Margret-Sonnemann@starnet.de
Re: Bayerische Sahneschnittchen

Liebe Margret,

angesichts deiner Betreffzeile war ich der Meinung, du würdest uns von einem Kuchenrezept vorschwärmen wollen.

Tsss … und dann das? Also wirklich! Du kannst ja ziemlich zweideutig sein. Jola und ich haben jedenfalls herzlich gelacht über deine verrückte Geschichte.

Dass du so viel Schönes erlebst, freut uns natürlich. Der Seppi scheint ja ein richtig netter Kerl zu sein. Genauso freuen wir uns, dass du nächste Woche endlich zu uns zurückkommst.

Keine Sorge, wir haben hier alles im Griff. Aber du fehlst uns trotzdem und nachdem du die Kur nun um eine Woche verlängert hast, fangen die Kunden an, nach dir zu fragen. Wir können ihnen gar nicht oft genug klarmachen, dass es dir gut geht und du nicht krank bist, sondern dir einfach Zeit nimmst, um dich zu erholen.

Teilst du mir noch deine Ankunftszeit mit? Basti und ich wollen dich am Bahnhof abholen.

In großer Vorfreude auf deine Rückkehr grüßt dich herzlich

deine Rosa!

Seit einer Woche lebt Conny jetzt bei uns und nach anfänglichen Unsicherheiten im Umgang mit ihr (Möchte sie gemeinsam mit uns essen oder lieber allein? Wird sie sich in unserem Familienleben wohlfühlen?) kommt mir unsere WG schon relativ vertraut vor.

Vicki und ich haben über ein Jahr zusammengelebt und während dieser Zeit war bei uns ständig etwas los – ein Kommen und Gehen von Freunden und Familie, gemeinsames Kochen, Partys feiern, der Einzug von Princess, unserer Landseer-Hündin … Freude und Kummer haben wir geteilt und stets ein offenes Haus geführt. Ich wünsche mir, dass es mit Basti und Juli an meiner Seite genauso bleibt, und bisher sieht es ganz danach aus. Vicki, die uns mit Daniel und Lulu besuchen kommt, um den Neuzugang kennenzulernen, versteht sich mit Conny auf Anhieb. Die Einzige, die nach wie vor ein bisschen fremdelt, ist Jola. »Bist du sicher, dass du tust das Richtige?«, fragt sie mich, als sie von der aktuellen Entwicklung erfährt. »Vielleicht macht dir diese Chaos-Mädchen noch viele Ärger.«

Ich beruhige Jola, so gut ich es vermag. Natürlich kann

ich nicht in die Zukunft gucken und weiß nicht, was auf unsere kleine WG zukommt, aber im Großen und Ganzen habe ich ein gutes Gefühl.

Conny hält sich den ganzen Tag über zu Hause auf. Ich glaube, sie gönnt sich Ruhe, um ihre Verletzungen heilen zu lassen. Und das macht sie genau richtig. Ihre zahlreichen Prellungen am Körper und im Gesicht verblassen langsam, nachdem sie von schwarzblau über grün und gelb bis hin zu rosa ein ziemlich breites Farbspektrum angenommen haben.

Manchmal bemerken wir Conny kaum, so ruhig ist sie. Basti und mir gegenüber ist sie sehr zurückhaltend. Die meiste Zeit sitzt sie in ihrem Zimmer und liest oder hört leise Musik – erstaunlicherweise Klassik –, wenn wir zu Hause sind. Aber wenn ich von der Arbeit komme, hat sie immer die Küche aufgeräumt, die ich morgens in der Eile meist recht chaotisch zurücklasse. Und auch sonst versucht sie, sich nützlich zu machen. Von ihrer anfänglich schroffen Art ist nicht mehr viel zu merken. Sie ist in sich gekehrt, jedoch nicht abweisend. Ein wenig verloren wirkt sie noch, aber wenn Juli sie überredet, mit ihr zu spielen oder einen Film im Fernsehen anzuschauen, dann höre ich die beiden lachen und schwatzen. Schon nach wenigen Tagen hocken sie so vertraut beieinander, als würden sie sich lange kennen, sodass sich meine Bedenken nach und nach in Luft auflösen.

Als ich zwei Wochen nach Connys Einzug von der Arbeit nach Hause komme, ist es zum ersten Mal seit Längerem vollkommen still in der Wohnung. Basti bringt Juli heute nach Hamburg zu ihrer Mutter.

»Conny«, rufe ich in den Flur hinein. »Ich hab uns Erdbeerkuchen mitgebracht.«

Ich habe gemerkt, dass sie genauso gern Kuchen nascht wie ich. Basti mag keinen Süßkram und Juli isst lieber Schokolade. Also habe ich mir angewöhnt, für Conny und mich gelegentlich ein Stückchen Torte, Kuchen oder einen Cupcake mitzubringen. Mir macht es Spaß, nach der Arbeit ein paar Minuten mit ihr zusammenzusitzen und zu entspannen. Auch wenn wir nicht viel reden, ist es doch gemütlich, nicht allein einen Kaffee zu trinken.

Dass heute niemand antwortet, ist ungewohnt. Auf dem Küchentisch entdecke ich einen Zettel: *Bin ein bisschen draußen.*

Warum nicht? Es ist das erste Mal, dass Conny die Wohnung verlässt, seit sie bei uns wohnt. Und ich bin sicher, heute wird sie niemand anstarren.

Abgesehen davon, dass ihre Blutergüsse verheilt sind, hat sie nämlich vor wenigen Tagen, ohne ein Wort darüber zu verlieren, die Piercings von den Augenbrauen und den Lippen abgenommen. Sie trägt neuerdings die Bluejeans und bunten T-Shirts, die ich ihr geschenkt habe, und ihre Haare wachsen nach, sodass man sehen kann, dass ihre ursprüngliche Haarfarbe nicht schwarz, sondern braun ist.

Nachdem Basti ihr gestern Abend erlaubte, den Gipsverband von der Nase abzunehmen, war sie anscheinend bereit, die Wohnung zu verlassen.

»Aber jetzt nicht gleich mit dem Kopf durch die Wand!«, riet er ihr augenzwinkernd, als wir alle bei einem Teller Spargelsuppe um den Tisch versammelt waren. »Du musst schon noch vorsichtig sein.«

»Versprochen«, entgegnete Conny, und ich freute mich einmal mehr, sie lächeln zu sehen. »Ich weiß ja jetzt, dass ich nicht gerade aus hartem Holz bin.«

Ich bin etwas enttäuscht, dass ich den leckeren Kuchen nun ohne Gesellschaft essen muss. Andererseits begrüße ich, dass Conny ihr Eremitendasein beendet und sich entschlossen hat, wieder unter Menschen zu gehen.

Nur was für Menschen?

Ich beschließe, die leise anklopfenden Sorgen zu verdrängen, brühe mir Kaffee auf und setze mich mit meinem Skizzenblock an den Tisch. Während ich esse, skizziere ich ein paar Klamotten, in denen ich mir Conny gut vorstellen kann. Einfach nur so, als kleine Fingerübung für mich.

Lilas Brautkleid ist sehr lieblich und süß wie Zucker, sodass es mir zum Ausgleich Spaß macht, Entwürfe aufs Papier zu bringen, die sozusagen straßen- und weddingtauglich sind. Berlin ist jung und frisch, chaotisch und frech. Ich wiederum liebe verspielte und verträumt romantische Mode. Es stellt für mich eine spannende Herausforderung dar, die beiden Stile geschickt miteinander zu kombinieren.

Während ich zeichne und esse, höre ich, dass die Tür aufgeschlossen wird. Conny ist zurück und huscht durch den Flur.

»Hi«, sagt sie leise, als sie mich sieht. Noch ehe ich den Gruß erwidern kann, ist sie in ihrem Zimmer verschwunden.

»Conny?«, rufe ich ihr nach. »Ich hab uns Kuchen und Kaffee hingestellt. Wenn du magst …« Ich lausche, doch eine Antwort höre ich nicht.

Erst eine Stunde später – ich habe unterdessen eine komplette Kollektion Klamotten gezeichnet, die mir fürs Erste ganz gut gefällt – kommt Conny zu mir in die Küche. Sie schleicht mehr, als dass sie geht.

»Willst du Kuchen?«, frage ich.

»Okay.« Sie setzt sich zu mir, nimmt eine Kuchengabel und pikst sie in eine Erdbeere. Doch anstatt zu essen, schiebt sie das Häppchen auf ihrem Teller hin und her.

»Keinen Appetit?«, frage ich beiläufig.

»Doch. Das sieht lecker aus.«

Mir wird klar, dass sie etwas bedrückt. Nur bin ich nicht sicher, ob ich versuchen soll, es ihr zu entlocken.

»Hast du einen Spaziergang gemacht?«, taste ich mich vor.

Sie wird rot. »Ich … Es ist …«, fängt sie an zu stottern. »Ich hab Mist gebaut.«

Ich erschrecke, versuche mir jedoch nichts anmerken zu lassen. Erst einmal hören, was los ist. Ich hoffe nur, sie hat sich nicht mit Kippe getroffen. »Was ist passiert? Willst du es mir erzählen?«

»Ich war noch mal draußen bei den Lamas.«

Nicht bei Kippe! Erleichtert atme ich auf. »Das ist doch okay.«

»Es war schön da und Ole … er und ich, wir telefonieren manchmal, weißt du.«

Ich nicke. »Find ich gut!«

»Er hat mich gefragt, ob ich mal zu ihm rauskomme.«

»Und wo ist das Problem? War es nicht schön?«

»Es war herrlich.« Ihre dunklen Augen glänzen und einmal mehr registriere ich, wie hübsch sie ist. »Wir haben ein Picknick am See gemacht und die ganze Zeit gequatscht. Dann musste er arbeiten. Es kamen Leute zur Wanderung, weißt du? Ich bin zurück und …« Sie schluckt.

»Und?«, hake ich nach.

»Ich bin schwarzgefahren und die haben mich erwischt.«

Mir fällt ein Stein vom Herzen. »Conny!«, sage ich und muss vor Erleichterung beinahe lachen. »Das ist zwar doof, aber zum Glück kein großes Drama.«

»Es war so peinlich! Alle haben mich angestarrt …«

»Warum hast du nicht einfach eine Fahrkarte gelöst?«, frage ich.

»Da siehst du, dass es doch ein Drama ist!« Sie schluckt, errötet bis unter die Haarwurzel. »Rosa, verstehst du nicht? Ich … ich habe überhaupt kein Geld! Ich habe nichts! Nicht einmal drei Euro für einen Fahrschein. Wenn ihr mich nicht aufgenommen hättet, wäre ich … Ich wäre obdachlos. Ich besitze keinen einzigen Cent. Nichts!« Sie ist mit jedem Wort lauter geworden. Die letzten Sätze schreit sie fast. Ihre Verzweiflung ist nicht zu überhören.

Ich bin versucht, sie ein weiteres Mal nach ihren Eltern zu fragen, halte mich jedoch zurück. Das würde nichts bringen, denn wenn die Hilfe ihrer Familie eine Option für sie wäre, hätte sie die bestimmt längst wahrgenommen.

»Ich kann mir nichts zu essen kaufen, nichts zum Anziehen«, schluchzt sie. »Und Ole … Wenn er weiß, wie ich wirklich bin, dann …«

»Stopp!«, unterbreche ich sie leise, aber entschieden. »Ole lassen wir außen vor. Ich bin sicher, der mag dich, sonst hätte er dich nicht eingeladen. Wir sollten versuchen, dein Problem zu lösen.«

»Mein Problem? Ich hab tausend Probleme.« Resigniert lässt sie die Schultern hängen.

»Lass uns gemeinsam überlegen, wie wir die anpacken.«

Sie schaut mich überrascht an. »Wir?«

»Ich würde dir gern helfen, sofern das möglich ist.«

»Danke«, seufzt sie leise. »Meinst du nicht, dass Ole denkt …«

»Was?«, unterbreche ich sie ein weiteres Mal sanft, aber unnachgiebig. »Dass du Chefsekretärin bist und eine Eigentumswohnung in Zehlendorf hast?«

Conny zuckt mit den Schultern.

»Du weißt nicht, was er denkt. Abgesehen davon, als ihr euch kennengelernt habt, warst du grün und blau im Gesicht und trugst einen nicht sehr dekorativen Gipsverband auf der Nase. Offensichtlich hat ihn das nicht davon abgehalten, dich nach deiner Telefonnummer zu fragen.«

Conny schnieft, dann lächelt sie schief. »Da hast du recht«, sagt sie und schaut nicht mehr ganz so hilflos drein.

»Soll ich dir erzählen, bei welcher Gelegenheit Basti und ich uns zum ersten Mal geküsst haben?«

»Gerne!«

»Ich saß mit Katzenjammer zu Hause herum und plötzlich hatte ich das Gefühl, wenn ich auch nur eine Minute zögere, ist alles vorbei. Also bin zu ihm ins Krankenhaus gefahren. Ich hatte einen dick verbundenen Fuß, trug grässliche Jogginghosen und war, weil ich in keine anderen Schuhe passte, mit meinen Winnie-Puuh-Hausschuhen unterwegs. Hast du die mal gesehen?«

Conny lacht. »Ja! Die sind riesig.«

»Das meine ich. Abgesehen davon, dass ich nicht gerade schick herausgeputzt war, hatte ich ihm vorher mindestens hundert Mal verklickert, dass ich nichts mit ihm zu tun haben will.« Ich muss grinsen bei der Erinnerung an Bastis und meine ersten Begegnungen. Wenn es danach geht, wie viel ich falsch gemacht habe, dürften wir heute nicht zusammen sein.

»Ehrlich?«

»Ganz ehrlich«, antworte ich. »Ich bin sicher, die Sache mit den Äußerlichkeiten kannst du vergessen. Jedenfalls, wenn du einen Kerl willst, der es ernst mit dir meint. Der sieht nämlich mehr als deine Schale.«

»Ich sah bei der Wanderung ziemlich scheiße aus.«

»Und er wollte deine Handynummer trotzdem.«

Wir kichern beide. Conny wirkt langsam gelöster.

»Mein Vorschlag: Ich leihe dir das Geld für die Forderung von der S-Bahn«, sage ich. »Und du …«

Jetzt schneidet sie mir das Wort ab. »Ich such mir Arbeit«, ruft sie begeistert dazwischen.

»Was hast du eigentlich für eine Ausbildung?«, will ich wissen.

»Keine.«

»Und Schule?«

»Abi. Und jetzt frag bitte nicht weiter, ich … ich kann da nicht drüber reden.«

Ich sehe, wie sie in ihr Schneckenhaus zurückkriecht. »In Ordnung«, sage ich rasch.

»Hilfst du mir bei der Suche?«, fragt sie.

Ich nicke. Sie wird sich einen Aushilfsjob suchen müssen. Dann kann sie sich in Ruhe überlegen, was sie längerfristig aus sich machen möchte. Wenn sie Abitur hat, kann sie schließlich sogar studieren.

»Entschuldige«, sagt Conny.

»Was denn?«, frage ich.

»Dass ich nicht reden kann. Es gibt so viel … Ich kann es einfach nicht.«

Vorsichtig nehme ich ihre Hand und drücke sie kurz. Während ich weiterzeichne, widmet sie sich endlich mit Appetit ihrem Kuchen.

Wir verzweifeln fast, als wir wenig später die Stellenanzeigen im Internet durchgehen. Ich habe nicht mitgezählt, aber nachdem Conny bestimmt 20-mal angerufen hat und der Job »leider gerade eben vergeben« wurde, verlässt sie fürs Erste der Mut und sie verkriecht sich in ihr Zimmer. Ich will sie nicht bedrängen und grübele im Stillen, wo es einen geeigneten Arbeitsplatz für sie geben könnte.

Als ich am Montag meinen Morgenkaffee aus dem *Schraders* hole, kommt mir plötzlich die Erleuchtung.

»Sag mal, Jens, sucht ihr eigentlich noch Personal?«, taste ich mich vor.

Zur Antwort rollt er mit den Augen. »Hör bloß damit auf!«, entgegnet er.

»Ich frag ja nicht ohne Grund. Ich hätte jemanden … Also, wenn ihr sie wollt.«

»Schieß los!«

»Conny. Das Mädchen, mit dem ich neulich hier war. Du erinnerst dich?«

»Du meinst die, die dich zuerst wüst beschimpft hat und plötzlich abgehauen ist?«

»Ja, genau die.«

Jens guckt mich skeptisch an, schließlich lacht er. »Scherzkeks«, meint er, während er mir meinen Kaffee über den Tresen reicht.

»Ist kein Scherz, Jens!«, beteuere ich. »Conny wohnt eine Zeit lang bei uns, und sie ist echt in Ordnung.«

»Sie wohnt bei euch?«

»Ich erklär dir das später. Das eigentliche Problem ist, dass sie überhaupt kein Geld besitzt, und wenn das so weitergeht, weiß ich nicht, ob sie nicht zu den falschen Leuten zurückkehrt.«

»Du meinst das also wirklich ernst?«

Ich nicke. »Bitte! Vielleicht als Küchenhilfe …«

»Rosa, echt jetzt?« Jens sieht nicht begeistert aus. »Hat sie wenigstens Erfahrung?«

»Ich glaub nicht.«

»Oskar bringt mich um, wenn ich ja zu deinem Vorschlag sage. Du weißt selbst, was hier an manchen Tagen los ist! Ich brauch Leute, die sich in der Gastronomie auskennen.«

Ich setze meinen allernettesten Rosa-Blick auf. »Nur mal versuchen!«, bettele ich.

Jens gibt nach. »14 Tage«, brummt er. »Ich geb ihr 14 Tage, in denen sie sich beweisen kann. Dann sehen wir weiter. Und du gehst jetzt besser, bevor ich es mir anders überlege.«

Das lasse ich mir nicht zweimal sagen. Ich drücke ihm einen Kuss auf die Wange, sage herzlich »Danke!« und sause rüber in die Werkstatt, bevor er seinen Entschluss überdenkt.

Connys Probezeit beginnt schon am nächsten Tag. Ziemlich nervös fährt sie mit mir in den Wedding, wo ich sie Jens und Oskar vorstelle. Ich selbst bin ebenfalls unruhig, denn ich bin mir auf einmal gar nicht mehr sicher, ob meine Idee, sie ausgerechnet im stressigen *Schraders* unterzubringen, richtig gewesen ist. Conny wirkt so zart, und Jens wird nicht müde zu betonen, dass Küchenhilfe ein echter Knochenjob ist. Außerdem befürchte ich plötzlich, dass sie beim Anblick der Malplaquetstraße von schlechten Erinnerungen heimgesucht wird.

Meine Sorgen sind unbegründet, wie sich in den nächsten Tagen herausstellt. Conny hält sich tapfer, arbeitet immer ab 12 Uhr und vermeidet es, länger als nötig draußen auf der Malplaquetstraße zu verweilen.

»Sie geht nicht mal raus, wenn sie Pause hat«, erzählt Oskar mir, als ich ihn und Jens nach ein paar Tagen beiseitenehme und vorsichtig nachfrage, wie Conny sich macht.

»Das ist vielleicht besser so«, erwidere ich. »Sie hat hier was ziemlich Blödes erlebt.«

Jens schlägt vor, dass wir uns nach Ablauf der Probezeit alle zusammensetzen und darüber reden, wie es mit Conny weitergehen soll.

Als es so weit ist, bin ich richtig nervös, denn ich hoffe inständig, dass die beiden mit ihrer neuen Aushilfe nach wie vor zufrieden sind und ihre anfänglichen Vorbehalte vergessen haben.

Conny macht die Arbeit Spaß, das kann ich sehen. Sie kommt abends zwar geschafft, aber zufrieden nach Hause.

Jetzt hat sie Feierabend und wartet bereits an einem Tisch im vorderen Raum, als ich reinkomme. Oskar und Jens gesellen sich zu uns.

»Und? Kommt ihr miteinander klar?«, frage ich nervös. Ich hatte das Gefühl, dass Conny in den letzten Tagen regelrecht aufgeblüht ist, und hoffe, ihr wird nun kein Dämpfer verpasst.

»Ich würde gern bleiben, wenn das für euch okay ist«, ergänzt Conny. »Die Arbeit macht mir Spaß, und ich muss Rosa und Basti nicht auf der Tasche liegen.«

»Wie lange willst du bleiben?«, fragt Jens.

Conny zuckt mit den Schultern. »Ich weiß nicht genau, wie alles ... wie alles weitergeht.«

Jens und Oskar werfen sich einen Blick zu, nicken leicht.

»Also von uns aus ist es okay«, sagt Jens. »Du hast dich echt gut gemacht in der kurzen Zeit. Willkommen im Team!«

Conny strahlt vor Freude. »Echt jetzt?«

Wir umarmen uns.

Zur Feier des Tages spendieren Jens und Oskar einen Prosecco, können aber nicht mit uns trinken, denn wie immer ruft die Arbeit.

Ich bin so erleichtert, dass ich mir nach dem ersten Glas noch ein zweites gönne.

Als wir miteinander anstoßen, sehe ich, wie in Connys Gesicht buchstäblich die Sonne aufgeht, und als ich mich umdrehe, wird mir klar, warum. Soeben ist Ole eingetreten und kommt zu uns an den Tisch.

»Ich kann hierbleiben«, jubelt Conny und fällt ihm um den Hals.

»Glückwunsch«, freut sich Ole, dann setzt er sich zu uns und wir beginnen, munter miteinander zu schwatzen.

Schon nach wenigen Minuten bin ich ziemlich sicher, dass Ole über beide Ohren in Conny verliebt ist. Sie selbst bekommt jedoch nichts davon mit.

Wir unterhalten uns querbeet. Über seinen Beruf, über meinen. Ich erzähle von meiner Leidenschaft für Mode und dass ich sogar schon eine Modenschau veranstaltet habe.

»Weddings next Topmodel?«, fragt Ole lachend.

»Von wegen«, erwidere ich. »Ich brauche keine Models. Über meinen Laufsteg sind damals lauter Schülerinnen gelaufen, und die haben das absolut großartig gemacht.«

»Aber Models sind schon echt schön«, wirft Conny ein.

»Klar sind sie das«, gebe ich zu. »Aber ehrlich, die meisten Frauen können sich gar nicht mit diesen Hochglanzmädchen identifizieren. Und das gefällt mir nicht. Deshalb entwerfe ich meistens Mode für Frauen, die keine Modelmaße haben. Sie sollen die Sachen tragen können, wenn sie zur Arbeit gehen, mit den Kids auf den Spielplatz …«

»Ich steh übrigens auch nicht auf die Mädels aus den Zeitschriften«, bestätigt Ole. Er schaut Conny an und grinst süß. »Am besten gefällt mir sowieso die Frau, die mir gerade gegenüber sitzt.«

Ich wusste es.

Conny, die mindestens so verliebt in Ole ist, wie er in sie, versteht dennoch nicht, dass das Kompliment an sie gerichtet ist. Stattdessen dreht sie sich um und schaut ratlos. »Äh?«, sagt sie verwundert und nimmt einen Schluck Prosecco. »Da sitzen doch nur Männer.«

Ich kann mir ein Prusten nicht verkneifen. »Du bist süß«, sage ich kichernd.

»Finde ich auch«, meint Ole lachend.

Conny kapiert endlich und wird feuerrot. »Ole?«, haucht sie errötend. »Das meinst du nicht ernst, oder?«

Die beiden sehen sich an. Er lächelt. Sie lächelt zurück.

Für mich ist jetzt höchste Zeit nach Hause zu gehen.

KAPITEL 5

An: rosa.redlich@webfix.de
Bitte hinsetzen! Überraschung!

Liebe Rosa,

es freut mich zu hören, dass ihr so gut ohne mich zurechtkommt. Ich kann mir denken, dass die Kunden mich ein bisschen vermissen. Mein Geschäft gibt es schließlich schon eine kleine Ewigkeit. Mehrere Generationen Kinder habe ich aufwachsen sehen. Ich habe Taufkleidchen genäht, Brautkleider geändert, Anzüge für den letzten Weg ausgebessert. Endlos viele Trends und Modestile sind gekommen und gegangen, die Malplaquetstraße hat sich verändert … nur mein Laden war immer da. Auch wenn der sich, seit du dort arbeitest, ebenfalls ziemlich gewandelt hat. Und das ist gut so!

Stillstand kann ziemlich müde machen. Ich bin dankbar für die Zeit und all die Menschen, die ich kennengelernt habe, aber manchmal habe ich mich im Stillen gefragt, ob es das jetzt war – mein Leben.

Alles bewegt sich, und es ist besser, wir bewegen uns mit. Nicht wahr?

Meine liebe Rosa, unterdessen weiß ich genau, als du vor über einem Jahr in mein Leben und meine Werkstatt gepurzelt bist, hat sich der liebe Gott etwas dabei gedacht. Nicht nur, dass er mir die reizendste Kollegin beschert hat, die man sich wünschen kann. Nein, er brachte mir dazu ein Ausbund an Talent und Ideen, sodass ich von Anfang an spürte, der frische Wind, den du mitbrachtest, der pustet uns beide an völlig neue Ufer.

Genug der langen Vorrede. Jetzt zu meiner Neuigkeit: Ich hab eine Weile nachgedacht und dann beschlossen, dass ich vorerst nicht nach Berlin zurückkehren möchte. Stattdessen werde ich etwas länger in Bad Aibling bleiben.

Die Kur endet offiziell morgen. Gestern Nachmittag bekam ich meinen Abschlussbericht, anschließend packte ich meinen Koffer, danach traf ich den Seppi bei einem Abschiedsessen. Und auf einmal kam alles anders als gedacht. Unser Abschied wurde ein Neubeginn.

In aller Kürze: Ich werde bei Seppi wohnen.

Er besitzt ein Haus, einen kleinen Hof mit Ländereien dazu. Seine Kinder sind längst erwachsen, seine Frau ist vor fünf Jahren verstorben. Er mag nicht länger »oaschichtig«, also alleinstehend, sein. (Siehst du, ich lerne langsam bayerisch). Und ich auch nicht!

Ich weiß, das kommt plötzlich. Aber ich bin ganz sicher, dass du mich verstehst. Und meine kleine Werkstatt kann wohl kaum in besseren Händen sein als in deinen. Mit Jolas Unterstützung wird alles gut gehen.

Ich melde mich regelmäßig.

Herzliche Grüße

deine Margret

An: Margret-Sonnemann@starnet.de

Re: Bitte hinsetzen! Überraschung!

Liebe Margret,

Jola meinte zufrieden lächelnd, deine Neuigkeiten würden sie nicht überraschen, und sie hätte sich schon gedacht, dass wir dich sobald nicht wiedersehen. Ich war mir da nicht so sicher, aber wenn ich in Ruhe darüber nachdenke, wird mir klar, dass du schon länger eine Veränderung in deinem

Leben wünschst. Du hast es oft genug angedeutet und jetzt traust du dich.

Du bleibst also in Bayern. Beim Seppi. Wow!

Auch wenn ich mich in der Tat erst einmal auf den Hintern gesetzt habe, freue ich mich von Herzen, dass du so mutig, glücklich und lebenslustig bist. Dass du uns deine Werkstatt anvertraust, ist gleichermaßen ein Kompliment wie eine große Herausforderung. Dein Vertrauen ehrt mich, aber es setzt mich gleichzeitig ein bisschen unter Druck. Zum Glück habe ich Jola an meiner Seite und wie du sagst – gemeinsam werden wir die Arbeit schon schaffen, bis du zurückkommst.

Du kommst doch zurück? Irgendwann? Oder?

Alles Liebe
deine Rosa

»Gibt's da Pferde?«, fragt Juli beim Frühstück morgens um sieben, als ich ihr die Neuigkeiten berichte. Basti ist vor einer Stunde ins Krankenhaus gefahren. Conny schläft noch, da sie immer spät nach Hause kommt und erst mittags zur Arbeit muss.

»Ich denke schon«, antworte ich etwas matt, denn einerseits verstehe ich Margret vollkommen, andererseits fühle mich etwas erschlagen von ihrem spontanen Entschluss.

»Dann will ich da auch wohnen! Margret hat's voll gut.«

»Ach, Süße! Pferde gibt's doch nun wirklich überall«, erwidere ich. »Was soll dein Iri sagen, wenn du plötzlich nach Bayern ziehst?«

Nachdem wir unsere Müslischalen geleert haben, gehen wir ins Bad. Juli putzt sich die Zähne, ich flechte ihr Zöpfe. Anschließend schlüpft sie in ihre Klamotten.

Die Prinzessinnenphase liegt unterdessen hinter ihr. Rosa Kleider sind aus Julis Schrank verbannt. Stattdessen stapeln sich Shirts mit Pferdeaufdruck, Reiterhosen, Jeans und Shorts in den Fächern.

Ich bin gespannt, wie lange diese Phase anhält. Juli schwört, dass ihre Pferdeleidenschaft für immer andauern wird. Schließlich will sie mal eine berühmte Springreiterin werden.

Nachdem ich sie ein Stück in Richtung Schule begleitet habe, steige ich in meine U-Bahn Richtung Wedding und gebe mich meinen Grübeleien hin. Margrets Neuigkeiten sind prima, dennoch werde ich das Gefühl nicht los, dass mir gerade ein bisschen der Boden unter den Füßen weggezogen wird. Es lief alles so wunderbar ruhig und unaufgeregt in letzter Zeit.

Wenn die Beziehung von Seppi und Margret sich festigt, was ich ihr natürlich von Herzen wünsche, wird sie dann vielleicht für immer da unten in Bayern bleiben? Und wie wird es in diesem Fall mit unserer Werkstatt weitergehen?

Ein Mann lässt sich neben mir nieder, raschelt mit seiner Zeitung, faltet sie auf und breitet sich ziemlich raumgreifend neben mir aus. Ich rutsche ein Stück zur Seite, damit er mehr Platz hat und ich nicht seinen ausgestreckten Arm im Gesicht. Im gleichen Augenblick fällt mein Blick auf folgende Zeile:

Bach-Frühling in der Philharmonie –
Pianistin Katharina Markgraf begeistert ihr Publikum

Mehr als die Überschrift kann ich nicht entziffern, meine Neugier ist jedoch entfacht.

Zeit für eine unauffällige Recherche! Also rutsche ich wieder ein Stückchen an den Mann heran, recke meinen

Hals und linse in seine Zeitung. Zunächst betrachte ich das Foto unter der Headline, auf dem eine elegant aussehende Frau mittleren Alters an einem Flügel lehnt. Sie trägt ein langes Kleid, funkelnden Schmuck und hat ihre Haare straff nach hinten frisiert. Ihr Blick wirkt kühl, die Haut ist faltenfrei, ihre Haltung aufrecht.

Okay. Das bedeutet erst einmal gar nichts. Wahrscheinlich gibt es eine Millionen Markgrafs auf der Welt und 1.000 davon in Berlin. Dennoch habe ich auf einmal so ein kribbeliges Gefühl …

Kurz vor der nächsten Station faltet der Mann seine Zeitung zusammen. Er steht auf, mustert mich und reicht mir mit einem Zwinkern das Blatt.

»Ick nehm ma an, du bist mir nicht meinetwejen die janze Zeit uff die Pelle jerückt. Hier haste die Zeitung«, sagt er. »Dann musste dir nich mehr den Hals verrenken, wa?«

So viel zum Thema »unauffällig«. Ich bedanke mich artig und merke, dass ich rot werde. Kein Wunder, denn um mich herum haben alle die kleine Szene mitbekommen und grinsen.

Bevor ich selbst aussteigen muss, überfliege ich rasch den Artikel und entnehme ihm, dass Katharina Markgraf tatsächlich in Berlin lebt. Das kribbelige Gefühl verstärkt sich.

Vorerst komme ich jedoch nicht dazu, mir weitere Gedanken über die Pianistin zu machen oder gar Nachforschungen anzustellen, denn die Arbeit ruft.

Lilas Brautkleid ist fertig. Natürlich möchte ich, dass sie noch ein letztes Mal zur Anprobe kommt, aber sie beteuert, es in den nächsten drei Wochen nicht zu schaffen. Nachdem ich den Hochzeitsstaat ordentlich verstaut habe, bis Lila Zeit findet, kann ich endlich Jola bei den Änderungen unterstützen.

Margrets Neuigkeiten haben mich ziemlich in Aufregung versetzt. Ich habe das Gefühl, dass ich verantwortlich für den Fortbestand ihrer Werkstatt bin. Was werden die Kunden sagen, wenn sie plötzlich wegbleibt? Sind viele nicht allein aus jahrelanger Verbundenheit gekommen? Ich möchte sie auf keinen Fall enttäuschen – weder Margret, die sich auf mich verlässt, noch die Kunden, die sich auf Margret verlassen.

Ich gönne meiner Chefin von Herzen das Glück mit ihrem Seppi. Es ist wahr – viele Jahre hat sie allein für ihre Arbeit gelebt. Soweit ich weiß, gab es lange keinen Mann in ihrem Leben. Wenn sie nun ihrem Privatleben mehr Raum gibt und sich beruflich eine Auszeit nimmt, handelt sie genau richtig.

Während ich einen Rock auftrenne, um ihn enger zu machen – die Besitzerin hat erfolgreich eine Frühlingsdiät absolviert –, merke ich, wie sehr Margrets unerschütterliche Ruhe und Gelassenheit mir jetzt schon fehlen. Sie ist und bleibt die Seele dieses kleinen Geschäfts.

Um mich von düsteren Zukunftsvisionen abzulenken (Wo soll die Grübelei schon hinführen?), streifen meine Gedanken kurz die Frage, ob es sein kann, dass Conny die Tochter der Pianistin ist. Ich gehöre zu den Menschen, die ihre musikalischen Zeitgenossen bewundern. Musik geht unmittelbar in Herz und Seele. Musiker sind Zauberer. Was sie ihren Instrumenten entlocken, grenzt an Magie, und beinahe automatisch entsteht der Eindruck, sie seien besondere Menschen.

Allerdings habe ich nie einen Musiker näher kennengelernt. Manche sagen, sie müssen eine gewisse Besessenheit besitzen, um ganz nach oben zu kommen, und sind deshalb anstrengend für ihre Umwelt. Ich würde diesen Zustand jedoch lieber Leidenschaft nennen. Dann klingt es gleich viel schöner.

Und Leidenschaft kenne ich von mir selbst. Wenn ich Mode entwerfe, so wie vor einem Jahr meine Märchenkollektion, vergesse ich alles um mich herum. Anscheinend ist dieser konzentrierte Einsatz genau richtig. Meine Kleider haben es schließlich sogar auf die Modeseiten der berühmten *Estelle* geschafft.

Tausend Mal wurde ich danach gefragt, ob ich mich nicht als Modemacherin selbstständig machen wolle. Die ehrliche Antwort ist: Ich weiß es nicht. Manchmal kann ich mir nichts Schöneres vorstellen, als eigene Kollektionen zu entwerfen. Ich habe bereits jetzt einen kleinen Kundenstamm, darunter Bastis Mutter, die Schauspielerin Eva Andrees. Für ein paar Monate habe ich als Kostümdesignerin am Musicaltheater gearbeitet. Im letzten Jahr wurde die zwölfseitige Modestrecke in der *Estelle* mit einem Bericht über mich und meine Arbeit realisiert … Ich weiß, meine Referenzen sind nicht schlecht und erste Aufmerksamkeit wäre mir sicher.

Doch da ist noch die andere Seite. Ich genieße es, morgens in den Wedding zu fahren, die Änderungsschneiderei aufzuschließen und mich an meine Nähmaschine zu setzen. Wenn die Kunden kommen, macht es Spaß, mir für sie Zeit zu nehmen, mit ihnen zu plaudern und Neuigkeiten auszutauschen. Wer nicht reinkommt, winkt oder klopft an die Fensterscheibe. Wir kriegen mit, wo getauft, geheiratet, geschieden und gestorben wird, weil wir uns um die Garderobe der Leute kümmern. Wir gehören zum Kiez, sind mitten im Leben. Ich liebe das!

Wäre es noch das Gleiche, wenn ich weggehen, mich in irgendeinem der hippen Stadtteile ansiedeln und plötzlich *Designerin* nennen würde?

So sehr ich grübele, im Augenblick kann ich mich nicht entscheiden, wie meine berufliche Zukunft aussehen soll. Zum Glück muss ich das auch noch nicht.

Aber was, wenn Margret in Bayern bleibt?

Mein Herz tut richtig weh bei dem Gedanken, die Werkstatt für immer zu verlieren.

Basti holt mich abends von der Arbeit ab. Auf dem Nachhauseweg erzähle ich ihm von meiner Entdeckung in der Zeitung. »Meinst du, ich soll Conny fragen, ob diese Pianistin ihre Mutter ist?«

»Na ja, normalerweise wäre das keine große Sache, aber in ihrem Fall …« Er zögert. »Wenn die Frau wirklich ihre Mutter ist, wird Conny ihre Gründe haben, uns diese Verbindung zu verschweigen und den Kontakt zu meiden.«

»Also lieber nicht?«

Für einen Moment denkt er darüber nach. »Lass ihr noch Zeit, sich an uns zu gewöhnen«, schlägt er schließlich vor. »Ich kenne dich und weiß, wie das ablaufen wird. Früher oder später wickelst du deine Mitmenschen so gekonnt ein, dass sie dir sowieso alles erzählen.«

»Das klang nicht gerade wie ein Kompliment«, entgegne ich säuerlich.

Basti lacht. »Es war aber eins«, sagt er. »Conny ist unterdessen viel offener als vor wenigen Wochen. Ich bin sicher, das verdanken wir dir.«

»Und Juli, der kleinen Herzensbrecherin.«

»Stimmt!«, bestätigt Basti. »Ihr zwei seid ein unschlagbares Team.«

So ganz kann ich mich allerdings nicht zügeln und google deshalb am Abend nach Informationen über Katharina Markgraf. Doch es ist nicht allein die Neugier, die mich zu dieser Recherche treibt. Für mich ist es wichtig, eine Kontaktperson zu kennen, die ich ansprechen kann, falls Conny wider Erwarten erneut in Schwierigkeiten gerät.

Ich benötige keine drei Minuten, um fündig zu werden. Ausgerechnet die *Estelle* hat vor zwei Jahren einen ausführlichen Artikel, eine sogenannte Homestory, über die Pianistin veröffentlicht. Und dabei nicht allein die Musikerin, sondern ebenso ihren hoffnungsvollen Nachwuchs vorgestellt: Leander und Cornelia, die Kinder der Familie. Leander – hochbegabter Cellist. Cornelia – die Ältere, angehende Pianistin wie die Mutter. Beide auf renommierten Schulen für den internationalen Musikernachwuchs ausgebildet.

Mein Herz beginnt aufgeregt zu klopfen. Mein Instinkt hat mich nicht getäuscht. Der Anblick der schicken Hochglanzfotos stimmt mich jedoch nachdenklich. Das Mädchen auf den Fotos trägt zwar keine Piercings, es färbt sich die Haare nicht schwarz und läuft nicht in zerrissenen Klamotten herum. Aber der Blick – diese Mischung aus Trauer und Verlorenheit – ähnelt dem, den sie heute manchmal hat.

Warum nur hat sie ihre viel versprechende Karriere – etwas, wovon sehr viele Menschen träumen und leidenschaftlich dafür kämpfen – an den Nagel gehängt und ihre Familie verlassen? Langsam möchte ich wirklich wissen, was mit unserer Conny los ist.

»Können wir heute noch mal zu den Lamas?« Juli bestreicht sich einen Toast mit Schokoladencreme und streut reichlich bunte Zuckerstreusel darauf. Anschließend verziert sie ihr Essen mit Bananenscheiben.

Basti schaut ihr schmallippig bei dem Treiben zu. »Das hat sie von dir«, sagt er mürrisch und betrachtet missmutig unseren Tisch, auf dem sich neben Obst ausschließlich süße Frühstückszutaten tummeln.

»Hey«, protestiere ich grinsend. »Du klingst gerade

so genervt, als wären wir 30 Jahre verheiratet und hätten zwölf missratene Töchter. Außerdem ist Sonntag, Juli isst die ganze Woche über morgens Müsli und in der Schule Käsebrote. Am Wochenende muss Spaß auf den Tisch.«

»Wie wär's dann mit einem Frühstücksei? Und lecker Speck mit Bohnen?«

»Ach komm«, erwidere ich fröhlich. »Unsere Brote schmecken lecker, du solltest einfach eins probieren, statt herumzumosern.«

Während ich mir eine Brötchenhälfte mit Quark und Honig bestreiche und Himbeeren darauflege, nickt Juli.

»Papa, du kannst dir doch den Speck selbst machen«, schlägt sie vor. »Fahren wir nun zu den Lamas?«

»Bleib sitzen, mein Schatz«, biete ich begütigend an. »Ich brutzele dir rasch dein Traumfrühstück, okay?«

Basti beißt einen Happen von meinem Himbeerbrötchen ab, dann schüttelt er sich. »Ja, bitte«, sagt er. So richtig zufrieden klingt er nicht.

Conny, die sich bisher zurückgehalten hat, errötet leicht, als sie uns einen Vorschlag unterbreitet. »Also wegen der Lamas«, sagt sie. »Ich könnte Ole anrufen und fragen, ob das geht.«

»Ja!«, jubelt unsere Kleine. »Papa?«

»Meinetwegen«, gibt Basti nach.

Ich frage mich, warum mein Schatz heute so maulig ist. Während Juli und Conny zum Telefonieren ins Wohnzimmer gehen, hake ich nach.

Er winkt ab. »Stress auf der Arbeit. Entschuldige bitte!« Schief lächelt er mich an, tritt zu mir an den Herd, wo ich gerade zwei Eier in die Pfanne schlage, und küsst mich.

»Willst du's mir erzählen?«, frage ich.

Mir ist klar, was Basti im Krankenhaus leistet, und ich bewundere ihn dafür, dass er trotzdem nahezu jeden Tag fit und gut gelaunt ist. »Hast du überhaupt Lust zu einer Landpartie?«

Wir verbringen wenig Zeit zu zweit. Vielleicht sollten wir uns die einfach nehmen.

»Wir können fahren!«, ruft Juli in diesem Moment begeistert, kommt zurück in die Küche und springt ihrem Papa in die Arme. Somit hat sich meine Frage erledigt. Ich weiß, dass er seiner Tochter nichts abschlagen kann.

»In Ordnung!« Basti wirbelt seine Tochter vergnügt herum. Seine Verstimmung ist wie weggeblasen. Ich nehme mir vor, später noch einmal nachzuhaken. Aber im Augenblick ist erst einmal die Familie dran.

Conny und ich belegen Brote, schnippeln Obst und kochen eine Kanne Kaffee für ein Picknick im Grünen. Eine Stunde später sitzen wir im Auto Richtung Lama-Hof.

Im Rückspiegel sehe ich, dass Conny still und verträumt aus dem Fenster sieht. Ihre Augen glänzen, während es Juli vor lauter Freude kaum auf dem Sitz hält.

Auch wenn ich mich mit den rehäugigen Vierbeinern nicht ganz anfreunden kann, die gelöste Stimmung im Auto rechtfertigt den neuerlichen Besuch in den Brandenburger Anden.

Ole erwartet uns bereits, als wir aussteigen. Wie sich herausstellt, sind wir heute keine große Wandertruppe, sondern bleiben unter uns, was Juli mit lautem Jubel quittiert … und mir ein eigenes Lama beschert.

»Komm schon«, sagt Ole, als ich mich weigern will. »Ich gebe dir Chef. Der ist ein sehr Gutmütiger.«

»Ach ja?«

»Wenn deine kleine Tochter ein Lama führen kann, kannst du das ja wohl auch«, neckt er mich.

In meiner Aufregung vergesse ich sogar darauf hinzuweisen, dass ich gar nicht Julis Mutter bin. »Chef heißt das Tier. Schon mal was von Nomen est omen gehört?«, frage ich.

Ole lacht nur.

»Rosa hat Schiss«, flüstert Juli Conny ins Ohr und kichert.

»Das hab ich gehört«, knurre ich.

Dank Ole habe ich nun die Wahl zwischen Pest und Cholera. Weigere ich mich, ein Lama zu führen, blamiere ich mich. Führe ich eins, blamiere ich mich ebenfalls.

Chef guckt derweil von seiner stattlichen Höhe neugierig auf mich herab. Ich wette, der riecht längst, dass ich Angst vor ihm habe, und reibt sich innerlich vor Freude die Hufe.

Basti schultert währenddessen unser Picknick. Ole hilft uns, nachdem ich brummelnd nachgegeben habe, den Tieren die Halfter anzulegen, anschließend postiert er sich mit Conny (war ja klar) fröhlich pfeifend an der Spitze des kleinen Zuges. Das Wetter ist fantastisch, der Wanderweg liegt sonnenbeschienen, waldumgeben und ausgesprochen malerisch vor uns.

»Los geht's«, ruft er. Die Truppe gehorcht und setzt sich in Bewegung.

Genau genommen ist es jedoch nicht die ganze Truppe. Zwei bleiben nämlich stehen. Eine davon heißt Rosa Redlich. Ich hab es ja gleich gesagt!

Chef zögert nicht lange und stellt umgehend klar, wer von uns beiden hier wen führt.

»Wartet mal«, rufe ich kläglich, als mein Lama den Kopf über ein paar saftige Kräuter senkt und gemütlich zu fressen anfängt.

»Komm schon«, sage ich und ziehe an der Leine. »Du bist doch ein Herdentier. Guck mal, die anderen sind schon ganz weit weg. Du willst doch nicht mit mir alleine bleiben. Das willst du doch nicht, oder?«

Chef kaut zufrieden und interessiert sich nicht die Bohne für meine Argumente.

»Rosa?«, ruft Basti und dreht sich nach mir um. »Wo bleibst du denn?«

Erstaunlicherweise reagiert Chef, als ich erneut an seiner Leine ziehe. Friedlich trabt er neben mir her und begnügt sich damit, beim Laufen ab und zu Blätter von den Bäumen zu zupfen. So schnell wie möglich versuche ich, zur Gruppe aufzuschließen. Bereits nach fünf Minuten Wanderung bin ich mit meinen Nerven am Ende. Und Ole hat angekündigt, dass wir heute den ganzen Tag Zeit haben.

Wäre ich doch bloß zu Hause geblieben!

Meine Lust, ein paar Klamotten zu nähen, wird geradezu übermächtig. Selbst das Aufräumen der Wohnung kommt mir gerade unglaublich verlockend vor. Doch es ist zu spät. Zumindest für heute. Nachher muss ich Juli verklickern, dass wir bestimmt nicht jedes Wochenende Lamawandern gehen. Oder wenn, dann ohne mich.

Nach zwei Stunden haben wir einen See erreicht. Erschöpft lasse ich mich neben Basti ins Gras plumpsen und lehne meinen Kopf an seine Schulter.

Chef und ich haben uns auf einen recht individuellen Wanderstil geeinigt (er: stehen bleiben, fressen, noch mehr fressen. Ich: warten, noch länger warten, verzweifelt am Zügel ziehen. Wir: den anderen hinterhersausen, bevor sie völlig aus dem Blickfeld verschwunden sind. Er: erneut stehen bleiben, fressen …). Ich wäre viel lieber im gemächlichen Tempo mit der Gruppe gelaufen, ich wurde jedoch nicht gefragt. So ist das, wenn man mit einem Chef unterwegs ist. Egal, ob der nun zwei oder vier Beine hat. Mein Sandwich und einen starken Kaffee habe ich mir jedenfalls redlich verdient.

Nach dem Essen stromern Basti und Juli im Wald herum. Wieder einmal bewundere ich seine fast grenzenlose Energie. Während ich mein drittes Sandwich verputze und mir für den Nachtisch einen Schokoriegel reserviere (Landluft macht hungrig und zudem kann etwas Nervennahrung nicht schaden), höre ich Connys und Oles Unterhaltung zu.

»Und was machen deine Eltern?«, fragt Ole gerade.

Ich halte die Luft an. Ohne es zu ahnen, hat er sich soeben arglos auf vermintes Terrain begeben. So sehr mich dieses Thema beschäftigt, habe ich mich dennoch bisher mit weiteren Nachfragen zurückgehalten, nachdem Conny mir gesagt hat, dass sie über ihre Vergangenheit nicht reden will. Nun seufzt sie leise.

»Sie sind Musiker«, antwortet sie schließlich und seufzt gleich noch einmal.

»Alles okay?«, fragt Ole, der anscheinend genau gemerkt hat, dass er soeben ein schwieriges Thema angeschnitten hat. Ich habe keine Ahnung, wie viel er inzwischen von seiner Freundin weiß und ob sie ihm erzählt hat, unter welch speziellen Umständen sie und ich uns kennengelernt haben.

»Nein, leider ist nichts okay«, antwortet Conny leise. »Gar nichts. Frag Rosa, die weiß, was ich für eine Chaotin bin.«

Ole sieht mich interessiert an.

Ich weiß, dass es wichtig ist, Conny, die sich anscheinend ihrer Fehler schämt, in ihrer positiven Entwicklung zu bestärken.

»Ich finde nichts an dir auszusetzen«, sage ich.

»Und es stört dich nicht, dass ich eine Millionen Geheimnisse vor dir habe?«

»Du bestimmst, ob und wann du reden willst.«

Ole nickt zu meinen Worten.

Conny sieht zwischen uns hin und her.

»Jetzt«, sagt sie leise, aber entschlossen. »Ich will jetzt reden. Ich hatte in den letzten Wochen viel Zeit, um nachzudenken, und weiß endlich, dass ich es nicht immer nur herunterschlucken kann, was mich bedrückt.«

Ole greift nach Connys Händen. Sie lässt es zu.

»Du musst nicht«, sagt er.

»Es ist besser so«, erwidert sie. »Ich will nicht mehr vor mir selbst davonlaufen.«

Während sie nun zu reden beginnt, hören wir atemlos zu. »Meine Mutter – sie heißt Katharina Markgraf – war schon in ihrer Jugend berühmt. Sie galt als musikalisches Wunderkind, wurde von klein auf gefördert, und obwohl sie aus einfachen Verhältnissen stammt, gelang ihr der Sprung an die besten Schulen, zu den bekanntesten Lehrern und von da aus mit den berühmtesten Orchestern auf die großen Bühnen der Welt. Wenig später startete sie ihre Solokarriere. Ich weiß nicht, warum sie sich entschieden hat, Kinder zu bekommen. Manchmal denke ich, sie wusste gar nicht, was auf sie zukam. Oder sie wollte es so. Sie wollte, dass wir, statt selbst einen Weg für unser Leben zu finden, Abbilder von ihr wurden. In meinen frühesten Erinnerungen, soweit ich zurückdenken kann, sehe ich immer ein Klavier. Meine Beine reichten nicht einmal auf den Boden, da spielte ich schon. Ich sehe mich üben, üben, üben. Leider stellte sich heraus, dass ich das Talent meiner Mutter geerbt hatte.«

»Leider?«, fragt Ole leise.

»Ja, leider«, erwidert Conny. »Denn ich wollte nichts lieber, als ein völlig normales Leben führen. Nach der Schule mit den Freundinnen ein Eis essen. Mit einem Hund am Wannsee entlang tollen. Auf dem Spielplatz Sandkuchen backen. Total normale Sachen eben. So banal meine Wünsche waren, sie wurden mir nicht erfüllt. Wunderkinder spielen Klavier, nicht mit Sand!« Conny entzieht Ole ihre Hände, betrachtet sie.

Ihre Finger sind zart, feingliedrig. Ich kann beinahe sehen, wie sie über die Tasten eines Klaviers flitzen, ihm wunderbare Melodien, einen vollendeten Klang entlocken.

»Mein Leben bestand aus 88 weißen und schwarzen Tasten«, fährt sie fort. »Aus nichts sonst. Als ich älter wurde, begann ich, mich dagegen aufzulehnen.«

Sie schweigt. Wir warten geduldig, bis sie weiterspricht.

»Bist du weggelaufen?«, wage ich nach einer Weile zu fragen.

Sie schüttelt den Kopf. »Nein« antwortet sie leise. »Sie haben mich rausgeworfen.«

»Warum?«

»Das … das kann ich euch nicht erzählen. Es ist schwer. Ich hab einen Fehler gemacht. Abgesehen davon war ich sowieso nicht mehr nützlich.«

»Nicht nützlich? Was meinst du damit?«, fragt Ole.

»Meine Hand …« Conny streckt ihre Rechte aus. Ihr Gesicht wirkt plötzlich schmerzverzerrt. Erst in diesem Augenblick sehe ich, dass zwei ihrer Finger unnatürlich gekrümmt sind.

»Ich hab den Klavierdeckel darauf fallen lassen. Einen Tag, bevor sie mich zu einer Konzertreise in die USA schicken wollten. Immer wieder. So lange, bis sie vollkommen zertrümmert war.«

Ole und ich halten die Luft an. Es gibt kein Wort, das jetzt passen würde. Unser entsetztes Schweigen ist beredt genug.

KAPITEL 6

An: rosa.redlich@webfix.de
Zwei Herzen wohnen in meiner Brust

Liebe Rosa,

ich weiß, dass ich dich ganz schön überfallen habe mit meinem Entschluss, noch eine Weile hierzubleiben. Glaub mir, dieser Schritt ist mir nicht leicht gefallen. Es vergeht kein Tag, an dem ich nicht an dich und die Werkstatt denke, an dem ich nicht in Gedanken die Malplaquetstraße entlanglaufe, mit dir und Jola am Frühstückstisch sitze, lache und plaudere.

Genauso gern, wie ich bei euch wäre, bin ich jedoch hier. Seppi und ich unternehmen jeden Tag etwas. Er zeigt mir seine Heimat, in der er seit 63 Jahren lebt und die er so gut kennt, wie die sprichwörtliche Westentasche. Wir wandern in den Bergen, sitzen in wunderschönen Biergärten, segeln über den Chiemsee, ankern an der Fraueninsel. Es ist ein wundervolles Fleckchen Erde hier. Ich genieße jeden Tag.

Das Glück beginnt schon morgens, wenn ich die Eier fürs Frühstücksomelett aus dem Hühnerstall hole. Seppi hat nur wenige Tiere: Hühner, einen Hund und drei Katzen. Der ehemalige Kuhstall steht seit Langem leer.

Stell dir vor, neulich hatten wir die Idee, das Gemäuer umzubauen und in ein Generationenhaus zu verwandeln. Dann könnten hier Jung und Alt zusammenleben, vielleicht ein paar Tiere halten, den Garten bewirtschaften und voneinander lernen und profitieren. Ist das nicht eine schöne Vision?

Liebe Rosa, ich danke dir von Herzen, dass du mir ermöglichst, hier zu sein. Das bedeutet mir viel.

Herzliche Grüße
deine Margret

An: Margret-Sonnemann@starnet.de
Re: Zwei Herzen wohnen in meiner Brust

Liebe Margret,

eure Idee ist wunderbar. Obwohl ich Bad Aibling nicht kenne, kann ich die liebliche Landschaft dank deiner Erzählungen beinahe vor mir sehen.

Aber sei ganz ehrlich zu mir! Wenn ihr gemeinsam einen Hausbau plant, heißt das im Klartext, dass du gar nicht nach Berlin zurückkommen willst, oder?

Nein, nein, ich seufze nicht. Oder nur ein kleines bisschen. Vicki lebt in Kletzin. Basti arbeitet unglaublich viel im Krankenhaus und ist manchmal mürrisch und ziemlich gestresst. Du bist in Bayern. Lila heiratet in wenigen Wochen.

So viel verändert sich. Eigentlich war ich doch gerade erst angekommen – in der Werkstatt, im Wedding, in meinem herrlich bunten Freundeskreis.

Ich weiß, dass das Leben immer in Bewegung sein muss. Trotzdem bin ich heute etwas wehmütig. Kannst du das verstehen?

Liebe Grüße
deine Rosa

Seit Connys Geständnis ist die Stimmung zwischen uns ein wenig gedrückt. Ich kann gar nicht genau sagen, woran das liegt, schließlich sollte man meinen, dass ihre Offenheit uns einander näher gebracht hat. Vielleicht stehe ich einfach unter Schock, denn so gut ich mich in Menschen hineinfühlen kann, so sehr ich Verständnis für Nöte und Sorgen habe – die Vorstellung, dass ein junges Mädchen seine eigene Hand zertrümmert, will einfach nicht in meinen Kopf. Nie und nimmer hätte ich der stillen Conny eine solche Verzweiflungstat zugetraut.

Auch Ole schluckte sichtlich, nachdem sie uns ihre Geschichte erzählt hatte. Aber er reagierte wunderbar. Er nahm Conny einfach in die Arme und hielt sie fest. Im ersten Moment glaubte ich, sie würde sich sträuben, doch dann sah ich, dass sie sich in seiner Umarmung fallen ließ. Ich stand auf und ließ die beiden allein.

Ole ist der richtige Mann im richtigen Moment.

Seit diesem Nachmittag sehen die beiden sich regelmäßig. Auch wenn Conny nicht viel über ihre Treffen erzählt, weiß ich, dass es ihr gut geht, wenn sie bei ihm ist. Ole ist ein wichtiger Mensch für sie geworden, und darüber bin ich unglaublich froh. Im *Schraders* ist sie unterdessen unentbehrlich. Jens lobt sie ohne Unterlass.

Ihr Geständnis hat mich zwar ziemlich aufgewühlt, dennoch habe ich das Gefühl, in Sachen Conny langsam aufatmen zu können. Es läuft gut, und der Moment ist gekommen, mich vorrangig um meine eigenen Sachen zu kümmern.

Zuallererst darum, dass Margrets Werkstatt läuft. Ich überlege ernsthaft, ein Schild im Laden aufzustellen, auf dem steht: *Bitte machen Sie sich keine Sorgen. Margret geht es gut. Sie lebt nur vorübergehend in Bayern.*

Jeder, wirklich jeder, der reinkommt, fragt nach ihr.

Müsste die Kur nicht zu Ende sein? Ist sie krank? Wann kommt sie zurück? Wie? In Bayern? Was will sie denn da?

Ich werde Margret lieber nichts davon erzählen. Sie darf nicht das Gefühl haben, sie wäre hier unentbehrlich und müsste *deshalb* zurückkommen. Natürlich ist sie das. Trotzdem soll sie zuerst ihre Zeit in Bayern genießen. Das hat sie verdient.

»Ich bin dir etwas schuldig«, sagt Conny eines Abends, als wir bei einem Teller Spaghetti am Tisch sitzen. Sie muss nicht arbeiten. Basti und Juli sind beim Reitunterricht in Kletzin, deshalb essen wir zwei heute zusammen.

»Was denn?«, frage ich verwundert. Das Geld, das ich ihr geliehen habe, damit sie das Bußgeld für ihr Schwarzfahren bezahlen konnte, hat sie mir gleich von ihrem ersten Lohn zurückerstattet. Darum kann es also nicht gehen.

»Den Rest meiner Geschichte«, sagt sie leise.

»Du musst nicht …«

»Ich möchte aber.«

»Okay.«

Natürlich habe ich mich gefragt, wie es mit Conny weitergegangen ist, nachdem sie sich selbst schwer verletzt hatte. Letztlich schreckte ich davor zurück nachzuhaken. So gut kenne ich Conny inzwischen, dass ich weiß, sie kommt in wichtigen Angelegenheiten von selbst auf mich zu, wenn sie bereit dafür ist. So auch jetzt.

Conny holt tief Luft, legt ihr Besteck zur Seite und beginnt zu erzählen: »Meine Hand musste mehrmals behandelt werden. Schon nach der ersten Operation machten die Ärzte uns wenig Hoffnung, dass ich so gut wie früher Klavierspielen könnte.«

Das ist heftig. Ich schlucke schwer.

»Du wirst es vielleicht nicht glauben, aber diese Nachricht war ein Schock für mich. Obwohl ich mir die Verletzungen selbst zugefügt hatte, war mir nicht klar gewesen, was meine Verzweiflungstat letztlich für Konsequenzen haben könnte. Ich war ja gar nicht bei mir, als ich es tat.« Sie streicht sich mir den Händen durch ihr Haar, zögert einen Augenblick, ehe sie weiterspricht. Was in ihr vorgeht, kann ich nur erahnen.

»Dass ich mich selbst verletzt hatte, war vollkommen verrückt. Ich wusste das, aber ich sah keinen anderen Weg, um mir wenigstens ein Stück Selbstbestimmung zu erobern. Natürlich litt ich darunter, dass ich nicht mehr Klavierspielen konnte. Ich fühlte mich wie amputiert – und in gewisser Weise war ich das auch. Viel schlimmer als mich traf die Nachricht von meinem Karriereende meine Mutter. Alles, was sie für mich geplant hatte, fiel in sich zusammen wie ein Kartenhaus.«

»Sicherlich hat sie sich Vorwürfe gemacht.«

»Nein«, erwidert Conny und presst die Kiefer aufeinander. Angespannt und unglücklich sieht sie jetzt aus. »Sie hat *mir* Vorwürfe gemacht. Allmählich wandelte sich unsere Beziehung. Nachdem klar war, dass ich nicht mehr spielen konnte, begann sie, sich von mir abzuwenden. Zuerst sah ich es in ihren Blicken, schon bald war ihre ganze Haltung mir gegenüber ein einziger großer Vorwurf. Sie besuchte mich seltener, wenn ich im Krankenhaus lag. Und zu Hause wurde es immer stiller. Abgesehen davon, dass mein Klavierspiel verstummt war, redete sie kaum noch mit mir.«

»Wollte sie nicht wissen, warum du dir das angetan hast?«

»Nein«, antwortet Conny. »Und selbst wenn, sie hätte mich niemals verstanden.«

»Und dein Vater?«, frage ich.

Conny zuckt hilflos mit den Schultern. »Sein Verhalten traf mich beinahe noch härter. Von meiner Mutter hatte ich im Grunde erwartet, dass sie mich nicht verstehen würde. Sie konnte mich nicht länger formen, also verlor sie das Interesse an mir. Es war beinahe, als wäre ich kein Teil der Familie mehr.«

»Und er hat das zugelassen?«

»Nicht nur das. Er ließ kaum eine Gelegenheit aus, um mich zu beschimpfen, zu demütigen, lächerlich zu machen. Und die Schuld daran, dass die Atmosphäre bei uns zu Hause mit jedem Tag frostiger wurde, gab er allein mir. Und ich … ich glaubte ihm.«

»Keiner hat dich verstanden.«

»Du sagst es. Nicht allein meine Hand, meine ganze Welt war an dem Tag, an dem ich den Klavierdeckel fallen ließ, kaputtgegangen.«

»Wie bist du damit klargekommen?«

»Gar nicht«, antwortet Conny. »Ich bin gar nicht klargekommen. Und noch dazu geschah etwas, mit dem ich nicht gerechnet hatte. Seltsamerweise empfand ich mein neues Leben nicht als Befreiung. Im Gegenteil, ich wurde vollkommen haltlos. So sehr ich mein Korsett – das eng geschnürte Leben aus Üben, Proben, Konzerten, Reisen – gehasst hatte, so sehr fehlte es mir plötzlich. Ich kannte es ja nicht anders, mein neues Leben war mir völlig fremd. Meine Tage wurden lang und leer. Niemanden interessierte, was ich tat oder ließ. Die Selbstbestimmung, die ich mir so sehr gewünscht hatte, konnte ich gar nicht nutzen und genießen.«

»Wie hattest du dir dein neues Leben vorgestellt?«

»Ich weiß es nicht. Was wünscht sich ein Käfighuhn, das die Welt jenseits der Gitter gar nicht kennt? Sag du es mir!«

»Ich würde sagen: Freiheit«, antworte ich. »Das ist allerdings ein ziemlich dehnbarer Begriff.«

Conny nickt. »›Gestaltungsmöglichkeit‹ trifft es besser, findest du nicht? Aber das wusste ich damals nicht. Ganz ehrlich. Ich hatte keinen Plan B. Ich habe ihn immer noch nicht.«

»Wie lange ist das her?«

»Knapp zwei Jahre. Die Hand ist gut verheilt. Manchmal tut sie weh, und du hast ja gesehen, dass Mittel- und Ringfinger nicht ganz gerade zusammengewachsen sind.«

»Kannst du noch Klavierspielen?«

»Ja, das kann ich. Wenn auch nicht wie früher.«

»Willst du wieder anfangen?«

Sie schaut ihre Hände an. »Ich weiß es nicht. Im Moment geht es mir gut. Die Arbeit im Restaurant gibt mir den Halt, der mir bisher gefehlt hat. Und du. Deine Familie, das alles hier.«

»Ich denke, das ist der erste Schritt in die richtige Richtung. Hin zum Plan B. Wie auch immer der aussehen wird.«

Sie nickt. »Das sehe ich genauso.«

»Und deine Eltern? Du hast gar keinen Kontakt zu ihnen?«

»Nein, sie haben mich ja aus dem Haus geworfen.«

Bevor ich meinem Unverständnis Luft machen kann, redet sie bereits weiter.

»Ich hatte mir, um die leeren Tage zu füllen, angewöhnt, ziellos durch die Stadt zu streifen. Dabei habe ich eines Tages am Alexanderplatz Kippe und seine Kumpels kennengelernt. Ich weiß, dass du dich fragst, was mich ausgerechnet zu ihm gezogen hat. Das kann ich dir sagen. Die waren alle total locker, sorglos, lachten den ganzen Tag, gingen dahin, wo etwas los war, lagen in der Sonne … Sie waren einfach frei. Jedenfalls sah es für mich so aus. Wie selbstverständlich nahmen sie mich in ihrer Mitte auf, fragten weder, wo ich herkam, noch, wo ich hinwollte. Das tat mir gut. Ich verbrachte den Großteil meiner Zeit mit Kippe, ging nur manchmal zu meinen Eltern. Seine Wohnung im

Wedding wurde mein Zuhause und Kippe mein Freund. Dass er mich genauso nach seinen Wünschen formte, wie es vorher meine Eltern getan hatten, bekam ich zuerst gar nicht mit. Mir gefiel es, ihm zu gefallen. Also tat ich, was er von mir verlangte. Ich ließ mir die Piercings stechen, trank schon zum Frühstück Bier, klaute im Supermarkt Lebensmittel für uns. Vielleicht wäre alles noch länger so gelaufen, wenn nicht Kippe irgendwann mitbekommen hätte, aus welcher Familie ich stamme. Von da an setzten er und seine Freunde mich unter Druck, damit ich ihnen Geld beschaffe. Natürlich wollte ich nicht, jedenfalls nicht aus dieser Quelle. Kippe tat, was ich am wenigsten ertragen konnte. Er strafte mich mit Liebesentzug, wenn ich ihm nicht gehorchte. Also tat ich, was er verlangte. Ich bestahl meine Eltern. Nahm Geld, Uhren, Schmuck … sogar meinem Bruder Leander, der ein paar Jahre jünger als ich ist, habe ich sein Sparbuch weggenommen.«

»Deshalb haben sie dich …«

»Ja.« Conny schluckt schwer. »Sie haben gesagt, sie würden nicht zur Polizei gehen. Weniger um meinet- als um ihrer selbst willen. Zu peinlich wäre es ihnen, sich einzugestehen, dass die eigene Tochter auf die schiefe Bahn geraten war. Zur Bedingung machten sie, dass ich mich nie wieder bei ihnen sehen lassen darf. Ich dachte, Kippe würde nach dem Bruch mit meiner Familie Ruhe geben. Gab er aber nicht. Er setzte mich unter Druck, verlangte, dass ich sie weiterhin beklaute. Ich weigerte mich. Vor allem wegen Leander. Ich sah, wie er meinetwegen litt. Wir haben uns immer gut verstanden, weißt du. Daraufhin nahm mir Kippe den Schlüssel zur Wohnung weg, in der Hoffnung, ich würde mich fügen. Ich wartete also draußen auf ihn, immer in der Hoffnung, er würde ein Einsehen haben und mich wieder aufnehmen.«

»Das war, als wir uns kennenlernten.«

»Ja! Da war ich ganz unten. Er hatte mich nie geschlagen, doch dann …« Sie fängt an zu weinen. »Ich bat ihn, mich wieder bei sich aufzunehmen, doch er …«

»Ist gut«, tröste ich sie. »Du warst in einer Sackgasse, aber jetzt nimmst du dein Leben in die eigenen Hände.«

»Und wenn ich das nicht schaffe?«, schluchzt sie.

»Du bist längst dabei. Es wird vielleicht eine Weile dauern, aber du hast keine Eile. Niemand von uns wird dich unter Druck setzen, hörst du! Du kannst dir die Zeit nehmen, die du brauchst.«

Conny versucht, weitere Tränen zu unterdrücken, putzt sich die Nase und schaut mich an. »Danke«, sagt sie leise. »Ich werde dich nicht enttäuschen.«

In den nächsten Tagen verdoppelt sie ihren Arbeitseifer. Sie besteht darauf, uns von ihrem Lohn 200 Euro Miete für das Zimmer zu zahlen, bestreitet einen Anteil unseres Lebensmittelbedarfs und kauft sich ein paar Klamotten. Mein Angebot, ihr etwas zu nähen (schließlich habe ich eine komplette Kollektion für sie entworfen), lehnt sie freundlich, aber strikt ab. Zuerst bin ich enttäuscht, doch dann verstehe ich, dass sie richtig handelt. Sie will auf eigenen Füßen stehen. Mehr als eine Starthilfe möchte sie nicht von mir haben. Deshalb verzichte ich besser darauf, ihr Tipps zu geben und Vorschläge zu machen. Es haben genug Leute versucht, sie nach ihren Vorstellungen hinzubiegen.

Die Ruhe und die bedingungslose Freundlichkeit in unserem Zusammenleben scheinen ihre Wirkung zu tun. Mit jedem Tag wirkt Conny selbstbewusster.

Als ich an einem Freitag Juli von der Schule abhole und mit ihr nach Hause gehe, steht unten am Hauseingang ein Typ und geht die Klingelschilder durch. Entfernt erinnert er mich an Kippe. Sicher bin ich mir allerdings nicht, schließlich habe ich den Typen nur ein- oder zweimal gesehen. Woher soll der überhaupt wissen, wo Conny mittlerweile wohnt?

Mein warnendes Bauchgefühl ignoriere ich. Die Klingelschilder zu lesen ist weder verdächtig noch verboten. Erst viel später weiß ich, dass ich lieber darauf gehört hätte.

Ich habe beschlossen, dass es an der Zeit ist, meine ganzen Freunde bei uns zu Hause zusammenzutrommeln. Im Alltag rennen wir alle mehr oder weniger aneinander vorbei. Und seit Vicki und ich uns keine Wohnung mehr teilen, sehen wir uns verdammt wenig. Unsere regelmäßigen Telefonate ersetzen nicht den Anblick der blitzenden grünen Augen in ihrem klugen Gesicht, das ich so sehr mag.

Meine Freunde fehlen mir!

Als hätten sie darauf gewartet, dass jemand den Anfang macht, prasseln die Zusagen nur so auf mich ein.

»Ich komme«, jubelt Vicki, als ich sie einlade. »Ich hab einen fetten Berlinentzug, und Dani will schon lange mal ein Wochenende allein mit seiner kleinen Prinzessin verbringen.«

»Wie? Du kommst ohne Lulu?«

»Yes!« Vicki klingt hochzufrieden.

Das trifft sich gut, denn Juli verbringt das lange Wochenende über Himmelfahrt bei ihrer Mutter in Hamburg. Sicherlich wäre sie enttäuscht gewesen, wenn Vicki ohne ihre Tochter kommt.

So passt es prima, und wir sind zur Abwechslung eine reine Erwachsenenrunde. Jola, die am Wochenende nicht nach Polen fährt, freut sich ebenso über eine Einladung, wie Lila und Rob, Jens und Oskar.

»Vielleicht könnt ihr uns helfen, ein bisschen was für die Hochzeit zu planen«, schlägt meine Schwester am Telefon vor. »Der Tag kommt rasend schnell näher, und ich habe überhaupt keine Ahnung, wie wir die vielen Gäste unterhalten sollen. Nur essen und trinken ist doch total öde.«

Ich freue mich riesig auf den gemeinsamen Abend, auch wenn Margret in der Runde fehlen wird. Wir beschließen, dass jeder etwas mitbringt, sodass sich der Tisch vor Köstlichkeiten biegt. Wir wollen bis in die Nacht zusammensitzen und klönen.

»Hast du Lust, Ole dazu zu bitten?«, frage ich Conny, als wir meine Kochbücher durchblättern, um leckere Salate auszusuchen.

»Soll ich?«

»Für mich ist es okay.«

»Ich würde gern. Wenn dir das nicht zu aufdringlich ist.«

Ich muss lachen. »Natürlich nicht. Ich finde Ole total klasse und mag es, wenn die Bude voll ist.«

»Das hab ich schon gemerkt«, sagt Conny fröhlich. »Du bist gesellig, und alle lieben dich dafür.«

»Danke«, erwidere ich und freue mich aufrichtig über ihr Kompliment. »Lädst du Ole nun ein oder nicht?«

»Das mache ich gern«, antwortet sie. Die kirschroten Wangen, die sie bei diesen Worten bekommt, stehen ihr ausgesprochen gut. »Wollen wir einen Spargelsalat machen?«, lenkt sie rasch ab und zeigt auf eine Seite im Kochbuch.

»Gute Idee«, antworte ich. Die Saison dieses wunderbaren Gemüses geht jedes Jahr viel zu schnell vorbei.

In den nächsten Tagen schleppt Basti eine große Auswahl an Getränken heran. Er freut sich genauso wie ich auf das Essen mit unseren Freunden. Nur an den dunklen Ringen unter seinen Augen sehe ich, wie erschöpft er ist.

Im Nu ist es Samstag. Ich putze die Wohnung, Conny bereitet zwei Salate zu, Basti hilft ihr beim Schnippeln, ehe er den großen Esstisch im Wohnzimmer für zehn Personen deckt.

»Ich fahre kurz raus zu Ole«, sagt Conny, als sie fertig ist. »Wir kommen später zusammen her.«

Draußen strahlt die Sonne. Es wird ein wunderbarer, warmer Maitag, und ich hoffe, dass Basti und ich ebenfalls noch einen kurzen Ausflug ins Grüne machen können, bevor die Gäste kommen.

»Bis nachher«, rufe ich Conny fröhlich nach, als sie die Wohnung verlässt.

»Wenn ich auf dem Rückweg was mitbringen soll, kannst du mich ja anrufen«, sagt sie. »Bis später!« Mit diesen Worten wirft sie die Tür hinter sich ins Schloss.

Basti und ich sind zum ersten Mal seit einer gefühlten Ewigkeit allein in der Wohnung. Wir lächeln uns zufrieden an, und nein, wir gehen nicht spazieren, sondern nutzen unsere Freiheit auf andere, nicht minder vergnügliche Weise.

»Wie schön es mit dir ist«, sage ich leise, als wir eng umschlungen in unserem Bett liegen. Ich bin nicht sicher, ob Basti mich gehört hat. Er hat die Augen geschlossen, sein Atem geht gleichmäßig. Selbst erschöpft und zufrieden schließe ich ebenfalls die Augen.

Nach einem ausgiebigen Mittagsschlaf und einer prickelnden gemeinsamen Dusche gießen wir uns einen Wein ein und warten auf unsere Gäste.

Vicki ist die Erste, die eintrifft, einen prächtigen Erdbeerkuchen im Gepäck.

»Du hast ja Princess mitgebracht«, freue ich mich riesig, als unsere hübsche Landseer-Hündin in die Wohnung stürmt und mich freudig begrüßt. Die Spaziergänge mit ihr haben mir nach Vickis Auszug ziemlich gefehlt, letztlich sind wir uns dennoch schnell darüber einig geworden, dass es für Princess viel schöner ist, auf dem Land zu leben als in Berlin, wo der Auslauf für einen großen Hund wie sie ziemlich begrenzt ist.

Vicki genießt es sichtlich, einmal ohne Kind und Kegel unterwegs zu sein, allerdings erst, nachdem sie zu Hause angerufen und sich vergewissert hat, dass alles in Ordnung ist. »Die beiden kommen echt gut ohne mich klar«, sagt sie, nachdem sie aufgelegt hat, sichtlich erleichtert und schenkt sich Wein ein. Princess hopst, nach einem Kontrollgang durch die Wohnung, auf die Couch im Wohnzimmer und macht ein Nickerchen.

Wenig später trifft Jola ein und hat für Brot, Butter und eine Käseplatte gesorgt. Rob und Lila schleppen einen großen Topf Chili con Carne an. Jens und Oskar steuern zwei Teller voll bunt gemischter Antipasti bei.

»Mir ist schon ganz schlecht vor Hunger«, stöhnt Lila, nachdem sie alle begrüßt hat, und hält sich den Bauch. »Ich hatte bis vor einer halben Stunde einen Nähkurs und kam seit dem Frühstück nicht zum Essen.«

»Nimm dir ruhig schon einen Happen«, bitte ich meine Schwester. »Wenn Conny und Ole da sind, können wir gleich richtig anfangen.«

»Ole?«

»Connys Freund«, erkläre ich meiner Schwester. »Sie hat ihn auf der Lamafarm kennengelernt. Nett und echt gutaussehend. Wenn du mich fragst, genau der richtige Mann für sie.«

Wir plaudern beim Wein und die Zeit vergeht. Conny und Ole lassen allerdings auf sich warten.

»Wollen wir anfangen?«, fragt Basti nach einer Stunde vergeblichen Ausharrens. »Die beiden können doch einfach dazustoßen.«

Ich bin ein bisschen verwundert, dass sie sich verspäten, schließlich ist Conny sonst immer pünktlich – einer der Gründe, warum Jens und Oskar sie im *Schraders* sehr zu schätzen wissen.

»Okay«, gebe ich nach. »Ich guck nur schnell mal, ob sie sich gemeldet hat.«

Auf dem Telefontischchen im Flur liegt mein Handy. Und daneben das neue Smartphone von Conny, das sie sich erst vor zwei Tagen gekauft hat. (»Es ist ein gebrauchtes, Rosa«, versicherte sie mir, als ob ihr ein neues nicht zustünde. Dabei arbeitet sie wirklich hart, und warum sollte sie sich nicht etwas Schönes für ihr Geld leisten?).

Was für ein Schusselchen! Nun wundert mich wenigstens nicht mehr, warum sie nicht anruft. Ob ich mit ihrem Handy kurz bei Ole durchklingele, um zu hören, wie lange die beiden noch brauchen? Seine Nummer habe ich nämlich nicht. Ich berühre das Display. Es reagiert nicht. Connys Handy ist ausgeschaltet. Ich versuche, meine blühende Fantasie nicht weiter zu beflügeln. Wahrscheinlich sind die beiden längst unterwegs und werden jeden Moment hier eintrudeln.

Ich bitte die Gäste zu Tisch. Wir plaudern, lachen und essen. Der Abend wird genauso schön, wie ich es mir gewünscht habe.

Völlig überraschend macht Vicki Lila und Rob ein Angebot, das die beiden umhaut: Sie lädt sie ein, ihre Hochzeit auf Kletzin zu feiern.

»Ist das dein Ernst?«, fragt Lila und kämpft sichtlich gerührt mit den Tränen, während Rob begeistert nickt.

»Klar«, sagt Vicki. »Ich fänd es großartig.«

»Ich auch«, jubelt Lila. »Ich hätte mich nie getraut, dich zu fragen.«

Lila, Vicki und ich kennen uns seit der Schulzeit. Allerdings waren wir damals noch keine Freundinnen, und meine Schwester hat Vicki einmal ziemlich übel mitgespielt. Vickis Angebot besiegelt das langsam gewachsene Vertrauen zwischen ihnen, und von nun an werden die belastenden Erinnerungen nicht länger zwischen ihnen stehen, da bin ich absolut sicher.

In diesem Moment muss ich an Conny denken. Ob sie sich irgendwann mit ihrer Familie versöhnen wird?

»Ich mache mir langsam Sorgen um Conny«, flüstere ich Basti zu, als wir die ersten Teller abräumen und in die Küche tragen. »Sie und Ole müssten längst hier sein.«

Er schaut auf die Uhr. »Das stimmt«, gibt er zu.

»Dass sie, ohne Bescheid zu sagen, einfach wegbleibt, passt nicht zu ihr.«

»Ich vermute, die beiden haben es sich anders überlegt«, sagt Basti und zwinkert mir zu. »Wahrscheinlich genießen sie ihre Zweisamkeit. Oder Ole musste noch arbeiten. Was meinst du?«

»Ich denke, dass sie in jedem Fall angerufen hätte. Sie hat zwar ihr Handy nicht mit, unsere Festnetznummer kann sie trotzdem leicht rausfinden.«

»Mach dir keine Gedanken.« Basti nimmt mich in den Arm. »Okay?«

Mein komisches Bauchgefühl lässt sich nicht so leicht unterdrücken, Basti zuliebe nicke ich dennoch.

Bei Ole ist Conny in allerbester Gesellschaft, und wenn die beiden beschlossen haben, erst später zu uns zu kommen oder aufgehalten wurden (schließlich kann was mit einem der Lamas sein, weshalb der Tierarzt gerufen werden musste), ist das natürlich in Ordnung.

Wir gesellen uns wieder zu den anderen, aber die Sorgen lassen mich nicht wirklich los. Conny hatte sich so auf diesen Abend gefreut.

»Wo ist eigentlich Conny?«, fragt Jens, als hätte er eben meine Gedanken gelesen. »Sie wollte doch eigentlich heute Abend dabei sein.«

»Und uns vorstellen ihre neue Freund«, ergänzt Jola.

Ich weiß, dass meine Kollegin ihr Misstrauen gegenüber Conny nach wie vor nicht abgelegt hat. Ihre gerunzelte Stirn beweist das.

Hilflos zucke ich mit den Schultern und berichte kurz. Genau wie Basti sind sich alle einig, dass sie und Ole wahrscheinlich lieber den Abend zu zweit verbringen wollen.

»Frisch verliebt«, meint Lila. »Die haben einfach Besseres zu tun.«

Ich verscheuche beherzt alle Gespenster, die in meinem Kopf herumspuken. Ein Glas Champagner, Jens und Oskar haben zwei Flaschen spendiert, hilft mir dabei – und natürlich die Tatsache, dass es nichts Schöneres gibt, als den Abend mit Menschen zu verbringen, die man liebt.

Kurz vor 23 Uhr – keiner denkt an Aufbruch – klingelt es.

Erleichtert atme ich auf. »Anscheinend hat sie auch noch den Hausschlüssel vergessen«, sage ich, laufe zur Tür und nehme den Hörer der Gegensprechanlage ab. »Ja?«

»Hier ist der Ole.«

»Schön, dass ihr noch kommt«, rufe ich fröhlich und betätige den Türöffner. Als ich Ole mit bleichem Gesicht die Treppe heraufkommen sehe, ist sofort das mulmige Gefühl wieder da. Meine Befürchtung wird zur Gewissheit.

»Wo ist Conny?«, frage ich und mein Herz fängt an zu rasen.

»Wieso?«, entgegnet er. »Ist sie nicht hier?«

»Nein. Sie … sie ist doch vorhin zu dir gefahren«, stottere ich verwirrt. »Heute Mittag, nachdem wir hier alles vorbereitet hatten, ist sie aufgebrochen.«

Ole schüttelt den Kopf. »Da ist sie nie angekommen«, sagt er und wird eine Spur blasser. »Ich hab stundenlang gewartet. Sie hatte sich sehr darauf gefreut, dass wir den Abend mit euch verbringen. Ich dachte schließlich, sie hat es sich anders überlegt, aber ich wurde das Gefühl nicht los, dass irgendetwas nicht stimmt. Zumal bei ihrem Handy seit Stunden nur die Mailbox rangeht. Deshalb bin ich alleine zu euch losgefahren. Zum Glück habe ich eure Adresse in den Anmeldeunterlagen für die Wanderung gefunden.«

»Ich hatte auch gleich ein schlechtes Gefühl, als ihr nicht aufgetaucht seid«, entgegne ich und bitte Ole herein. »Ihr Handy liegt hier. Ausgeschaltet. Aber der ganze Rest ist mysteriös.«

Die anderen haben mitbekommen, dass etwas nicht stimmt. Nach und nach versammeln sie sich im Flur, wo wir hilflos herumstehen und rätseln. Selbst Princess nimmt die Stimmung auf und fängt kläglich an zu fiepen. Wie wir es drehen und wenden, niemand von uns hat eine Ahnung, wo Conny plötzlich geblieben ist.

Eins ist allerdings klar. Die Angelegenheit riecht nach Problemen!

KAPITEL 7

An: rosa.redlich@webfix.de
Gefühlsduselei

Liebe Rosa,

unsere Idee vom Generationenhaus hat Aufwind bekommen. Seppis bester Freund ist Architekt, und er würde gern in das Projekt mit einsteigen. Soweit ich weiß, hat der Seppi auch einen Freund mit Baufirma, einen mit Elektrogeschäft und einem gehört sogar eine Baumarktkette. Das ist der Vorteil, wenn man in der Heimat bleibt und alte Schulfreundschaften über die Jahrzehnte hegt und pflegt.

Ich will nun deine Frage so direkt beantworten, wie du sie mir gestellt hast. Wenn es mit mir und Seppi weiterläuft wie bisher, kann ich mir vorstellen, hier Wurzeln zu schlagen. Auch wenn ich Berlin sicherlich vermissen werde, aber ich bin ja nicht aus der Welt. Nicht wahr?

Wie du weißt, habe ich viele Jahre allein gelebt. Warum auch nicht? Ich bin eine alte Schachtel und die Sache mit der Liebe ist was für junge Leute, die noch nicht wissen, wie es im Leben wirklich läuft. Dachte ich jedenfalls. Als ich Seppi traf, merkte ich plötzlich, dass ich mir wohl ziemlich großen Quatsch eingeredet hatte.

Natürlich kann ich noch lieben! Meine Gefühle für Seppi sind tief und intensiv, ich bin zufrieden und fühle mich geborgen. Mag sein, dass morgen alles anders ist. Doch das, was ich im Moment erlebe und empfinde, ist es wert, dafür ein Risiko einzugehen.

Ich glaube, es ist erstens immer gut und zweitens nie zu spät, etwas Neues zu wagen. Sonst vergisst man doch zu leben.

Meinst du nicht?

Liebe Grüße
deine Margret

An: Margret-Sonnemann@starnet.de
Re: Gefühlsduselei

Liebe Margret,

du hast recht. Kennst du den Spruch: »Das Leben ist wie eine Schachtel Pralinen. Man weiß nie, was man kriegt.«?

Ich liebe Pralinen und du ebenso. Du machst alles richtig und ich glaube nicht, dass du ein Risiko eingehst, wenn du deinem Herzen folgst.

Bin heute in Eile. Melde mich bald ausführlich.

Liebe Grüße
deine Rosa

Conny ist wie vom Erdboden verschluckt, und ich habe nicht die geringste Ahnung, wo sie sich aufhalten könnte und was mit ihr passiert ist.

Am Montag schleiche ich müde und voller Sorge zur Arbeit. Ich habe mich zwei Nächte lang im Bett herumgewälzt und darauf gewartet, dass sich der Schlüssel im Schloss dreht und Conny nach Hause kommt. Doch nichts geschah.

Als ich im *Schraders* unseren Morgenkaffee hole, erwartet mich direkt der nächste Schock. Jens und Oskar unterhalten sich mit zwei Polizeibeamten, die nicht aussehen, als seien sie zum Frühstücken gekommen. Der Tisch, an dem die vier sitzen, ist jedenfalls leer. Als Jens mich sieht, steht er auf, entschuldigt sich bei den Polizisten und zieht mich nach draußen.

»Ist was passiert?«, frage ich leise.

»Du musst nicht flüstern, das kannst du laut sagen.«

»Was ist los?« Ich höre mein Herz vor Nervosität laut und vernehmlich pochen.

»Uns wurden die gesamten Einnahmen vom Samstag geklaut«, antwortet Jens mit Grabesstimme.

»Wie bitte?«

»Du hast richtig gehört. Wir wissen nicht genau, wann es passiert ist, tippen aber auf Sonntagmorgen«, berichtet er nun.

»Wie furchtbar!«

»Wenn wir den Laden selbst schließen, nehmen wir die Tageseinnahmen mit zu uns oder bringen sie direkt zur Bank. Am Samstag haben die Angestellten hier zugemacht, weil wir bei euch waren. Für den Fall, dass wir zum Feierabend nicht da sind, haben wir ein Versteck, wo Alex, der das Restaurant in unserer Abwesenheit leitet, das Geld sicher bis zum nächsten Tag verwahrt. Am Sonntagmittag, als ich es holen wollte, war es weg.«

»Oh Gott. Wie viel war es?«

»Du weißt, wie voll es am Samstag bei uns ist. Das hat sich für den Dieb richtig gelohnt.«

»Habt ihr schon eine Spur?«, frage ich.

»Ja, die haben wir.«

»Dann wird die Polizei ihn sicher gleich schnappen.«

Jens seufzt laut und vernehmlich. »Rosa, es wird dir nicht gefallen, was ich dir jetzt sage.« Er holt tief Luft. »Wir sind ziemlich sicher, dass Conny die Diebin ist.«

»Nein«, rufe ich entsetzt. Meine Knie beginnen zu zittern. »Jens, das glaubst du doch selbst nicht!«

»Vor einer Stunde hätte ich noch meine Hand für sie ins Feuer gelegt«, erwidert er. »Aber jetzt …«

»Auf einmal ist Conny verdächtig? Warum?«

»Das kann ich dir genau sagen«, antwortet Jens, und sein ärgerlicher Tonfall lässt keinen Zweifel zu, dass er glaubt, was er erzählt. »Die Polizei hat alle Mitarbeiter befragt, nachdem wir den Verlust der Einnahmen bemerkt haben. Andi, unser Koch, hat ausgesagt, dass Conny am Sonntagmorgen kurz im *Schraders* war, und das, obwohl sie gar nicht zum Dienst eingeteilt war. Er hätte sich zwar gewundert, sich aber nichts weiter dabei gedacht. Doch nachdem nun das Geld weg ist …«

»… ist sie verdächtig«, führe ich seinen Gedanken zu Ende und lasse mich kraftlos auf eine Bierbank fallen. »Ich glaub das nicht. Im Grunde kann es jeder eurer Mitarbeiter gewesen sein. Oder jemand, der weiß, dass ihr das Geld im Restaurant versteckt.«

»Alles spricht gegen sie, Rosa!«, sagt Jens und sieht selbst sehr unglücklich aus. »Nur ganz wenige Angestellte kennen unser Geldversteck.«

»Conny kennt es?«

»Eigentlich nicht«, gibt Jens zu. »Aber es dürfte nicht schwer für sie gewesen sein, zu beobachten, wo es sich befindet. Es gibt keinerlei Einbruchsspuren, also wurde das Geld während der Öffnungszeiten entwendet. Conny war hier, dabei hatte sie keine Schicht. Auf die Idee kommt sonst echt keiner unserer Mitarbeiter, was ich verstehen kann. Wer will seine Freizeit am Arbeitsplatz verbringen? Und besonders verdächtig macht sie die Tatsache, dass sie uns alle versetzt hat und plötzlich spurlos verschwunden ist.«

»Nein, nein, nein …« Mir ist zum Heulen zumute.

Oskar klopft an die Scheibe und winkt Jens rein.

»Halte mich bitte auf dem Laufenden«, rufe ich ihm zu und schleppe mich rüber in die Werkstatt.

»Was ist passiert?«, fragt Jola. »Bist du ganz blass.«

Ich berichte in Kurzform und bin dankbar, dass meine Kollegin sich mit Bemerkungen und Schuldzuweisungen zurückhält. Durch meinen Kopf rasen tausend Gedankenfetzen. Sollte ich mich dermaßen in Conny getäuscht haben? Hat sie uns allen etwas vorgemacht, um im richtigen Augenblick zuzuschlagen und mit einem Haufen Geld in der Tasche durchzubrennen? Hat sie unsere Gutmütigkeit kaltblütig ausgenutzt?

Alle Fakten scheinen gegen sie zu sprechen:

Das Geld ist weg.

Sie selbst ist verschwunden.

Sie kannte höchstwahrscheinlich das Geldversteck.

Sie hat sich im *Schraders* aufgehalten, obwohl sie nicht arbeiten musste.

Sie hat mir erzählt, dass sie früher bereits geklaut hat.

Und dann fällt mir etwas ein, was ich bisher verdrängt hatte: Der Typ neulich vor unserer Haustür!

War das etwa Kippe? Hat er auf Conny gewartet und gemeinsam mit ihr die ganze Aktion geplant? Sind sie in diesem Augenblick bei uns zu Hause und räumen, während wir arbeiten, die Wohnung aus? Conny hat einen Schlüssel, und sie weiß, dass vormittags nie jemand von uns daheim ist. Juli hat ihr gleich beim ersten Treffen freimütig erzählt, wo sie ihre Spardose aufbewahrt. Und unser Topf mit dem Haushaltsgeld … Himmel!

Mir wird schlecht.

Jola springt auf, als sie sieht, wie ich wanke. »Setzt du dich«, ordnet sie an. »Ich koche Kaffee und wir beide überlegen uns eine Plan.«

Ich gehorche, aber es fällt mir schwer still zu sitzen, denn ich bin innerlich total aufgewühlt. Einerseits glaube ich nicht (noch nicht!) an Connys Schuld. Andererseits habe ich einfach Angst um unser Zuhause und möchte nachschauen, ob alles okay ist.

Jola versteht mich. »Fährst du und guckst du«, beschließt sie. »Komme ich so lange alleine hier klar.« Und dann fügt sie hinzu, was sie wahrscheinlich die ganze Zeit gedacht hat. »Ich bin sicher, dass sie ist keine gute Mädchen.«

Eine halbe Stunde später stürme ich die Treppen zu unserer Wohnung hinauf. Die Tür ist verschlossen. Alles sieht so aus, wie ich es am Morgen verlassen habe. Haushaltsgeld und Julis Ersparnisse befinden sich unangetastet an ihren Plätzen.

Ich schäme mich plötzlich, dass ich Conny verdächtigt habe. Das Gefühl, mich nicht in ihr getäuscht zu haben, ist auf einmal überwältigend stark. Auch wenn die Fakten vorerst gegen sie sprechen, werde ich versuchen, ihr keine Schuld zuzuweisen, solange der Diebstahl im *Schraders* nicht aufgeklärt ist. Vielmehr mache ich mir Sorgen um sie. Ernsthafte Sorgen.

»Wo bist du Conny?«, frage ich ins Leere.

Statt Verdachtsmomente gegen sie zu sammeln (das tun ja schon die Polizei und der Rest der Welt), muss ich herausfinden, wo sie steckt. Damit wir gemeinsam den Verdacht entkräften können.

»Das ist heftig«, sagt Basti, als ich ihm abends die ganze Geschichte erzähle. »In jeder Hinsicht.«

»Und was denkst *du*?«, frage ich ihn.

»Na ja, solange nichts bewiesen ist …«

»Ich meine, was sagt dein Gefühl?«

Einen Moment lang denkt er nach. »Schwer zu sagen«,

antwortet er schließlich. »Aber so, wie ich Conny hier erlebt habe, kann ich mir nicht vorstellen, dass sie uns die ganze Zeit etwas vorgemacht hat.«

Ich bin sehr erleichtert, dass er die Situation genauso einschätzt wie ich. Wenigstens einer! »Und wie wollen wir vorgehen?«, frage ich ihn.

Hilflos zuckt er mit den Schultern. »Vorgehen? Was willst du machen? Die Stadt nach ihr absuchen?«

»Keine Ahnung! Ich kann auf keinen Fall tagelang untätig hier herumsitzen«, erwidere ich. »Stell dir vor, ihr Exfreund, dieser schreckliche Typ namens Kippe, hat sie entführt?«

»Das glaubst du nicht ernsthaft, oder?«

»Mag sein, dass es übertrieben klingt, aber es muss schließlich einen handfesten Grund geben, warum sie spurlos verschwunden ist!«

»Was hältst du von dem Gedanken, der Polizei zu erzählen, was du weißt?«, fragt Basti. »Die können der Sache nachgehen, mal angenommen, dieser Typ hat sie wirklich gekidnappt.«

»Könnte ich machen.«

»Oder weniger dramatisch gedacht, wäre es nicht möglich, dass Conny einfach zu ihm zurückgegangen ist?«, fragt Basti.

»Nein, glaube ich nicht«, antworte ich, nachdem ich kurz nachgedacht habe. »Sie ist mit Ole zusammen. Meinst du, sie lässt sich wieder auf diesen prügelnden Idioten ein, wenn sie längst in jemand anderen verliebt ist?«

»Wir kennen sie nicht gut genug, Rosa«, gibt Basti zu bedenken. »Und nicht selten kommt es vor, dass Frauen Männer, die sie misshandeln, decken und sogar zu ihnen zurückgehen.«

Ich weiß, dass Basti recht hat, aber ich will nicht glauben, dass Conny eine der Frauen ist, die es nicht schafft, sich endgültig von ihrem Peiniger zu lösen.

»Wenn dieser Kippe sie entführt hat«, beharre ich stattdessen auf meiner Theorie, »und bei sich festhält, kann ich das rausfinden. Der wohnt nämlich irgendwo in der Nähe unserer Werkstatt.«

»Aha.« Basti mustert mich skeptisch. »Und du willst also bei ihm klingeln und ihn fragen, ob er Conny gekidnappt hat?«

»Ja.«

Basti schnappt sich seinen Autoschlüssel. »Ich komme besser mit.«

Erst als wir in der Malplaquetstraße halten, wird mir klar, wie unsinnig meine Idee ist, schließlich weiß ich weder, in welchem Haus Kippe wohnt, noch, wie er heißt. Ich vermute stark, er wird nicht seinen Spitznamen ans Klingelschild geschrieben haben.

Hilflos stehe ich an der Blumenrabatte, auf der Conny gesessen hat, und schaue auf die endlose Reihe der großen Mietshäuser.

»Ich denke, du weißt, wo dieser Mensch namens Kippe wohnt«, sagt Basti, der meinen Blick richtig deutet.

»Na ja«, druckse ich herum. »Nicht so genau.«

»Du dachtest also, dir kommt beim Anblick der ungefähr 300 Häuser hier eine Erleuchtung?«

»Irgendwie schon.«

Basti grinst vor sich hin. Wenn er mich für dämlich hält, lässt er sich zum Glück nichts anmerken.

Im *Schraders*, wo wir zu Abend essen, da wir nun einmal im Wedding sind, herrscht nach wie vor allgemeine Aufregung. Jens kommt zu uns an den Tisch.

»Neuigkeiten?«, frage ich.

Er schüttelt den Kopf. »Ich kapier das nicht«, sagt er. »Conny hat einwandfreie Arbeit geleistet, war ein bisschen still, aber absolut zuverlässig.«

»Ich denke, sie hat das Geld nicht genommen«, wiederhole ich, wovon ich überzeugt bin.

»Die Tatsachen sprechen allerdings gegen sie«, erwidert Jens und macht meine Hoffnung zunichte, er würde sich auf Connys Seite stellen und an ihre Unschuld glauben, solange nichts bewiesen ist. »Du weißt, ich hatte bei unserer ersten Begegnung kein gutes Gefühl. Dann hab ich auf dich gehört. Keine Sorge, ich mache dir keinen Vorwurf deswegen. Bisher lief ja alles super, aber mittlerweile denke ich, die süße Conny hat uns alle mächtig an der Nase herumgeführt.«

»Hat sie dir eigentlich was von ihrem Freund erzählt?«, frage ich.

»Der war doch neulich hier.«

»Nee, nicht Ole, ich meine den davor. Ein ziemlich asozialer Typ, der hier irgendwo um die Ecke wohnt. Wenn du wüsstest, wo das ist, könnten wir …«

Jens winkt ab. »Na, das passt ja alles wunderbar zusammen«, unterbricht er mich. Leider hat er sich eine felsenfeste Meinung gebildet und ich komme nicht weiter bei ihm. Den Gedanken, dass jemand anders als Conny der Dieb gewesen sein könnte, lässt er jedenfalls nicht an sich heran. Doch Jens weiß nicht, was ich über sie weiß. Er kennt nicht ihre traurige Geschichte und dass sie gerade dabei war, sich mühsam einen Plan B zu erarbeiten.

Und mit einem Mal wird mir klar, wo ich anfangen muss, nach ihr zu suchen.

Die Villa der Markgrafs am Kleinen Wannsee liegt auf einem weitläufigen Grundstück. Ich stehe am Zaun und fühle mich ein bisschen eingeschüchtert, aber das Gartentor ist glücklicherweise offen, weil gerade ein Paketbote herauskommt, sodass ich eintreten kann und somit die erste Hürde schon genommen habe.

»Bimbam« höre ich, als ich den Klingelknopf an der Haustür drücke. Wenig später steht tatsächlich die Dame des Hauses höchstpersönlich vor mir und mustert mich fragend. Selbst in Jeans und Bluse ist sie eine ausgesprochen elegante Erscheinung. Ich spüre mein Herz bis zum Hals hinauf pochen.

Auf dem Weg hierher habe ich beschlossen, direkt mit der Tür ins Haus zu fallen, in der Hoffnung, dass ein Rest von mütterlicher Sorge die Pianistin davon abhält, mir dieselbe vor der Nase zuzuknallen.

»Mein Name ist Redlich«, sage ich hastig, aber zum Glück mit halbwegs kräftiger Stimme. »Ihre Tochter Cornelia …« Ihr Blick wird hart, die Augen schmal. »Sie wohnt bei mir.«

»Ach ja?« Ihr Interesse scheint geweckt, auch wenn ihre Züge weiterhin abweisend wirken.

»Und sie steckt in Schwierigkeiten.«

»Das ist leider nichts Neues«, schnappt Katharina Markgraf. »Und?«

»Ich dachte, Sie könnten mir … Sie könnten *ihr* … helfen.«

»Da täuschen Sie sich.« Die Pianistin macht Anstalten, sich abzuwenden.

»Wollen Sie denn gar nicht wissen, was mit ihr los ist?«, frage ich erschüttert.

Ich bin nicht gut darin, die Gefühle anderer Menschen von ihren Augen abzulesen, das war ich noch nie. Einen winzigen Moment lang kann ich dennoch hinter Katharina Markgrafs Fassade blicken: Ihre Lider flackern, die strengen Züge wirken plötzlich erschöpft und müde. Im nächsten Moment hat sie sich wieder in ihrer Gewalt.

»Ich empfehle Ihnen, jetzt zu gehen«, sagt sie und knallt mir dann doch die Tür vor der Nase zu.

Vor lauter Empörung bin ich drauf und dran, Sturm zu klingeln, verzichte aber lieber darauf. Ich will Connys Mutter nicht gegen mich aufbringen. Lieber lasse ich ihr Zeit, um nachzudenken, sich zu besinnen. Auch wenn sie unverletzlich tut, bin ich ziemlich sicher, dass mein Besuch sie nicht kaltgelassen hat.

Ich zücke eine meiner Visitenkarten. *Falls Sie es sich anders überlegen*, kritzele ich auf die Rückseite und werfe das Stück Papier in den Briefkasten. Kaum sitze ich in der S-Bahn nach Hause, klingelt mein Handy. Das Display zeigt eine mir unbekannte Nummer an.

Wow, das ging ja schnell. Als ich abnehme, erklingt jedoch eine männliche Stimme am anderen Ende. »Hallo? Spricht da Frau Redlich?«

»Ja, die bin ich.«

»Ich bin Leander. Leander Markgraf. Sie kennen mich nicht.«

»Ich weiß, wer du bist«, antworte ich. Connys Bruder. Am liebsten würde ich jubeln, doch ich will ihn nicht verschrecken. »Conny hat mir von dir erzählt.«

Ihr Bruder ist drei Jahre jünger als sie. Die beiden hatten immer ein gutes Verhältnis zueinander. Als sie zu Hause rausflog, befand Leander sich für ein halbes Jahr in China. Sie wollte ihn nicht in ihre Probleme hineinziehen und hielt sich deshalb nach seiner Rückkehr von ihm fern. (»Er ist immer gut mit Mama und Papa ausgekommen, weißt du? Warum sollte ich ihn zwingen, sich auf eine der beiden Seiten zu stellen?«)

»Ich hab gehört, was Sie vorhin gesagt haben. Über Conny.«

»Sie ist seit zwei Tagen verschwunden«, sage ich. »Hast du eine Ahnung, wo sie sein könnte?«

Er lacht leise. Es klingt bitter. »Aus meinem Leben ist sie

viel länger verschwunden«, sagt er leise. »Ich wünschte, ich könnte Ihnen etwas anderes erzählen, aber ich habe keine Ahnung, wo sie ist.«

»Ich möchte sie finden.«

»Ich auch.«

Diese zwei kleinen Worte geben mir neue Hoffnung. »Eure Mutter …«

»Sie spricht nicht über meine Schwester«, unterbricht mich Leander. »Ich weiß, dass sie sie vermisst. Manchmal weint sie und glaubt, ich höre es nicht.«

Es ist alles schrecklich tragisch. Mein Wunsch, Conny wiederzufinden, egal, was sie getan hat oder nicht, wird riesengroß.

In Kurzform erzähle ich Leander, wie die letzten Wochen abgelaufen sind und warum ich mir sicher bin, dass sie das Geld im *Schraders* nicht gestohlen hat.

»Ich rede mit meiner Mutter«, verspricht der junge Mann. »Und melde ich mich wieder.«

Nach zwei weiteren halb schlaflosen Nächten bin ich mit meinen Kräften am Ende. Einen Hoffnungsschimmer gibt es dennoch.

Leander hat angerufen. Connys Eltern wollen mich sehen.

Ich verberge meine Augenringe, so gut es geht, unter einer Schicht Make-up, ziehe mir ein hübsches Kleid an und frage Basti, der zum Glück frei hat, ob er mich begleitet.

Ich will sichergehen, dass Katharina Markgraf mich ernst nimmt, da kann ein »Herr Doktor« an meiner Seite bei diesem Vorhaben gewiss nicht schaden.

Zum Glück hat Basti keine Einwände, und einmal mehr bin ich froh, dass er genau wie ich an Connys Unschuld glaubt und mich unterstützt.

Ich selbst habe mich in der Zwischenzeit überwunden und der Polizei erzählt, was ich weiß. Sie tappt nach wie vor im Dunkeln, sowohl was den Dieb als auch Connys Aufenthaltsort angeht.

»Sind Sie Sozialarbeiterin?«, fragt mich Connys Vater, kaum dass wir uns vorgestellt und im Wohnzimmer der Familie Platz genommen haben. Neben Connys Eltern hat sich Leander zu uns gesellt.

Normalerweise würde ich den wunderschönen Ausblick, der sich von hier auf den Kleinen Wannsee bietet, nach Kräften genießen. Aber die Situation ist viel zu ernst. Ich bin so aufgeregt, dass ich nicht einmal den Kaffee anrühren kann, der vor uns steht. Ich habe einen Kloß im Hals und mir zittern die Hände; ich würde mich mit Sicherheit bekleckern.

»Nein«, antworte ich wahrheitsgemäß und erzähle recht ausführlich, wie ich Conny kennengelernt habe. Basti erklärt Näheres zu ihren Verletzungen und bestätigt, dass alles folgen- und komplikationslos verheilt ist.

»Komplikationslos?« Das ist das erste Wort, außer einem knappen »Guten Tag«, das Katharina Markgraf von sich gibt, seit wir die Villa betreten haben. Ich zucke zusammen, weil es sehr wütend klingt. »Wann wäre bei unserer Tochter jemals etwas komplikationslos verlaufen? Sie war schon immer störrisch wie ein Esel, und anscheinend hat sie, als würde das nicht genügen, den unseligen Hang entwickelt, sich selbst zu verletzen.«

»Sie hat sich nicht nur selbst verletzt«, erwidere ich sauer. »Sie *wurde* verletzt. Und zwar von Menschen, denen sie vertraute. Die sie liebte.« Katharinas Blick ist scharf wie ein Messer. Sie weiß genau, von wem hier die Rede ist.

Das Gespräch läuft nicht gut. Ich muss mich zusammenreißen, wenn das hier etwas Konstruktives werden soll. Sachlich bleiben, wenn sie es schon nicht ist.

Basti rettet die angespannte Situation, indem er einige medizinische Details erläutert. Währenddessen habe ich Gelegenheit, meinen Blutdruck sinken zu lassen und mir zu überlegen, wie ich weiter vorgehen will. Ich entscheide mich für den geraden Weg.

»Conny hat eine Arbeitsstelle«, sage ich, als Basti geendet hat. »Sie ist dort sehr beliebt und hat sich in kurzer Zeit unentbehrlich gemacht. Seit Samstagnachmittag ist Conny jedoch verschwunden. Gleichzeitig wurde in dem Restaurant, in dem sie arbeitet, die Kasse entwendet.« Katharina lacht bitter und schlägt sich die Hände vors Gesicht. Ich lasse mich nicht beirren. »Beweise habe ich bisher nicht, aber ich bin sicher, dass das eine mit dem anderen nichts zu tun hat«, fahre ich fort. »Solange Conny allerdings nicht wieder auftaucht …«

»Sie wissen sicherlich nicht, dass unsere Tochter schon vorher gestohlen hat«, unterbricht mich Connys Vater, »sonst wären Sie kaum überzeugt davon, dass sie nicht als Täterin infrage kommt.«

Mit Schrecken registriere ich, dass sein Satz impliziert, dass er Conny für schuldig hält.

»Doch. Das weiß ich«, erwidere ich. »Das hat sie mir erzählt. Sie … sie hat mir alles erzählt, und genau das ist der Grund, warum ich an ihre Unschuld glaube. Sie war ehrlich zu mir. Conny hatte eine Weile den Halt verloren und hat Fehler begangen. Aber diese Zeit ist vorbei. Bitte glauben Sie mir!«

»Uhren, Schmuck, Geld«, zählt Katharina auf, als hätte sie mich nicht gehört. »Sogar das Sparbuch ihres Bruders hat sie mitgenommen.«

»Da war doch so gut wie nichts drauf.« Es ist das erste Mal, dass Leander sich einmischt. Bisher hat er still dabeigesessen.

»Darum geht es nicht«, faucht Connys Mutter. »Es geht ums Prinzip. Sie zieht mit ihrem Verhalten unsere ganze Familie in den Schmutz. Die Krönung war, dass gestern die Polizei vor unserer Tür stand, um uns wegen Cornelia zu befragen. Nach allem, was wir für sie getan haben! Ich bin vor Scham fast im Boden versunken, und am Ende blieb mir nichts übrig, als einzugestehen, dass wir keinen Kontakt zu Cornelia haben, uns jedoch durchaus vorstellen können, dass sie Geld gestohlen hat.«

»*Das* haben Sie der Polizei gesagt?« Ich bin fassungslos. »Wie können Sie das machen? Sie haben Conny monatelang nicht gesehen! Wissen nichts von ihrer tollen Entwicklung.«

»Haben Sie nicht zugehört?«, fragt Katharina.

»*Sie* hören mir nicht zu!«, rufe ich verzweifelt. »So wie Conny sich verhalten hat, seit sie bei uns lebt, hat sie mir nicht ein einziges Mal Anlass gegeben, ihr zu misstrauen.«

»Sie zahlt freiwillig Miete für ihr Zimmer, trägt ihren Teil zum Haushalt bei«, ergänzt Basti.

»Ich glaube, Conny ist unschuldig«, wirft Leander ein und dafür könnte ich ihn küssen. »Und selbst wenn sie es getan hat, dann aus reiner Verzweiflung. Aus Not! Wir müssen sie finden und ihr sagen, dass sie zu uns zurückkommen kann. Dass sie zu unserer Familie gehört, egal, was sie getan hat.«

»Dafür ist es zu spät«, sagt Katharina mit Grabesstimme.

»Hast du nie einen Fehler gemacht?« Leanders Stimme bricht. Er vermisst seine Schwester, und er leidet unter der Hartherzigkeit der Eltern.

»Nein.«

Die Antwort der Pianistin überrascht mich nicht. Ein Schauer läuft mir über den Rücken. »Haben Sie irgendeine Idee, wo Conny sein kann?«, frage ich mit letzter Kraft.

»Wir haben der Polizei alles gesagt«, erwidert Katharina.

»Etwas anderes können wir Ihnen auch nicht sagen. Wir haben seit Monaten keinen Kontakt zu unserer Tochter. Wir zahlen ihre Krankenversicherung und überweisen monatlich einen festen Betrag auf ihr Konto, damit sie nicht vor die Hunde geht und niemand sagen kann, wir würden unseren elterlichen Pflichten nicht nachkommen. Darüber hinaus möchten wir mit Cornelia nichts mehr zu tun haben.«

»Könnte sie nicht im Bungalow …?«, setzt Connys Bruder zum Sprechen an.

»Leander!«, unterbricht ihn die scharfe Stimme seiner Mutter.

»Warum haben Sie mich überhaupt hergebeten?«, frage ich enttäuscht. »Wenn Sie sowieso nichts Gutes über Conny hören wollen? Ihr gar nicht *helfen* wollen.«

»Ich hatte vermutet, mich mit einer kompetenten Sozialarbeiterin zu unterhalten. Mit einem naiven Mädchen, das die Augen vor den Tatsachen verschließt, hatte ich nicht gerechnet.« Mit diesen Worten wendet Katharina sich an Basti. »Ich bitte um Entschuldigung für meine direkten Worte. Ihre medizinische Sachkenntnis stelle ich natürlich nicht infrage.«

Fünf Minuten später sitzen wir im Auto, und ich heule mir die Augen aus dem Kopf. Kein Wunder, dass Conny geflohen ist. Ich bin bereits nach einer halben Stunde in diesem Haus fix und fertig.

Als ich meiner Tränenflut nicht Herr werde, fährt Basti rechts ran und schließt mich in seine Arme. »Süße, nimm dir das nicht so stark zu Herzen!«, tröstet er. »Sie mag eine begnadete Pianistin sein, aber menschlich ist sie völlig auf der Strecke geblieben.«

»Was soll ich mir nicht zu Herzen nehmen?«, schluchze ich. »Dass ich ein naives Mädchen bin und keinerlei Kompetenz in irgendwas aufzuweisen habe?«

»Connys Eltern sind in Wirklichkeit total verzweifelt, meinst du nicht? Sie verstecken sich hinter dieser kalten Fassade. Wollen sich nicht eingestehen, dass sie Fehler gemacht haben. Nicht zugeben, dass es ihnen wehtut, ihre Tochter verloren zu haben.«

Mag sein, dass er recht hat.

Schon möglich, dass sich alle harten und gemeinen Menschen dieser Welt hinter ihrer Bösartigkeit verstecken, weil sie in Wirklichkeit Angst vor ihren Gefühlen haben. Das Problem ist nur, dass sie so schrecklich gut im Austeilen sind.

Ich bin völlig verunsichert. Hätte ich vor einer Stunde noch schwören können, die Anschuldigungen gegen Conny seien haltlos, frage ich mich nun, ob ich nicht falsch liege. Außer Basti, Leander und mir glaubt anscheinend niemand an ihre Unschuld. Nicht einmal ihre eigenen Eltern.

Was, wenn Katharina Markgraf recht hat und ich tatsächlich ein naives, kompetenzloses Mädchen bin?

KAPITEL 8

An: rosa.redlich@webfix.de
Ein Schaf, ein Schaf …

Liebe Rosa,

gestern ist etwas passiert, was ich dir erzählen muss. Ich bin nun noch stärker davon überzeugt, dass ich hierbleiben möchte.

Wie du weißt, wollen Seppi und ich, für den Fall, dass wir das Generationenhaus realisieren, ein paar Tiere halten. Glückliche Hühner, die für unsere Frühstückseier sorgen. Hunde und Katzen, vielleicht ein Pferd und einen Esel als Spielgefährten für die Kinder, die hier wohnen werden. Land ist genug da, sodass wir neben der Tierhaltung sogar einen Gemüsegarten anlegen könnten. Und eine Streuobstwiese, auf der Pferd und Esel grasen können, gibt es auch.

Klingt schön, nicht wahr?

Was ich dir also erzählen wollte: Gestern Nachmittag saßen wir beim Kaffee auf der Terrasse, als ein Schaf wie von Sinnen auf Seppis Grundstück gesaust kam und fast den Tisch umstieß. Keine zehn Sekunden später erschien der Nachbar – wütend, schreiend und mit hochrotem Kopf. Er verfolgte das Tier, das an Seppis Grundstückszaun angelangt war und schwer atmend stehen bleiben musste.

Wir fragten ihn natürlich, was los sei, und der Nachbar erzählte uns, dass er soeben vorgehabt hätte, das Tier zu schlachten. Es sei ihm buchstäblich in letzter Sekunde davongerannt.

Als er sich aufmachte, es erneut einzufangen, begann das Tier so erbärmlich zu schreien, dass mir seine angstgetränkte

Stimme durch Mark und Bein ging. Die Vorstellung, dass keine zehn Meter von mir entfernt das Schaf gleich sterben würde, war mir unerträglich. Zumal es so herzzerreißend um sein Leben blökte.

Seppi sah, wie schlecht es mir ging. Er verstand mich, ohne dass ich auch nur ein Wort sagen musste. Wie ich später von ihm erfuhr, wusste er, dass dieses Schaf das letzte der einst großen Herde des Bauern war. Er unterbreitete dem Nachbarn den Vorschlag, das Schaf zu verschonen. Zum Ausgleich bot er ihm eine stattliche Summe und schlug vor, das Tier ab sofort bis an sein seliges Ende auf seiner eigenen Weide grasen zu lassen.

Ich konnte sehen, dass der Mann Seppi für verrückt hielt. »So a Schmarrn. Des hob i ja no nia gheart«, murmelte er kopfschüttelnd vor sich hin. Trotzdem ließ er sich zum Glück nicht lange bitten und stimmte zu. Nachdem der Nachbar gegangen war, ließen wir das Schaf auf die umzäunte Wiese vor dem Haus. Dort kann es nun den Rest seines Lebens in Frieden verbringen.

Heute Morgen, als ich aufwachte, sah ich es vom Küchenfenster aus im Morgennebel friedlich grasen. Und mit einem Mal wusste ich, hier ist der Platz, an dem ich sein will. Kannst du mir noch folgen?

Alles Liebe
deine Margret

An: Margret-Sonnemann@starnet.de
Re: Ein Schaf, ein Schaf …

Liebe Margret,

ich folge dir sehr wohl.

Paul McCartney hat mal gesagt: Wenn die Schlachthäu-

ser dieser Welt Wände aus Glas hätten, wären wir alle Vegetarier.

Insofern verstehe ich, dass du schockiert warst, und wie Seppi reagiert hat, finde ich unglaublich toll. Ich denke, ich mag den Mann schon jetzt gerne, obwohl ich ihn nur aus deinen Erzählungen kenne. Er macht dich glücklich, und das ist alles, was zählt.

Ich fange an, täglich mehr zu akzeptieren, dass du in Bad Aibling bleiben wirst und von nun an dorthin und zu deinem Seppi gehörst. Allerdings werde ich dich wohl nicht besuchen können, jedenfalls nicht mit Juli. Denn die würde ich aus deinem wundervollen Mehrgenerationen- und Tierparadies ganz bestimmt nicht wieder weg bekommen. Schon gar nicht, wenn dort ein Pferd auf der Wiese steht.

Ich drück dich. Knuddel euer glückliches Schaf von mir. Wie heißt es eigentlich?

Liebe Grüße
deine Rosa

»Wo ist Conny?«, fragt Juli, als wir beim Frühstück sitzen. Bisher haben wir ihr nichts von den Vorfällen erzählt. Sie sollte ihre Zeit in Hamburg unbeschwert genießen können. »Ich glaube, die ist in Ole verknallt und zu ihm und den Lamas gezogen«, beantwortet sie ihre Frage gleich selbst.

Schön wär's, wenn ich ihr zustimmen oder eine einfache Antwort geben könnte, aber ich will Juli nicht belügen. Also sage ich ihr, was ich weiß. Was im Klartext bedeutet, dass ich zugeben muss, *nichts* zu wissen.

»Wenn sie hier anruft, holst du mich gleich ans Telefon, hörst du!«, schärfe ich der Kleinen ein.

»Conny soll zurückkommen«, sagt Juli traurig. »Es war immer so lustig mit ihr.«

Das stimmt. Die beiden haben sich wunderbar verstanden und Conny hat sich oft und gern Zeit für die Kleine genommen. Ein weiterer ganz dicker Pluspunkt für sie.

»Und außerdem klaut Conny gar nicht«, fügt Juli hinzu. »Sie hätte meine Sparbüchse mitnehmen können, aber die ist noch da und Conny hat neulich sogar fünf Euro reingesteckt. Sie will nämlich auch, dass ich mir ein Pferd kaufen kann.«

Ich umarme Juli stürmisch, denn ihr Satz bestätigt meine Vermutung, dass Conny unschuldig ist. Andererseits verstärkt er meine Angst, dass mit ihr etwas passiert sein muss. Sie gehörte beinahe zur Familie, und es gibt keinen Grund zu der Annahme, dass sie uns wochenlang belogen und betrogen hat, um dann urplötzlich zu verschwinden.

Oder doch?

Auf dem Weg zur Arbeit grübele ich zum hundertsten Mal über die Begegnung mit Connys Eltern nach, von der ich mich noch immer nicht richtig erholt habe. Eltern, die ihr eigenes Kind verstoßen, sind und bleiben mir ein Rätsel. Warum nur wollen sie Conny keine zweite Chance geben?

Plötzlich wird mir klar, dass ich in meiner Enttäuschung ein Detail verdrängt habe. Leander.

Er hat wenig zur Diskussion beigetragen, sich kaum eingemischt. Als er eine Vermutung anstellte, wo Conny sich aufhalten könnte, schnitt ihm seine Mutter das Wort ab. Ein weiterer Hinweis darauf, dass die Kinder in diesem Haus nicht viel zu sagen haben. Eigentlich wollte ich gleich während des Gesprächs nachhaken, doch nachdem Katharina Markgraf mich so runtergeputzt hatte, war ich derartig geschockt, dass ich zuerst einmal meine Wunden lecken musste. Leanders Einwurf war in den Hintergrund getreten.

Jetzt aber fallen mir seine Worte wieder ein.

Hastig krame ich mein Handy aus der Tasche und rufe ihn noch von der U-Bahn aus an. Leider geht er nicht ran, also hinterlasse ich ihm eine Nachricht und bitte darum, dass er sich rasch bei mir meldet.

Das tut er. Ausgerechnet als ich im *Schraders* Jolas und meinen Morgenkaffee hole, klingelt mein Handy und Leander ist dran. Ich freue mich über die schnelle Reaktion, aber vor Jens möchte ich nicht unbedingt über Conny reden, weshalb ich versuche, mich so rätselhaft wie möglich auszudrücken.

»Hi, Leander, schön, dass du dich meldest. Ich wollte hören, was du neulich meintest. Du hast gesagt, sie … äh … also du … du weißt schon. Ich meine, dass du weißt, wo sie sein könnte.«

Jens, der weder blöd noch begriffsstutzig ist und natürlich gleich kapiert, von wem dir Rede ist, mustert mich mit gerunzelter Stirn. »Du weißt, wo sie ist?«, fragt er streng. »Dann sag das bitte der Polizei!«

»Schhhht«, mache ich, schüttele den Kopf und versuche Leander zu verstehen. »Was ist das für ein Bungalow, von dem du neulich geredet hast?«, frage ich ihn und drehe mich von Jens weg. Sein strenger Blick irritiert mich. Das kenne ich gar nicht von ihm.

»Sagt Ihnen Lindow was?«, fragt Leander.

»Nie gehört.«

»Das ist gar nicht weit von Berlin entfernt. Nördlich. In der Nähe von Rheinsberg. Meine Eltern haben dort ein kleines Wochenendhaus.«

»Und du meinst, sie könnte sich dort versteckt halten?«

»Ich weiß es nicht«, erwidert Leander. »Es wäre möglich. Conny hat sich immer gern dort aufgehalten. Lindow war der einzige Ort in ihrem Leben, an dem sich kein Klavier befand, verstehen Sie?«

»Ich verstehe. Wollen wir hinfahren?«

»Ich kann nicht mitkommen«, antwortet Connys Bruder. »Ich muss morgen für zwei Wochen nach München.

Würden Sie vielleicht …? Ich kann Ihnen genau sagen, wo das Häuschen steht.«

Es ist rührend, dass wenigstens einer der Familie Markgraf ein Herz für Conny hat. Was auch immer sie ausgefressen hat.

Leander nennt mir eine Adresse und beschreibt mir den Weg.

»Ich weiß nicht, wo sie ist«, versichere ich Jens, der mir mit strengem Blick meinen Kaffee über den Tresen reicht. »Aber ich halte dich auf dem Laufenden. Versprochen!«

Er sieht nicht überzeugt aus.

Ich beschließe, nachdem ich das *Schraders* verlassen habe, umgehend Ole zu informieren, mit dem ich, seit Conny verschwunden ist, täglich kurz telefoniere. Leider blieb uns bisher nichts anderes übrig, als uns täglich aufs Neue mitzuteilen, dass wir nichts von Conny gehört haben.

»So ein Mist! Ich kann dich nicht begleiten. Wir haben zwei Lamas verkauft und ich kümmere mich morgen um ihren Transport«, sagt Ole. Ich höre, dass er über diesen Umstand ziemlich unglücklich ist. »Ich hoffe sehr, dass ihr sie dort findet«, fügt er hinzu.

»Ich melde mich, sobald ich etwas weiß«, verspreche ich.

Der Bungalow in Lindow ist meine letzte Hoffnung.

Conny so schnell wie möglich in dem Wochenendhaus zu suchen, erscheint auch Basti als eine gute Idee. Also holen er und Juli mich am nächsten Tag von der Arbeit ab, von wo aus wir in Richtung Norden aus der Stadt sausen.

Das Dorf Lindow liegt verträumt inmitten ausgedehnter Wälder und am Ufer eines Sees, um den herum ein Wanderweg verläuft. Juli ist total begeistert, als sie am Ortsrand einen Pferdehof entdeckt. Aber heute können wir ihrer Leidenschaft nicht nachgehen, das sieht Juli ohne Probleme ein, schließlich hat uns eine wichtige Mission hierher geführt.

Mit etwas Mühe finden wir die Bungalowsiedlung mitten im Wald, die uns Leander beschrieben hat. Unter alten Bäumen träumen vereinzelte Wochenendhäuser vor sich hin, die zum größten Teil einen unbewohnten Eindruck machen. Wenn man vorhat, eine Weile abzutauchen, ist dies definitiv der richtige Platz dafür.

»Ein bisschen menschenleer, aber sehr romantisch ist es hier«, sage ich und schaue mich neugierig um. Nur wenige Schritte entfernt glitzert malerisch der See in der Sonne. »Ein richtiges kleines Paradies.«

»Und wo ist Conny nun?«, fragt Juli.

»Wir müssen sie suchen. Leander hat gesagt, der Bungalow hat blaue Fensterläden«, antworte ich.

Fröhlich hüpft die Kleine vor uns her. »Ich sehe ihn«, ruft sie vergnügt. »Kommt schnell!«

Im selben Moment verfängt sich Julis Fuß in einer Wurzel. Sie fällt unsanft auf die Nase und fängt bitterlich zu weinen an. Im Nu sind wir bei ihr, helfen ihr auf und trösten sie. Bis auf zwei, drei Kratzer an den Händen ist zum Glück nichts passiert. Ich hocke mich hin und klopfe ihr vertrocknete Blätter und Nadeln von der Strumpfhose, während Basti ihr ein Taschentuch reicht. Julis Tränen versiegen so schnell, wie sie geflossen sind, sodass wir endlich zum Bungalow der Markgrafs gehen können. Er liegt genauso still und verlassen da wie die meisten anderen Häuschen. Nirgends ist eine Menschenseele zu sehen.

Plötzlich werde ich nervös. Es kribbelt in meinem Nacken und ich werde das Gefühl nicht los, dass uns jemand beobachtet.

»Irgendwie ist es hier ein bisschen unheimlich, findest du nicht?«, frage ich und greife nach Bastis Hand, während ich mit meiner Rechten Juli festhalte. Ich bin froh, nicht allein hergefahren zu sein.

»Ich mag die Stille«, antwortet er. »Ich wette, im Sommer ist hier der Teufel los und es ist nicht halb so erholsam.«

Wir gehen zum Eingang des Häuschens, und ich klopfe zaghaft an. Eine Klingel kann ich nicht entdecken. »Conny«, rufe ich. »Conny, bist du da?«

Es bleibt still. Langsam drücke ich die Klinke herunter. Die Tür ist verschlossen.

Juli, die ihren Sturz bereits vergessen hat, macht sich von mir los und streift neugierig ums Haus, während Basti und ich warten, ob nicht doch noch eine Reaktion erfolgt.

»Fehlanzeige«, sage ich enttäuscht. »Wollen wir mal gucken, ob es einen weiteren Eingang gibt?«

»Davon gehe ich sogar aus«, erwidert Basti, der schon halb um die Hausecke herum ist.

Ich folge ihm. Tatsächlich. Der Bungalow hat eine Terrasse, die allerdings ungemütlich und unbewohnt aussieht, denn hier liegt das Laub vom Vorjahr verstreut und raschelt unter unseren Füßen.

»Ich glaub, hier ist sie nicht«, sage ich. »Alles verriegelt und verrammelt.«

»Sieht ganz so aus.«

»Meinst du, wir finden Conny irgendwann?«

Nachdenklich schaut er sich um. »Gib nicht auf«, ermuntert er mich. »Auch wenn es im Moment nicht gut läuft.«

»Ich bin ganz durcheinander und weiß echt nicht mehr, was ich glauben soll.«

In diesem Augenblick stößt Juli wieder zu uns. »Ich hab was gefunden«, sagt sie stolz und hält uns eine hellblaue Strickjacke entgegen. »Die lag dahinten auf dem Boden.«

»Das ist Connys Jacke«, sage ich atemlos. »Die hat sie sich neulich erst gekauft.«

»Wo lag die?«, fragt Basti.

Eilig folgen wir Juli, die uns ein Stück weg vom Bungalow in den Wald bringt. Wir sehen, dass hier ein Trampelpfad hinunter zum See führt.

»Da lag die Jacke!« Die Kleine zeigt auf eine Stelle wenige Schritte vom Bungalow entfernt.

»Hier sind Fußspuren!« Basti beugt sich hinunter und mustert die Abdrücke auf dem Waldboden. »Ziemlich viele Fußspuren!«

Mir wird heiß vor Aufregung. »Wir müssen Conny finden.«

»Noch mal zurück zum Bungalow«, beschließt Basti und geht mit langen Schritten voran zur Terrassentür. Ohne Widerstand lässt sie sich aufschieben. Juli und ich setzen ihm eilig nach.

Dann stehen wir im Wohnzimmer des Häuschens.

»Dürfen wir das?«, fragt Juli.

»Eigentlich nicht«, gibt Basti zu. »Aber wir suchen Conny, und wir wollen ausschließen, dass sie vielleicht krank hier drin liegt und sich nicht melden kann.«

»Ich bleibe lieber draußen«, sagt Juli ungewohnt zögerlich.

»Conny?«, rufe ich wieder. »Bist du hier?«

Da fällt mein Blick auf den Couchtisch, der in der Mitte des großen Zimmers steht. Ich schlucke.

Daran, dass Basti durch die Zähne pfeift, merke ich, dass er das Gleiche sieht wie ich.

Geld! Einen ziemlichen Haufen Geld. Sorgsam in Scheinen übereinandergestapelt.

Ich fasse nach seiner Hand. »Was machen wir jetzt?«

»Nach Hause fahren«, antwortet er. »Oder willst du lieber hier auf Conny warten?«

»Nein«, sage ich und kämpfe mit den Tränen. »Das schaffe ich nicht.«

Basti legt einen Arm um meine Schultern. Ich berge meinen Kopf einen Moment lang erschöpft an seiner Brust.

»Lass uns gehen«, sage ich zu Juli, die draußen das Laub mit ihren Füßen zusammenschiebt. »Conny ist nicht hier.«

»Wo ist sie dann?«, fragt die Kleine. »Hat sie sich versteckt und will, dass wir sie suchen?«

Versteckt hat sie sich, das ist wahr. Aber sie will ganz sicher nicht, dass wir sie suchen.

Verdammt!

»Du hast recht. Lass uns nach Hause fahren«, sage ich geknickt zu Basti. Woher hat Conny so viel Geld? Es fällt mir nicht schwer, eins und eins zusammenzuzählen.

Jetzt Polizei zu spielen und Conny im Wald aufzustöbern, bringe ich nicht übers Herz. Genauso wenig wie hier zu warten, bis sie zurückkommt und mir dann irgendwelche Ausflüchte anzuhören. Denn natürlich können wir ihr nicht nachweisen, dass das Geld auf dem Tisch aus dem *Schraders* stammt.

»Ich hab gedacht, wir können Conny helfen, aber das war falsch.«

Enttäuschung macht sich in mir breit, und ich fühle mich unendlich müde. Ich sollte meine Nase einfach nicht in die Angelegenheiten anderer Menschen stecken.

Mit zwei Bechern Latte macchiato betrete ich am nächsten Morgen die Schneiderei. Meine Arbeit hat in den letzten Tagen ziemlich gelitten. Zum Glück hat Jola nichts gesagt, sondern den Laden allein geschmissen, wenn ich weg war. Ich habe Margret versprochen, dass ich mich um alles kümmere während ihrer Abwesenheit. An dieses Versprechen muss ich mich endlich wieder halten.

Jola sitzt an ihrer Nähmaschine. Als sie mich sieht, lächelt sie. »Na, hast du Neuigkeiten von diese Conny?«

»Es tut mir leid!« Beim Anblick meiner lieben Kollegin,

die ich tagelang mit der Arbeit allein gelassen habe, befällt mich beinahe der Katzenjammer.

»Was?« Jola sieht mich verwundert an. »Ist etwas passiert mit die Mädchen?«

»Es geht nicht um Conny«, antworte ich. »Ich möchte mich bei dir entschuldigen.«

»Warum das?«

»Ich hab dich laufend im Stich gelassen in letzter Zeit. Du hast fast die ganze Arbeit alleine gemacht. Das war nicht in Ordnung.«

Jola winkt ab. »Lasst du das«, sagt sie. »Ich glaube, ich hätte das alles genau gemacht wie du.«

Für diesen Satz bin ich Jola unendlich dankbar, denn er hilft mir dabei, mich nicht wie ein Vollidiot zu fühlen.

»Wirklich?«

»Ja«, sagt Jola schlicht. »Hab ich nachgedacht. Vielleicht war nicht richtig von mir, dass ich Conny nicht vertraue. Ist sie beinahe noch ein Kind. Hat sie vielleicht gemacht große Fehler, aber ich glaube, dass hat sie ein gutes Herz.«

»Ach, Jola!«

Ich fühle mich noch immer so schrecklich kraftlos, deshalb beschließe ich, meiner Kollegin ein anderes Mal von unserer gestrigen Entdeckung zu berichten.

So gut es geht, verdränge ich meine Gefühle und stürze mich in die Arbeit. Zum Glück hat Jola fast alle Aufträge abarbeiten können und ist nur minimal in Verzug geraten. Ich nehme mir eine Hose vom Bügel und schaue nach, was daran zu machen ist. Anschließend setze ich mich an meine Maschine.

Keine Ahnung, warum ich noch einmal aus dem Fenster schaue, bevor ich mir die zerrissene Hosentasche vornehme. Vielleicht weil ich gern fertig wäre mit dem Thema

Conny, es aber nicht bin? Vielleicht, weil es das Schicksal so wollte? Der Zufall? Der Teufel?

In dem Moment, in dem ich hinausschaue, läuft Kippe an unserem Schaufenster vorbei. Ich habe ihn erst zweimal gesehen, doch dieses Mal bin ich mir vollkommen sicher, dass er es ist.

Ungepflegte Klamotten, Zigarette im Mundwinkel, Bierflasche in der Hand schlappt er die Malplaquetstraße entlang. Mein Puls beginnt zu rasen, und was dann geschieht, ist ein reiner Automatismus. Ich schwöre, ich kann nichts, aber auch gar nichts dafür, dass ich aufspringe und ihm hinterherrenne.

»Ich bin gleich wieder da«, rufe ich Jola zu und schnappe mir meine Handtasche. »Ich muss nur noch einmal rasch was nachsehen.«

Ich weiß nicht, wie Jola reagiert. Vermutlich grinst sie gelassen und schüttelt den Kopf.

Langsam fange ich an zu ahnen, wie sich ein Nikotinsüchtiger fühlt. (»Nur noch diese eine, diese allerletzte Zigarette …«)

Meinem ersten Impuls, Kippe einfach anzusprechen und ihn nach Conny zu fragen, gebe ich nicht nach. Natürlich würde er mir keine Antwort geben, erst recht nicht, wenn er bei dem Diebstahl des Geldes seine Hand im Spiel hatte.

Also beschließe ich, ihm unauffällig zu folgen. Was sich mit meinen hohen Absätzen, die laut auf dem Pflaster klappern, allerdings als schwierig herausstellt. Spätestens nach zehn Minuten wird Kippe sich umsehen und sich misstrauisch fragen, wer ihm da die ganze Zeit hektisch hinterherstöckelt.

Ich versuche also, ihm auf Zehenspitzen hinterherzuschleichen.

Ja, das ist eine echte Herausforderung. Und nein, dabei

möchte ich mich nicht selbst sehen. Ich weiß auch so, dass es bescheuert aussieht. Es ist definitiv nicht zur Nachahmung empfohlen, außer man möchte sich lächerlich machen. Den Gedanken, mir meine Schuhe einfach auszuziehen und barfuß hinter Kippe herzuschleichen, verwerfe ich so rasch, wie er gekommen ist. Zwar scheint jetzt die Sonne, doch das Berliner Pflaster ist nach starken Regengüssen in der Nacht voller Pfützen und wie immer mit allerlei Unrat und Hundehaufen übersät.

Hätte ich heute Morgen lieber meine Eitelkeit in den Wind geschossen und wasserfeste, flache Treter angezogen!

Kippe ist ziemlich groß. Entsprechend lang sind seine Beine, und ich habe alle Mühe, ihm zu folgen. Nachdem er in die Liebenwalder Straße eingebogen ist, wendet er sich am Nauener Platz zur Reinickendorfer Straße, von wo aus er durch ein paar kleinere Straßen weitergeht bis zur Panke.

Hier bin ich bisher nicht oft gewesen. Das liegt wohl daran, dass man den Stadtbezirk, in dem man arbeitet, eher selten in der Freizeit erkundet. Eigentlich ist das schade, denn am Pankeufer ist es wunderbar grün und still, und ich verspüre große Lust, mich bei einer Tasse Kaffee in einem netten Straßencafé zu entspannen.

Der Moment der freudigen Fantasie währt nicht lange. Schließlich muss ich Kippe observieren.

Der wendet sich nun direkt dem Ufer zu und betritt zielstrebig den sogenannten Pankebalkon, eine kleine Plattform, die vor einer Weile noch ziemlich ungepflegt und zugewuchert war, neuerdings jedoch erfreulich aufgeräumt aussieht.

Da ich ihm dahin nicht folgen kann, ohne endgültig aufzufallen, tue ich so, als sei mir etwas runtergefallen, hocke mich dabei hinter Sträucher und hoffe, ihn auf diese Weise im Auge behalten zu können. Kippe lässt sich auf eine hübsche rote Bank fallen. Erst jetzt sehe ich, dass dort schon jemand sitzt. Eine kleine zusammengesunkene Gestalt in schwarzen Klamotten, bei deren Anblick mein Herz einen aufgeregten Satz macht.

Das kann nicht Conny sein. Das DARF nicht Conny sein. Ich krieche tiefer ins Gebüsch, flehe zum Himmel, dass mir hier keiner bei meinem Treiben zusieht und spitze die Ohren.

Eine Frauenstimme.

Gänsehaut.

Es ist …

In diesem Moment verliere ich das Gleichgewicht. Mit einem lauten Aufschrei falle ich mitten in die Sträucher. So ein Mist!

Kippe und seine Gesprächspartnerin springen erschrocken auf. Ich rappele mich hoch und blicke mitten in das erstaunte Gesicht von Conny.

»Rosa?«, haucht sie. So verwirrt und derangiert ich auch bin, registriere ich doch, dass sie bei meinem Anblick feuerrot wird.

»Was soll das hier?«, bellt Kippe.

Ich stakse aus dem Gebüsch, zupfe mir, um ein halbwegs akzeptables Aussehen bemüht, einige Blätter vom Kleid und baue mich vor den beiden auf. »Das kann ich genauso fragen«, erwidere ich ärgerlich. Dann wende ich mich Conny zu. »Hör mal, wir suchen dich seit Tagen. Hast du eigentlich eine Ahnung, für was für einen Wirbel dein Verschwinden gesorgt hat?«

»Wer ist das?«, fragt Kippe. Das Überraschungsmoment ist vorbei. Er klingt nicht mehr überrascht. Seine Stimme hört sich ruhig an, gefährlich ruhig. Ich bekomme eine Gänsehaut.

Conny reagiert blitzschnell. »Lass sie in Ruhe!«, fordert sie Kippe auf und stellt sich zwischen uns. Dann schaut sie mich eindringlich an. »Geh jetzt, Rosa!« Trotz der Schärfe ihrer Stimme höre ich einen bittenden Unterton heraus.

»Ich will zuerst wissen, was mit dir los ist«, beharre ich und ignoriere den leisen Anflug von Panik, der mich aufgrund der Tatsache befällt, dass mir die Situation entgleitet. Ich korrigiere ... schon längst entglitten ist. »Ich will die ganze Wahrheit von dir hören!«

»Es gibt nichts zu sagen«, antwortet Conny bockig. »Nichts, was du wissen müsstest.«

Allem Anschein nach hat sie sich von uns abgewendet und sich gleichzeitig mit Kippe versöhnt. Mit dem Mann, der sie schlecht behandelt und sie krankenhausreif geschlagen hat, für den sie vor einiger Zeit ihre Familie und nun auch Jens und Oskar bestohlen hat. Alle Puzzleteilchen passen plötzlich zusammen. Deutlich entsteht ein Bild vor meinen Augen, das ich einfach nur schrecklich finde.

»Hast du es genommen, Conny? Das Geld aus dem *Schraders*?«, frage ich. Mir ist zum Heulen zumute.

»Was quatschst du da?«, fragt Kippe, schiebt Conny ungeduldig zur Seite und baut sich vor mir auf.

Wenn sie sich wenigstens verteidigen würde! Doch sie wirkt kalt und leer und stumpf. Nicht wie die Conny, die ich kannte. Oder zu kennen glaubte. Mein allerletzter Hoffnungsfunken erlischt.

»Lass uns von hier verschwinden«, sagt Conny an Kippe gewandt. Dann nimmt sie seine Hand und zieht ihn mit sich fort.

Ich lasse mich auf die rote Bank fallen und fange an zu heulen.

Noch am selben Abend rufe ich Leander und Ole an. So klar wie nötig und dennoch so behutsam wie möglich berichte ich ihnen von den jüngsten Ereignissen. Ich beschönige nichts. Sie haben ein Recht auf die Wahrheit. Beide sagen nicht viel. Ich kann sie verstehen. Sie sind genauso enttäuscht wie ich.

Danach stopfe ich Connys Sachen in eine Tüte. Viel mehr als ein paar Klamotten und Bücher besitzt sie nicht. Der Anblick eines Fotos, das sie über ihr Bett an die Wand gepinnt hat, versetzt mir einen Stich. Es zeigt sie und Juli beim Scrabblespielen. Wie konnten wir uns alle nur so in ihr täuschen?

KAPITEL 9

An: rosa.redlich@webfix.de
Lass den Kopf nicht hängen

Liebe Rosa,

du fragst, wie unser Schaf heißt. Ich habe es Molly genannt. Demnächst schicke ich dir ein Foto, dann siehst du gleich, warum. Molly ist wollig, gutmütig und anhänglich. Als wüsste sie, dass sie uns ihr Leben verdankt, überschüttet sie uns mit ihrer Zuneigung.

Sobald ich den Garten betrete, kommt sie über ihre Wiese auf mich zugetrottet und begrüßt mich mit einem freudigen »Määäähhh«. Sie läuft neben mir her, lässt sich aus der Hand füttern und streicheln. Seppi lacht sich eins, wenn er uns beide zusammen sieht, und vermutet, dass Molly demnächst mit uns gemeinsam die Mahlzeiten einnehmen und in Bad Aibling spazieren gehen wird. Wenn mir jemals wieder jemand erzählen will, Tiere hätten weder Herz noch Seele, dem zeig ich unser Schaf.

Nun zu etwas anderem: Ich bin froh, dass du deiner letzten Mail noch ein paar Zeilen hinterhergeschickt hast, und mich endlich in alles eingeweiht hast, was in den letzten Wochen bei euch vorgefallen ist. Ich verstehe deine Verwirrung nur zu gut.

Lass jetzt nicht die Flügel hängen. Du hast nichts falsch gemacht.

Es ist doch so, dass wir niemals wissen, worauf es hinausläuft, wenn wir jemanden in unser Leben lassen. Natürlich lauert die Möglichkeit, enttäuscht zu werden, im Hinter-

grund. Aber sag selbst – was haben wir für eine Alternative? Uns abschotten? Niemanden näher an uns heranlassen?

Siehst du?

Ich weiß, das kommt für dich nicht infrage. Und darüber bin ich sehr froh, denn die überbordende Herzlichkeit, gepaart mit deiner offenen und zugewandten Art, macht aus dir einen ganz besonderen und liebenswerten Menschen.

Wenn du nicht vor über einem Jahr in mein Leben gepurzelt wärst, hätte ich etwas verpasst. Ich hätte nicht gelernt, dass es sich lohnt, mit dem Herzen zu sehen. Und ich wäre heute nicht so glücklich, wie ich es augenblicklich bin.

Jetzt zu deiner Freundin Conny, über die ich natürlich aus der Ferne nicht viel sagen kann. Du hast dich lange geweigert, sie fallen zu lassen und an ihre Schuld zu glauben. Vielleicht hältst du noch ein bisschen länger durch. Ihr Treffen mit dem »schrecklichen Kippe« kann Zufall gewesen sein oder eine letzte Verabredung, um etwas klarzustellen.

Dass sie sich nicht verteidigt hat, sogar vor dir weggelaufen ist, hat vielleicht damit zu tun, dass du sie ziemlich überrumpelt hast. (Verzeih, wenn ich bei der Vorstellung, dass du beim Observieren der Verdächtigen ins Gebüsch gekrabbelt und wenig später wieder herausgefallen bist, ein wenig schmunzeln musste.)

Solange eine Schuld nicht bewiesen ist, gilt die Unschuldsvermutung. So sagt man doch. Oder? Warte ein bisschen ab! Ich bin sicher, sie wird sich über kurz oder lang bei dir melden. Halt mich bitte auf dem Laufenden.

Liebe Grüße
deine Margret

An: Margret-Sonnemann@starnet.de
Re: Lass den Kopf nicht hängen

Liebe Margret,

du hast natürlich recht. Alles, was du sagst, kann ich hundertprozentig nachvollziehen – vom Verstand her. Trotzdem fühle ich mich furchtbar miserabel. Enttäuscht. Ausgenutzt. Ich werde nichts mehr unternehmen. Werde Conny weder suchen noch auf sie warten noch sonst irgendetwas in der Sache tun oder lassen.

Ich weiß nicht, warum ich mich überhaupt in ihre Angelegenheiten habe hineinziehen lassen. Sie tat mir leid, ich wollte helfen. Der Effekt ist, dass ich hier herumsitze und traurige Mails an dich schreibe, statt mein schönes Leben zu genießen und glücklich zu sein. Lassen wir das Thema also fallen. Manchmal muss man eben einsehen, auf Sand gebaut zu haben.

In deiner nächsten Mail möchte ich wieder ganz viel von dir hören. Vor allem von Molly, von der ich Juli schon berichtet habe. Du kannst dir sicherlich denken, dass sie jetzt neben einem Pferd und einem Lama auch ein Schaf besitzen möchte. Sollten wir jemals in den Genuss einer eigenen Weide kommen, welche Tiere darauf grasen sollen, wissen wir bereits.

Lass es dir gut gehen und mach dir keine Gedanken um mich. Ich komme schon wieder auf die Beine.

Alles Liebe
deine Rosa

Müde von mehreren Überstunden bin ich gerade im Begriff, die Werkstatt abzuschließen, als plötzlich jemand hinter mir sagt: »Ich möchte mich mit Ihnen unterhalten.« Ich quieke leise, drehe mich ruckartig um und lasse dabei, zittrig, wie ich bin, den Schlüssel fallen.

Da steht, wie aus dem Boden gewachsen, Katharina Markgraf.

»Du lieber Himmel, haben Sie mich erschreckt«, bringe ich entsetzt hervor. Connys Mutter? Hier? Ich starre sie an wie eine Erscheinung. Um etwas Zeit zu gewinnen und einen ersten klaren Gedanken zu fassen, bücke ich mich und hebe den Schlüsselbund auf.

Was will sie von mir?

Soll ich mich einfach umdrehen und gehen?

Ich hab genug gelitten in den letzten Tagen und absolut keine Kraft mehr, mir erneute Beschimpfungen anzuhören. Wenn sie allein deshalb zu mir gekommen ist, sollte sie besser möglichst rasch von hier verschwinden.

»Hören Sie …«, sage ich entschlossen.

»Zuerst einmal möchte ich mich entschuldigen«, unterbricht sie mich, als ahne sie, dass ich keine Lust habe, mich mit ihr zu unterhalten. »Wie ich mich Ihnen gegenüber verhalten habe, war nicht in Ordnung. Ich würde Ihnen gern etwas erklären. Haben Sie Zeit für ein Glas Wasser oder Wein?«

Ich presse meine Lippen fest aufeinander, bevor mir vor Überraschung der Mund aufklappt. Ich kann einfach nicht glauben, was ich eben gehört habe. Eine Entschuldigung? Aus dem Mund von Katharina Markgraf?

Ein bisschen Diva ist sie natürlich trotz allem noch. Kommt hierher und denkt, dass sie mich einfach mir nichts, dir nichts zum Weintrinken abschleppen kann. Eigentlich hätte sie mich vorher anrufen und fragen können.

Andererseits bin ich froh, dass etwas Bewegung in die »Akte Conny« kommt, ohne dass ich etwas unternehmen muss. Ich werde zwar nicht mehr aktiv, dennoch kreisen meine Gedanken unentwegt um die junge Frau, die mir so viele Rätsel aufgibt.

Vielleicht hat Katharina Markgraf Neuigkeiten von ihrer Tochter?

Ich hatte mir vorgenommen, alles, was Conny betrifft, ab sofort weit von mir zu weisen, in diesem Augenblick merke ich jedoch, dass dieser Vorsatz ein sinnloses Unterfangen ist. Auch wenn die Fakten gegen Conny sprechen, es gibt einfach noch immer zu viele Ungereimtheiten, die aus der Welt geschafft werden müssen, bevor ich die »Akte« schließen kann.

»In Ordnung«, sage ich und zeige auf das *Schraders*, vor dem einige Gäste den lauen Frühlingsabend an kerzengeschmückten Tischen genießen. »Setzen wir uns dort rüber.«

Zu Hause wissen sie sowieso, dass es später wird. Ich beruhige nämlich mein schlechtes Gewissen Jola gegenüber damit, dass ich jeden Tag länger arbeite, obwohl sie meint, dass das nicht nötig sei. Einem kurzen Abstecher in mein Lieblingsrestaurant steht also nichts im Wege.

Wenig später nehmen Katharina Markgraf und ich an einem Tisch Platz. Ich gebe vor, mir die Hände waschen zu wollen, und raune im Vorübergehen Jens und Oskar zu, dass die Frau in meiner Begleitung Connys Mutter ist. Ich kann sehen, dass den beiden buchstäblich der Mund offen stehen bleibt. Natürlich hatten sie nicht mit so einer beeindruckenden Erscheinung gerechnet.

Katharina Markgraf ist, auch wenn sie nicht an ihrem Flügel sitzt und ein Abendkleid trägt, eine ausgesprochen elegante Dame.

Im Laufe meiner Zeit als Schneiderin habe ich allein durch Beobachtung viel Menschenkenntnis gesammelt. Unzählige Frauen habe ich ausgemessen, mit ihnen ihre Kleider- und Änderungswünsche besprochen und ganz nebenbei mitbekommen, wie es um ihr Selbstbewusstsein bestellt ist.

Machen wir uns lieber nichts vor – die Frage »Wie sehe ich aus?« ist und bleibt eines der Hauptthemen von uns Frauen. Schon wie eine Kundin den Laden betritt und wie sie später beim Maßnehmen vor dem Spiegel steht, sagt eine Menge darüber aus, ob sie sich selbst mag oder ob sie sich gerade in diesem Moment zum hundertsten Mal fragt, wie sie die schrecklichen Dellen an ihren Oberschenkeln bekämpfen kann. Frauen richten gern ein Vergrößerungsglas auf ihre »Problemzonen«. Ich bin der Meinung, nicht die überflüssigen Pfunde am Po, die dünnen Haare oder die kleine Wölbung am Bauch, sondern unser Umgang damit ist das eigentliche Problem. Wie wollen wir denn aussehen? Langbeinig, vollbusig, wallemähnig … Alle gleich, wie geklont? Okay! Dann könnte ich mein Maßband in die Mülltonne werfen, schließlich würde ein Schnittmuster für alle genügen. Wäre das nicht unfassbar langweilig? Wie schade, denke ich oft, dass wir uns so gern mit Dingen quälen, die an uns *nicht* perfekt sind. Denn gerade die sind es doch, die uns unseren individuellen Charme verleihen und uns einzigartig und lebendig machen. Manchmal möchte ich meine Kundinnen schütteln, wenn sie mit hängenden Schultern vor dem großen Spiegel stehen und sich selbst nicht mögen.

Katharina Markgraf wirkt völlig anders. Sie ist eine der Frauen, die in puncto Aussehen nichts dem Zufall, geschweige denn den eigenen Gelüsten überlassen. Kein Gramm Fett sitzt auf ihren Hüften. Ihre Haltung ist überaus gerade und aufrecht, das Gesicht dezent geschminkt, der Schmuck unaufdringlich, aber erkennbar edel. Zum Wein bestellt sie eine große Karaffe Wasser. Einen Imbiss lehnt sie ab. Na klar! Essen nach 19 Uhr ist schließlich schädlich für die Figur. Das können wir täglich in bunten Frauenzeitschriften lesen, die vorgeben, ihren Leserinnen mit Rat und Tat beizustehen, und sie in Wirklichkeit mit Diäten und Magermodelmode quälen.

Als ich zum Tisch zurückkehre und meinen Überraschungsbesuch dort sitzen sehe, frage ich mich, wie es sich anfühlt, die Tochter von Katharina Markgraf – die Tochter einer Göttin – zu sein.

Connys Mutter lächelt, als ich mich setze. (Natürlich sind ihre Zähne strahlend weiß, sie sind offensichtlich gebleached.) »Ich habe mich über Sie informiert«, eröffnet sie unser Gespräch.

»Ach ja?«

»Sie entschuldigen. Ich habe Sie wohl falsch eingeschätzt, Ihre Referenzen sind beeindruckend.«

Bin ich deshalb plötzlich interessant für sie? »Frau Markgraf, hören Sie!«, sage ich und widerstehe dem Impuls, aufzuspringen und einfach wegzugehen. »Es geht hier gar nicht um *mich*. Es ging mir immer um ihre Tochter. Ich habe Ihnen offen erzählt, unter welchen Umständen wir uns kennengelernt haben.«

»Das habe ich verstanden«, erwidert sie. »Und genau deshalb habe ich einige Fragen.«

»Bitte fragen Sie!«

»Warum haben Sie das gemacht? Warum haben Sie Cornelia bei sich aufgenommen? Sie wussten doch gar nicht, wer sie ist und was sie getan hat.«

»Warum haben *Sie* das gemacht? Ihre Tochter einfach rausgeschmissen? Ihr den Boden unter den Füßen weggezogen?«, frage ich zurück. »Ich glaube, einiges von dem, was Conny nach ihrem abrupten Karriereende getan hat, wäre nicht geschehen, wenn sie Rückhalt in ihrer Familie gehabt hätte.«

»Mit Vorwürfen kommen wir nicht weiter.«

»Das war kein Vorwurf«, entgegne ich und verschränke

die Arme vor der Brust. »Nicht wirklich. Ich versuche das Gleiche wie Sie. Ich bemühe mich darum, Sie zu verstehen.«

Katharina nimmt einen tiefen Schluck aus ihrem Glas. Ihre Hände zittern leicht. »Ich mache mir Sorgen um Cornelia«, sagt sie so leise, dass ich sie im Stimmgewirr des Restaurants kaum verstehen kann. »Ich hatte gehofft, Sie wüssten etwas und … wir könnten vielleicht zusammen …«

Endlich zeigt sie ein menschliches Gesicht.

»Ich habe unglaublich hart dafür gekämpft, ganz nach oben zu kommen«, beginnt sie zu erzählen, ohne dass ich nachgefragt habe. Ich ahne bereits, was nun kommt. Die meisten tragischen Familiengeschichten beginnen damit, dass ein Elternteil den Kindern etwas geben will, was *ihm selbst* unglaublich wichtig ist und dabei vergisst, dass der Nachwuchs möglicherweise völlig andere Prioritäten im Leben setzen möchte. Ihre nächsten Worte bestätigen meine Vermutung. »Mein Talent war alles, was mir ins Leben mitgegeben wurde. Abgesehen von meinen Eltern, die selbst wenig besaßen und auf vieles verzichteten, um mir die Musik zu ermöglichen. Dafür bin ich ihnen noch heute dankbar.«

Gebannt höre ich ihr zu. Die Pianistin wirkt, seit sie beschlossen hat, sich zu öffnen, auf einmal gar nicht mehr perfekt. Ich kann die Sorgenfalten auf ihrer Stirn, den Schmerz in ihren Augen deutlich erkennen. Und mit einem Mal wird mir klar, dass Katharina tief im Innern längst bereit ist, sich mit ihrer Tochter zu versöhnen. Ich glaube fest daran, dass sie es sich wünscht.

Wir sind also, was diesen Punkt in Connys Leben anbelangt, lediglich einen Schritt von einem Happy End entfernt. Ich weiß, damit sind bei Weitem nicht alle Probleme gelöst, aber eine Versöhnung innerhalb der Familie Markgraf wäre ein erneuter Schritt in die richtige Richtung und möglicherweise genau der Aspekt, der Conny bisher gefehlt hat. »Als meine Tochter geboren wurde, spielte ich für einen Moment mit dem Gedanken, meine Karriere zu beenden und mich ganz der Familie zu widmen«, erzählt die Pianistin weiter. »Vielleicht wäre alles anders verlaufen, wenn ich diesen Schritt wirklich gegangen wäre. Aber ich konnte nicht. Ich liebe Musik über alles. Sie ist mein Leben! Und so erschien es mir naheliegender, das Talent meiner Kinder zu fördern, damit wir alle zusammen für die Musik leben können. Diese Vorstellung war mein Ideal.« Sie hält inne. Ich sehe, wie gerührt sie ist. »Die Musik ist unser Zuhause, wo auch immer wir uns aufhalten. Durch sie haben wir in der ganzen Welt eine Heimat. Verstehen Sie das?«

Ich nicke. »Das klingt sogar sehr schön«, antworte ich aufrichtig. »Musik ist eine universelle Sprache, die jeder versteht. Mit dem Herzen und nicht mit dem Verstand.«

In Katharinas Augen schimmern Tränen. Sie lächelt mich an. »*Sie* haben mich verstanden. Meine Tochter nicht.«

»Ich bin sicher, Conny liebt Musik genauso sehr wie Sie.«

»Was ich von Cornelia verlangte … Wissen Sie, ich habe es nicht in böser Absicht getan, als ich sie mit drei Jahren ans Klavier setzte. Als ich sie förderte und forderte, wo immer es möglich war. Ich wollte damit erreichen, dass Conny ein Teil unseres wunderbaren Kosmos wird. Dass sie es *selbst will.*«

Ich seufze leise und begreife, dass Katharina es im Grunde gut mit ihrer Tochter gemeint hat. Sie hat allerdings eins dabei vergessen: Man kann einen anderen Menschen nicht nach den eigenen Wünschen formen! Jeder braucht eine Möglichkeit herauszufinden, was er *selbst* will. Diese Chance hatte Conny nie, und deshalb wurde die Musik, die für Katharina einst den Weg in die Freiheit bedeutete, für ihre Tochter zum Gefängnis.

»Wenn Sie Ihrer Tochter wiederbegegnen«, setze ich vorsichtig an, »wie stellen Sie sich das vor, nach allem, was passiert ist?«

»Wissen Sie denn, wo sie ist?«, fragt sie mich.

»Leider nein.«

Ich überlege kurz, ihr von meinem letzten Treffen mit Conny zu berichten, verzichte jedoch lieber darauf. Margrets Worte gehen mir durch den Kopf. Gilt nicht trotz aller Indizien noch die Unschuldsvermutung?

Katharinas Stimme reißt mich aus meinen Überlegungen. »Wie sollen wir sie finden? Ich habe keine Idee, wie wir sie in dieser riesigen Stadt finden sollen!« Eine Träne läuft über ihr Gesicht. Hastig wischt sie sie weg.

Die harte Frau, die mir noch vor wenigen Tagen so uneinnehmbar wie eine Festung erschien, verwandelt sich zusehends in eine Mutter, die panische Angst um ihr Kind hat.

In diesem Moment entdecke ich Kippe auf der anderen Straßenseite, mit seinem üblichen schlurfenden Gang, die unvermeidliche Zigarette zwischen den Lippen.

Mein Herz rast. Blitzschnell muss ich eine Entscheidung treffen. »Der Mann da«, flüstere ich, obwohl uns Kippe auf die Entfernung nicht hören kann, und nicke mit dem Kopf in seine Richtung.

»Ja?« Katharina folgt meinem Blick und verzieht leicht angewidert das Gesicht. »Wer ist das?«

»Das erkläre ich Ihnen später«, sage ich hektisch. »Bitte fragen Sie nicht weiter, aber könnten Sie so nett sein und ihm hinterhergehen?«

»Ich soll ihn verfolgen?«

»Ja. Ich muss wissen, wo er wohnt!«

»Und warum …?«

»Bitte! Er kennt mich, deshalb kann ich es nicht selbst machen. Ich erkläre Ihnen später alles.«

Etwas zögerlich steht sie auf. Dann scheint sie beschlossen zu haben, mir zu vertrauen, denn plötzlich spannt sie sich an und folgt ihm. Ich muss sagen, das macht sie ziemlich gut. Beinahe lässig, als würde sie bummeln gehen, heftet sie sich an seine Fersen. Zum Glück klackern ihre Absätze nicht, da sie weiche Slipper trägt.

Kaum ist Katharina weg, gesellen sich Oskar und Jens zu mir.

»*Das* ist Connys Mutter?«, fragt Oskar fassungslos.

»Ich kenn die irgendwoher«, rätselt Jens.

»Katharina Markgraf. Sie ist eine bekannte Pianistin«, erkläre ich. »Und Conny war auf dem Weg, ebenfalls eine zu werden.«

»Unglaublich«, staunt Oskar.

»Eigentlich will ich glauben, dass wir uns nicht in Conny getäuscht haben«, sagt Jens plötzlich.

»So einfach ist das nicht«, gibt sein Kompagnon zu bedenken. »Die Beweislage spricht gegen sie.«

»Das stimmt. Und mit jedem Tag, den Conny verschwunden bleibt, werden die Zweifel an ihr größer«, fügt Jens stirnrunzelnd hinzu. »Sie ist uns allen eine Erklärung schuldig. Wenn sie nichts verbrochen hat, warum kommt sie dann nicht einfach her und redet mit uns?«

»Wenn ich das wüsste«, seufze ich und überlege die ganze Zeit fieberhaft, ob ich den beiden von unserer Entdeckung in Lindow berichten soll. Letztlich entscheide ich mich dagegen. Seit Connys Mutter sich vor einer Stunde an mich gewandt hat, ist meine Hoffnung wieder da, dass sich alles zum Guten wendet.

Jens und Oskar kehren zu ihrer Arbeit zurück.

Wenig später setzt sich Katharina Markgraf etwas atemlos zu mir an den Tisch. »Ich weiß, wo er wohnt«, berichtet sie. »Ein paar Häuser weiter. Ich zeige es Ihnen nachher. Jetzt möchte ich aber erst einmal die versprochene Erklärung!«

Da sie so beherzt mitgeholfen hat, kann ich ihr die natürlich nicht vorenthalten. »Das ist der Mann, mit dem Conny zusammengelebt hat, nachdem sie bei Ihnen raus... ich meine, bevor sie bei mir eingezogen ist. Auf sein Betreiben hin hat sie angefangen zu stehlen.«

Connys Mutter holt tief Luft, setzt zum Sprechen an.

»Ich weiß, was Sie sagen wollen«, fahre ich hastig fort. »Sie hätte das nicht machen müssen, hätte sich wehren können. Aber sie konnte es nicht. Verstehen Sie? Conny war zu schwach dafür. Sie hat in ihrem Leben bisher kaum eigene Entscheidungen getroffen.«

Mir ist klar, dieser Satz wird Katharina hart treffen. Aber sie muss Conny akzeptieren, wie sie ist, und mit allem, was sie getan hat, wenn eine Versöhnung möglich werden soll.

Die Pianistin hört mir mit weit aufgerissenen Augen zu. Ich bin mir sicher, dass ihr eine Bemerkung auf der Zunge liegt, aber sie schluckt sie herunter.

»Und dann?«, presst sie stattdessen mühsam hervor.

»Irgendwann hat Conny sich geweigert. Sie wollte das nicht länger machen ... ihre eigene Familie bestehlen. Dieser Typ, er nennt sich Kippe – seinen wirklichen Namen kenne ich nicht –, hat sie daraufhin geschlagen, ihr die Nase gebrochen. An diesem Punkt kamen mein Freund und ich ins Spiel. Wir konnten sie einfach nicht sich selbst überlassen.«

»Oh mein Gott!«, haucht Connys Mutter.

Nun ist es Zeit für die ganze Wahrheit. Mein Herz beginnt aufgeregt zu klopfen. »Conny hatte den Kontakt zu ihm völlig abgebrochen, während sie bei mir wohnte – dachte ich jedenfalls. Doch durch einen Zufall habe ich mitbekommen, dass sie sich vor ein paar Tagen mit ihm getroffen hat. Ich habe keine Ahnung, was dahintersteckt. Ob sie bei ihm wohnt, ob sie wieder mit ihm zusammen ist. Sie wollte nicht mit mir reden.«

»Glauben Sie das?« Katharinas Stimme kippt ins Hysterische. »Glauben Sie, dass meine Tochter zu dem Mann, der sie manipuliert und geschlagen hat, zurückgegangen ist?«

»Ich weiß es nicht, aber es wäre gut, das herauszufinden.«

»Wenn sie das wirklich getan hat, ist ihr nicht zu helfen!« Katharina droht, die Beherrschung zu verlieren.

Einige Gäste drehen sich nach uns um.

»Psst«, mache ich leise. »Warum wollen Sie Ihre Tochter so schnell aufgeben? Ich weiß nicht mehr als das, was ich Ihnen eben erzählt habe. Ich wollte Conny zur Rede stellen, aber sie hat mich stehen lassen und ist mit diesem Kippe weggegangen. Das sieht zwar nicht gut aus, aber es ist dennoch so, dass wir nichts wirklich sicher wissen.«

»Woher nehmen Sie diesen unerschütterlichen Glauben an das Gute in ihr?«, fragt Katharina.

»So unerschütterlich ist der nicht«, gebe ich zu. »Eigentlich wollte ich mich nach der letzten Begegnung aus der Sache heraushalten, aber nun sind Sie gekommen …«

»Wir müssen die Polizei verständigen!« Zum Glück hat Katharina ihre Lautstärke wieder gemäßigt, sodass das Interesse der anderen Restaurantbesucher an uns rasch abgeflacht ist. Im Ausnahmezustand befindet sie sich trotzdem, wie ihr nächster Satz beweist. »Meine Tochter ist in der Hand eines Verbrechers. Und wir sitzen hier und trinken Wein?«

»Bitte!«, erwidere ich eindringlich. »Mir ging dieser Gedanke auch schon durch den Kopf, vor allem, weil wir jetzt wissen, wo der Typ wohnt. Aber erstens glaube ich, die Polizei wird nichts unternehmen. Die kann nicht ohne Grund Kippes Wohnung stürmen.«

»Ohne Grund?«, fragt Katharina und klingt sehr sarkastisch. »Tatsächlich?«

Ich lasse mich nicht beirren. »Und zweitens, mal angenommen, sie reagiert. Conny ist da. Die Polizei dringt in die Wohnung ein, Sie und ich im Schlepptau. Was wird Ihre Tochter wohl von uns denken?«

»Dass wir *ihr* und nicht diesem Kippe die Polizei auf den Hals gehetzt haben.«

»Genau!«

Einmal mehr schwirrt mir der Kopf. Wie es aussieht, kommen wir an dieser Stelle vorerst nicht weiter. Nachdem wir gezahlt haben, zeigt mir Connys Mutter die große graue Mietskaserne, in der sich Kippes Wohnung befindet.

Sie gibt mir ihre Handynummer, bevor wir uns verabschieden.

»Ich warte noch kurz hier«, sagt Katharina und schaut an der Fassade des Hauses hoch. »Vielleicht kommt meine Tochter zufällig vorbei.«

Wir verabreden, einander auf dem Laufenden zu halten, falls es Neuigkeiten gibt. Wenig später sitze ich in der U-Bahn und bin auf dem Weg nach Hause. Basti und Juli haben mir eine SMS geschickt, dass sie zum Abendessen zu den Großeltern gefahren sind.

Als ich zu Hause die Tür aufschließe, merke ich gleich, dass etwas in der Luft liegt. Ich kann nicht genau sagen, was ich fühle. War jemand hier? Oder sind einfach nur meine Sinne überreizt?

»Conny?«, rufe ich hoffnungsvoll. »Bist du da?«

Niemand antwortet. Ich lasse meine Handtasche fallen, schaue mit Herzklopfen in jedes einzelne Zimmer. Keine Spur von ihr. Allerdings ist die Tasche mit ihren Sachen weg, ebenso ihr Handy. Und auf dem Küchentisch liegt ein Brief.

Für Rosa

KAPITEL 10

Liebe Rosa,

erinnerst du dich? Ich habe dir kurz nach unserer ersten Begegnung gesagt, dass ich den Menschen, mit denen ich zu tun habe, nur Unglück bringe. Wenn man so will, habe ich dich vor mir gewarnt. Aber du wolltest dich nicht beirren lassen, und nun haben die Dinge ihren Lauf genommen.

Es ist so wie immer. Ich habe jemanden, der nur Gutes mit mir vorhatte, vor den Kopf gestoßen.

Als du mich mit Kippe auf der roten Bank an der Panke erwischt hast, konnte ich die Enttäuschung in deinem Gesicht lesen. Ich möchte mich nicht verteidigen, denn was du gesehen hast, hast du gesehen. Ich treffe mich wieder mit Kippe. Mit dem Mann, der mich geschlagen, gedemütigt und zum Stehlen gezwungen hat.

Es ist eben doch nicht so leicht, sein altes Leben hinter sich zu lassen. Die Vergangenheit wirft lange Schatten und manchmal holen sie uns ein, ob wir nun wollen oder nicht.

Eines muss du mir glauben, Rosa. Ich bin nicht weggegangen, weil ich mich bei dir und deiner Familie nicht wohlgefühlt habe. Ich möchte beinahe sagen: Bei euch verbrachte ich die beste Zeit meines Lebens, wenn auch die kürzeste.

Ich bin weggegangen, weil ich nicht wollte, dass mein Schatten auf euer Glück fällt. Mehr kann und will ich dazu nicht sagen.

Entschuldige, dass ich meine Sachen hole, während ihr nicht zu Hause seid. Es ist besser, wenn wir uns nicht begegnen.

Ich schließe ab, wenn ich gehe, und werfe den Schlüssel in den Postkasten.

Ich danke euch für alles, was ihr mir Gutes getan habt. Bitte drück Juli fest von mir. Sie ist ein richtiger Schatz.

Alles Gute für euch
wünscht Conny

PS Halte dich in Zukunft von Kippe fern! Du weißt, dass er kein angenehmer Mensch ist – und das ist sehr vorsichtig ausgedrückt.

Liebe Conny,

bitte lass uns miteinander reden. Ich akzeptiere deinen Entschluss, aber es gibt ein paar Dinge, die ich dir unbedingt sagen muss.

Morgen Abend um 19 Uhr an der roten Bank? Bitte!
Deine Rosa

Erschöpft lege ich mein Handy, mit dem ich eben die SMS an Conny geschrieben habe, zur Seite. Ich habe ihren Brief wieder und wieder gelesen, im Grunde habe ich jedoch kein einziges Wort verstanden.

Warum ist sie vor uns weggelaufen? Warum versteckt sie sich? Weil sie das Geld gestohlen hat? Weil sie wieder mit Kippe zusammen ist?

Tausend Fragezeichen. Und ich habe nicht den Ansatz einer Antwort. Kein Wunder, bei all ihren schwammigen Formulierungen.

Die Schatten der Vergangenheit! Was soll das sein? Wahrscheinlich meint sie damit ihre Zeit mit Kippe und seiner Gang. Doch warum ist sie zu ihm zurückgegangen?

Ich brühe mir einen Tee auf. Während die Blätter ziehen, klingelt mein Handy.

»Ja, hallo?«

Am anderen Ende meldet sich Katharina Markgraf. Das ging ja schnell. »Ich habe Cornelia gesehen«, sagt sie. Ihre Stimme klingt so matt, wie ich mich fühle. »Sie ist zu ihm gegangen. Kaum hatten wir uns verabschiedet, habe ich meinen Beobachtungsposten eingenommen. Eine kleines Café, von ein paar Bäumen geschützt, sodass ich selbst nicht zu sehen war, aber einwandfrei den Gehweg und die Haustür beobachten konnte. Wenig später tauchte sie auf. Sie trug eine Tüte und war blitzschnell im Haus verschwunden.«

»Da kam sie gerade von uns«, berichte ich. »Sie hat ihre Sachen abgeholt, während niemand von uns zu Hause war.«

»Anscheinend hat sie allen Ernstes vor, zu diesem Schläger zurückzukehren.«

»Haben Sie sich bemerkbar gemacht?«, frage ich.

»Nein«, antwortet Katharina zögerlich. »Ganz ehrlich: Mir fehlte der Mut. Was hätte ich ihr sagen sollen, nach allem, was geschehen ist?«

Schade, dass Connys Mutter diese Chance hat verstreichen lassen. Vielleicht wäre Conny nicht gleich zur Versöhnung bereit gewesen, aber sie hätte immerhin ein Zeichen bekommen. Einen Hinweis darauf, dass die Türen für ihre Rückkehr geöffnet sind.

Umso mehr hoffe ich nun darauf, dass Conny meine SMS beantwortet oder morgen einfach an dem von mir vorgeschlagenen Treffpunkt steht.

Die Nacht verbringe ich in unruhigem Schlaf. Nicht einmal Basti ist da, an den ich mich kuscheln könnte. Er hat die schlaftrunkene Juli nach dem Besuch bei seinen Eltern abgesetzt und musste gleich weiter ins Krankenhaus zum Nachtdienst.

Ziemlich schweigsam und müde löffeln die Kleine und ich am nächsten Morgen unser Müsli. Anschließend bringe ich Juli zur Schule und fahre in den Wedding.

Während ich arbeite, checke ich bei jedem Piepton meines Handys, ob eine SMS angekommen ist und wenn ja, von wem. Hundert Mal spähe ich hinaus auf die Straße in der Hoffnung, dass Conny vielleicht vorüberläuft. Aber nichts dergleichen geschieht.

Kein Ton, keine Spur von ihr.

Ich setze alle meine Hoffnung darauf, dass sie nachher an der roten Bank sein wird. Dann bekäme ich die Chance, Conny alles zu erzählen, was sich in den letzten Tagen ereignet hat, und ihr zu sagen, dass ihre Familie bereit zur Versöhnung ist.

Wenn mir das gelungen ist, kann ich sie ziehen lassen. Auf ihre Entscheidung habe ich keinen Einfluss, aber ich hätte immerhin alles getan, damit sich am Ende alles zum Guten wendet.

Jola schüttelt leicht den Kopf, als ich erzähle, was geschehen ist und was es für Neuigkeiten in Sachen Conny gibt.

»Bin ich sehr doof?«, frage ich sie. »Lachst du mich aus?«

»Nein« sagt Jola, steht auf und kramt in ihrer Handtasche. »Bist du keine doofe Mensch. Guckst du. Habe ich eine Kalender, von dem ich jeden Morgen ein Blatt abreiße. Das ist für mich wie eine Motto für den Tag.«

Ich nehme ihr das Kalenderblättchen ab. »*Ein Augenblick Geduld kann viel Unglück verhindern*«, lese ich vor. »Das ist schön.«

»Siehst du«, sagt Jola. »Bleibst du ruhig!«

»Danke!« Der Rückhalt, den ich in diesem Augenblick spüre, schenkt mir neue Kraft. Geduld gehört nicht zu meinen Tugenden, aber es stimmt, in diesem Moment ist sie das Einzige, was zählt.

Schweigend arbeiten wir vor uns hin, bis endlich Feierabend ist. Wir schließen die Tür ab und verabschieden uns. Mit wenig Hoffnung begebe ich mich zum von mir vorgeschlagenen Treffpunkt und warte dort auf Conny.

Eine ganze Stunde lang tut sich nichts. Ich sitze im warmen Frühlingssonnenschein, starre ins flache Wasser der Panke und nehme außer meiner stetig wachsenden Mutlosigkeit nichts wahr. Als ich drauf und dran bin aufzugeben, geht endlich eine SMS von Conny ein.

Ich werde nicht kommen. Lass es gut sein!

Langsam ist mein Vorrat an Geduld und Hoffnung aufgebraucht. So groß er erscheinen mag, unerschöpflich ist er nicht.

Zu Hause kuscheln Juli und ich uns gemeinsam auf die Couch und lesen eine Ponyhofgeschichte. Wenig später ruft uns Basti zum Abendessen. Als Juli im Bett ist, öffnen wir eine Flasche Wein, sitzen bis weit nach Mitternacht zusammen und ich rede mir allen Kummer von der Seele. Mein Freund hört mir zu, wir diskutieren, überlegen, wägen ab. Es tut uns beiden gut, noch einmal alle Ereignisse Revue passieren zu lassen, die in den letzten Wochen förmlich über ins hinweggerollt sind.

Nicht froh, aber doch halbwegs getröstet, schlafe ich irgendwann in Bastis Armen ein.

Nach zwei Tagen geht es mir langsam besser.

Mit ein Grund dafür mag unser Plan sein, endlich wieder ein Wochenende bei Vicki in Kletzin zu verbringen. Basti und Juli wollen zu Hause alles packen und mich direkt von der Werkstatt abholen, sodass wir noch am Freitagabend bei unseren Freunden sind.

Acht Stunden Arbeit liegen vor mir, danach ein Wochenende voll Entspannung, das ich nach all dem Trubel gut gebrauchen kann. Ich muss langsam zur Ruhe kommen und die Ereignisse der letzten Wochen abhaken.

Es ist nicht so, dass ich nicht an Conny denke. Sobald ich in die Malplaquetstraße einbiege, halte ich quasi automatisch Ausschau nach ihr. Sitzt sie an ihrem alten Fleck? Steht sie vielleicht vor der Werkstatt, nimmt mich in den Arm und sagt mir, dass nun alles gut ist?

Die Hoffnung stirbt zuletzt, sagt man so schön.

Manchmal stirbt sie allerdings auch durch einen großen Schock.

Bereits von Weitem sehe ich ein Polizeiauto in unserer Straße. Im gleichen Moment klingelt mein Handy. Jola ist dran.

»Wo bist du?«, fragt sie atemlos. »Musst du schneller kommen.«

»Ich bin gleich da.« Ich laufe los, so schnell es mir mit meinen hohen Schuhen möglich ist. Die Angst sitzt mir im Nacken und treibt mich an. Schon wieder was mit Conny? »Was ist denn los?«, frage ich im Rennen, doch Jola hat nach einem hastig hingeworfenen »Gott sei Dank« bereits aufgelegt.

Jetzt sehe ich, dass die Polizei direkt vor unserer Werkstatt parkt. Mir schießen vor Angst und Panik Tränen in die Augen. Was wird mich gleich erwarten?

Nachdem ich mich durch die Menge an Schaulustigen gedrängt habe, die schweigend vor dem Haus herumsteht, erleide ich beinahe einen Herzschlag. Es sieht aus, als wäre ein Tornado durch unsere kleine Schneiderei gefegt. Nichts steht mehr an seinem Platz. Ich kann es nicht verhindern, dass mir bei diesem Anblick ein Aufschrei entfährt.

Jola empfängt mich mit betroffenem Gesicht. Ihre Augen sind gerötet. Wir nehmen uns in die Arme und halten uns einen Augenblick lang fest.

»Oh mein Gott!«, hauche ich. »Was ist hier passiert?«

»Fragst du nicht«, antwortet Jola leise. »Alles ist kaputt.«

»Alles?«

Sie nickt. »Irgendwelche böse Menschen haben hier sich ausgetobt.«

Zwei Polizisten stapfen vorsichtig durch das unfassbare Chaos aus umgestürzten Nähmaschinen, auf den Boden geworfenen Textilien und zertrümmerten Möbelstücken. Einer davon, eine junge Frau, kommt auf mich zu, schüttelt mir die Hand und äußert Betroffenheit darüber, was hier vorgefallen ist. »Ein ziemlich heftiger Fall von Sachbeschädigung.«

»Haben Sie schon eine Spur?«, frage ich um Sachlichkeit bemüht und weil es das Erste ist, was mir einfällt. Am liebsten würde ich mich auf den Boden werfen und schreien, aber was würde das nützen? Die Polizistin schüttelt den Kopf.

»Wer macht denn so etwas?«, frage ich hilflos. »Bei uns gibt es kein Geld zu holen, nichts von besonderem Wert …«

»Darum ging es offensichtlich nicht.« Die Polizistin weist auf das Chaos um uns herum »Haben Sie Streit mit jemandem? Konkurrenz? Oder könnte es sich vielleicht um eine Art Racheakt handeln?«, fragt sie.

Ich zucke überfordert mit den Schultern. »Wofür denn? Wie gesagt, wir verstehen uns gut mit der Nachbarschaft. Es gab nie Stress mit jemandem. Es muss ein unglücklicher Zufall sein, dass es ausgerechnet uns erwischt hat.« Jola bestätigt das. »Ich muss Margret anrufen«, sage ich entschlossen, nachdem die Beamtin sich abgewandt hat. »Was hier passiert ist, können wir ihr nicht verschweigen.«

Gesagt. Getan. Kurz darauf habe ich meine Meisterin an der Strippe.

»Bleib ganz ruhig«, bittet sie mich und geht selbst mit gutem Beispiel voran. Wenig später ruft sie mich zurück und berichtet, dass sie soeben ihre Versicherung informiert habe. Ein Sachverständiger sei auf dem Weg zu uns und nachdem der alles aufgenommen habe, könnten wir mit dem Aufräumen anfangen. Ich bin sehr froh, dass Margret sachlich bleibt, obwohl es sicher hart für sie ist, zu hören, dass alles in ihrer Schneiderei in tausend Stücke geschlagen wurde.

Basti rufe ich gleich nach Margret an und schildere ihm noch immer fassungslos, was passiert ist. »Das war es dann mit unserem Wochenende in Kletzin«, schließe ich meinen Bericht traurig.

»Ja, das war es wohl«, bestätigt er. »Ich würde gern etwas für dich tun.«

»Lass mal«, antworte ich, obwohl mir nichts lieber wäre, als mich in seine Arme zu werfen und in sein T-Shirt zu schluchzen. »Juli hat sich seit Tagen auf Kletzin und das Reiterwochenende gefreut. Ihr solltet hinfahren.«

Auch wenn ich Bastis Unterstützung gut gebrauchen könnte, will ich ihn nicht in Berlin festhalten. Er hat eine Pause dringend nötig, bei all dem Stress und den Überstunden, die er laufend leistet. Außerdem soll Juli nicht darunter leiden müssen, dass irgendein Idiot unsere Werkstatt zertrümmert hat.

»Wo sollen wir bloß anfangen?«, frage ich Jola, nachdem ich aufgelegt habe. Wir zwei stehen mitten im Chaos. Zum wiederholten Mal droht mich der Mut zu verlassen.

»Zuerst einmal mit einem Kaffee«, sagt eine Stimme hinter mir.

Jens und Oskar stehen in der Tür. Mit fassungslosen Gesichtern sehen sie sich das gewaltige Durcheinander an.

»Keine schlechte Idee«, antworte ich, froh, dass die beiden Freunde gekommen sind. »Vielleicht sollten wir, bevor wir loslegen erst einmal in Ruhe beratschlagen und einen Plan machen.«

Gemeinsam tragen wir unseren halbwegs heil gebliebenen Frühstückstisch nach draußen, dazu holt Jens vier Stühle aus dem *Schraders*. Unsere machen keinen brauchbaren Eindruck mehr. Oskar spendiert vier Becher Kaffee und bringt einen Teller voll Kuchenstücke mit.

»Nervennahrung«, sagt er lächelnd. »Kopf hoch, ihr zwei! Wir kriegen euren Laden wieder hin.«

»Was genau ist passiert?«, fragt Jens.

»Wir wissen nicht viel«, antworte ich.

»Die Polizei hat gesagt, sie wurde morgens um 7 Uhr angerufen«, erklärt Jola.

»Einer der Nachbarn ist mit seinem Hund Gassi gegangen und hat bei einem Blick in die Schneiderei das Chaos entdeckt«, füge ich hinzu.

»Hat keiner was gehört?«, hakt Oskar nach. »Die ganze Zerstörung muss schließlich einen Heidenkrach gemacht haben.«

Niemand von uns kann diese Frage beantworten. Mein Kopf fühlt sich leer an. Ich bin einfach nur geschockt und überfordert.

»Weiß Margret schon Bescheid? Wie hat sie reagiert?« Jens' Frage ist berechtigt.

»Sie ist relativ ruhig geblieben und hat zuerst einmal ihre Versicherung angerufen«, berichte ich. »Das alles tut mir unendlich leid. So viele Jahrzehnte besitzt sie den Laden hier, und kaum ist sie für ein paar Wochen weg, geht alles schief. Ich schäme mich so!«

Ich brauche jetzt wirklich Nervennahrung, deshalb nehme ich mir ein Stückchen Quarkkuchen. Zwar verspüre ich keinen wirklichen Hunger, eine kleine Süßigkeit wird mir dennoch bestimmt guttun.

»Warum schämst *du* dich?«, fragt Oskar verdattert. »Du hast nichts kaputt gemacht. Ihr beide schmeißt den Laden hier und Margret kann sich zurücklehnen.«

Jens räuspert sich.

»Na ja, konnte sie jedenfalls«, fügt Oskar hinzu.

Jetzt muss ich doch heulen, da hilft selbst der Kuchen nicht. »Na, rate mal?«, schniefe ich. »Seit ich Conny angeschleppt habe, ist der Wurm drin. Ich fühle mich einfach schuldig, versteht ihr das?«

»Verdächtigst du sie, das hier angerichtet zu haben?« Jens schaut mich stirnrunzelnd an.

»Nein«, erwidere ich. »Nein. Nicht wirklich. Aber vielleicht die Typen, mit denen sie rumgehangen hat. Abgesehen davon widerstrebt es mir einfach total, jemanden zu verdächtigen.«

»Vielleicht ist Conny ihre Spionin. Findet heraus, wo es etwas zu holen gibt ...«, meint Oskar.

»Aber hier wurde nichts gestohlen wie bei uns«, unterbricht Jens Oskars Überlegungen, »dafür alles kurz und klein geschlagen. Das sieht nach zwei unterschiedlichen Tätern aus, wenn ihr mich fragt.«

»Ja, das stimmt«, sage ich. »Und genau deshalb muss ich Conny endlich sprechen. Wir können hundert Jahre Vermutungen anstellen. Solange die Polizei keinen Täter findet – und bei der hohen Anzahl von Einbrüchen in der Stadt ist es wahrscheinlich, dass sie niemanden finden –, ist und bleibt alles ungewiss. Wir müssen sie aufspüren. Ich denke, Conny könnte der Schlüssel zu allem sein, was uns Rätsel aufgibt.«

Ich muss erneut an ihre SMS denken. *Lass es gut sein!* Selbst wenn ich sie finde, wird sie überhaupt mit mir reden?

»Zuerst wir müssen machen Ordnung«, beschließt Jola und leert ihren Kaffee.

Sie hat recht, wir müssen Prioritäten setzen. Das Allerwichtigste ist nun, unsere Werkstatt zurück in einen annehmbaren Zustand zu versetzen und zu schauen, was von den Textilien unserer Kunden zu retten ist. Und dann weiterzuarbeiten. Wie die Stehaufmännchen. Unsere Kunden verlassen sich auf uns. Und wir können uns auf sie verlassen.

Der Überfall auf unsere Werkstatt hat sich anscheinend in Windeseile herumgesprochen, denn nun geschieht etwas, was sich anfühlt wie ein kleines Wunder. Kaum haben wir unsere Krisensitzung beendet und Jens und Oskar sind zurück an die Arbeit gegangen, kommt Basti über die Straße auf uns zu. Er trägt Jeans, ein altes T-Shirt und hält einen Werkzeugkoffer in der Hand.

»Basti?« Ich starre ihn an wie eine Erscheinung.

»Hast du gedacht, ich amüsiere mich, während du im Chaos versinkst?«, fragt er stirnrunzelnd und nimmt mich fest in die Arme. Genau so, wie ich es mir gewünscht habe. Ein tiefes Gefühl von Zärtlichkeit und Zuversicht überkommt mich. Mein Basti!

»Aber du solltest doch …«, schniefe ich gerührt. »Und Juli?«

»Meine Eltern fahren mit ihr nach Kletzin«, beruhigt mich mein Freund. »Als ich ihnen erzählt habe, was passiert ist, sind sie gleich eingesprungen.«

Ich genieße einen Moment lang die Geborgenheit in seinen Armen und höre, wie er beim Anblick der Werkstatt durch die Zähne pfeift. »Mann oh Mann, was war das für ein Arschloch«, knurrt er leise. »Da steht ja kein Stein mehr auf dem anderen.«

»Ich bin unendlich froh, dass du da bist«, sage ich.

Hinter uns quietschen Bremsen.

»Das gibt es nicht«, höre ich Jola rufen, löse mich von Basti und drehe mich neugierig um.

Vicki und Daniel springen aus ihrem Auto. »Familie Graf meldet sich zur Stelle«, sagt Vicki und umarmt mich und Jola gleichzeitig. Daniel und Basti schütteln sich die Hände.

»Ihr seid verrückt«, rufe ich. »Und die Kinder? Juli besucht euch doch heute.«

»Sie ist längst da, Bastis Eltern haben alles im Griff«, antwortet Vicki lässig. »Meinst du, ich lass dich im Stich, wenn's brennt?«

So ähnlich hat sich Basti auch ausgedrückt. Mir wird warm ums Herz.

Während zwei Frauen aus dem Haus gegenüber mit ihren Männern über die Straße kommen, ertönt laut eine Hupe.

»Hey«, ruft Lila und kurbelt das Fenster von Robs Firmenauto herunter. »Wir suchen nur noch einen Parkplatz.«

Ich schlucke schwer, so gerührt bin ich. Welche Buschtrommeln sind denn da im Einsatz gewesen? Ich habe doch nur Basti und Margret angerufen!

»Ich kümmere mich so schnell wie möglich um Ihre Sachen«, sage ich den beiden Kundinnen, die nun vor mir stehen und mit großen Augen das Chaos betrachten.

»Deswegen sind wir nicht hier«, entgegnet die eine.

»Wir wollen helfen«, ergänzt die andere.

»Aber …«

»Nichts aber«, unterbrechen sie mich unisono. »Ihr seid immer für uns da, jetzt sind wir für euch da. So machen wir das hier im Kiez.«

Tränen der Rührung drängeln sich aus meinen Augen. Ich habe länger nicht geweint. Zum Ausgleich geht der Wasserhahn heute gar nicht mehr zu.

»Wir sollten erst einmal alles ausräumen«, sage ich rasch und versuche, mir keine Schwäche anmerken zu lassen. »Die Frauen nehmen die leichten Sachen.«

Unterdessen haben die Männer bereits mit den Aufräumarbeiten begonnen. Jens kommt noch mal über die Straße gelaufen und lächelt beim Anblick des fleißigen Bienenschwarms.

»Die ganze Truppe ist nachher bei uns eingeladen«, ruft er in die Runde. »Wir machen einen Baustellenbrunch.«

Zustimmendes Gemurmel ertönt. Während wir räumen, treffen Lila und Rob mit zwei seiner Kollegen ein.

»Das gibt Arbeit«, sagt Lilas Verlobter, während er sich umsieht. »Wir waren gerade hier in der Gegend, als Lila mich angerufen hat.«

»Und ihr seid extra hergekommen? Danke!«

»Klaro! Auch wenn wir im Moment nicht viel machen können. Wir müssen zurück auf unsere Baustelle, aber wenn ihr in ein paar Stunden alles ausgeräumt habt, kommen wir wieder. Ich für meinen Teil helfe euch am Wochenende und wenn ich mich nicht täusche, schaffen wir das, und ihr könnt am Montag wieder öffnen.«

Seine Kollegen nicken. »So 'n Scheiß«, sagt der eine und zeigt auf das Chaos. »Wir sind auch dabei.«

Nachdem die drei sich verabschiedet haben, machen wir uns ans Ausräumen. Lila kann bleiben. Sie hat ihrer Chefin von unserem Unglück erzählt und hat frei bekommen.

Vor der Tür sortieren wir alles auf verschiedene Haufen – *kaputt und für den Sperrmüll*, *kaputt, kann man reparieren* und *ist heil geblieben, wird weiterverwendet*. Anschließend schmieden wir Pläne, wie es am Wochenende weitergehen soll.

Jola und die Nachbarinnen sortieren die Kleidungsstücke unserer Kunden, und wir dürfen, solange die Werkstatt eine Baustelle ist, im Wohnzimmer einer der Helferinnen die ganzen Textilien lagern.

Rob, seine Kollegen, Basti und Daniel werden die Räume renovieren und bei der Gelegenheit gleich die alten Dielen in der Werkstatt von ihrer braunen Farbe befreien und lackieren.

Das wird ein schönes Stück Arbeit, aber ich vertraue Rob. Wenn er sagt, das ist in zwei Tagen zu schaffen, dann wird es so sein. Lila, Vicki und ich werden noch heute Abend einkaufen gehen, denn zwei unserer Nähmaschinen haben die Attacke nicht überstanden. Allein die uralte mechanische Singer, an der Margret gerne gearbeitet hat, ist heil geblieben. Wie sehr mich das freut, kann ich kaum in Worte fassen. Außerdem brauchen wir neue Kleiderständer, Stühle, Geschirr und ein paar Schränke für unsere Nähutensilien.

»Das Shoppen könnte richtig Spaß machen«, sage ich, während wir die Einkaufslisten schreiben. »Wenn der Anlass nicht dermaßen ätzend wäre.« Die beiden geben mir recht.

Nachdem ein Großteil der Aufräumarbeiten erledigt ist, setzen wir uns mit den Helfern rüber ins *Schraders*, wo Jens und Oskar in ihrem Roten Salon Mittagessen für uns vorbereitet haben.

Immer wieder sind in den letzten Stunden Leute aus der Nachbarschaft vorbeigekommen und haben uns ihre Hilfe angeboten. Während wir essen, ist bereits der erste Transport mit Sperrmüll unterwegs. Ein Nachbar hat in Windeseile ein geeignetes Auto organisiert. Die Solidarität und das Zusammengehörigkeitsgefühl in unserer Straße sind überwältigend.

»Alles wird gut«, sagt Lila.

»Langsam glaube ich selbst daran«, erwidere ich.

In diesem Augenblick öffnet sich die Tür zum Salon. Wie auf Kommando wird es still im Raum und alle blicken auf, um zu sehen, wer zu uns stößt.

»Hereinspaziert«, sagt Jens fröhlich.

Mein Herz setzt einen Augenblick lang aus, als ich in die grauen Augen von Margret schaue.

»Du bist ja hergekommen«, hauche ich überwältigt.

Wir schließen uns in die Arme.

Jola steht auf uns gesellt sich zu uns. Auch wenn der Anlass schrecklich ist, fühlt es sich unfassbar schön an, dass unser kleines Schneiderei-Kleeblatt endlich wieder vereint ist.

KAPITEL 11

An: rosa.redlich@webfix.de
Was mir alles durch den Kopf geht

Liebe Rosa,

nun bin ich seit zwei Tagen wieder in Bad Aibling und noch immer geht mir dein entsetzter Blick nicht aus dem Kopf, als ich unerwartet im Schraders *aufgetaucht bin. In diesem Augenblick habe ich mich gefragt, ob es richtig war, unangekündigt nach Berlin zu kommen.*

Ich gebe zu, es war schrecklich, zurückzukehren und eine völlig leere Werkstatt vorzufinden. Der Anblick der zerstörten Möbel und Maschinen ist mir zum Glück erspart geblieben, da ihr schon fast alles aufgeräumt hattet. Aber glaub mir, vor allem litt ich, als ich begriff, dass du dir dafür die Schuld gibst.

Alle versuchen dir das auszureden, und auch ich kann nur betonen: Rosa, dass die Schneiderei Zielscheibe von Vandalen geworden ist, hat nichts mit dir zu tun!

Wir wissen nicht, wer so einen Hass auf den kleinen Laden hat. Vielleicht war es einfach ein böser Zufall, dass es uns getroffen hat. Bitte hör damit auf, dir Schuld daran einzureden. Du brauchst deine Energie für das, was jetzt auf dich zukommt.

Gerade habe ich eine Runde mit Molly über die Streuobstwiese gedreht (sie folgt mir treu wie ein Hund), dabei die ganze Zeit nachgedacht und am Ende einen Entschluss getroffen, an dem ich dich nun teilhaben lassen werde.

Liebe Rosa, was ich dir nun schreibe, wird dich vielleicht verwundern, doch wenn du eine Weile nachdenkst und ein paar Nächte darüber schläfst, kannst du mich mit Sicherheit verstehen.

Es mag dir verrückt vorkommen, aber ich bin fest davon überzeugt, dass es sein Gutes hatte, was mit der Schneiderei passiert ist. Bevor du jetzt ärgerlich den Kopf schüttelst, erinnere dich bitte an die Zeit, als du an meine Tür geklopft hast und auf der Suche nach Arbeit warst. Ich weiß noch wie heute, dass du damals eine Menge Probleme zu bewältigen hattest. Wie hast du später immer so schön gesagt? Dein ganzes Leben war dir »um die Ohren geflogen«. Nicht wahr?

Ich weiß noch genau, wie du dich aufgerappelt hast. Du, meine liebe Rosa, bist nämlich viel stärker, als du glaubst. Frag Basti, Vicki, Jola … Sie werden es dir gern bestätigen.

Vielleicht ist es so, dass wir beide ein Zeichen nötig hatten. Ein Zeichen dafür, dass es an der Zeit ist, etwas zu wagen, was wir uns sonst wahrscheinlich nicht so bald getraut hätten.

Ich habe es bereits angedeutet, während wir die Werkstatt renoviert haben: Rosa, ich werde in Bad Aibling bleiben – bei Seppi, der sich unglaublich gefreut hat, als ich ihm das sagte. Bei Molly, die über kurz oder lang tierische Gesellschaft bekommen wird. Und in dieser entzückenden Landschaft, in der ich so frei atmen kann wie lange nicht mehr.

Und »meine« Werkstatt?

Als ich dich bei meiner Ankunft inmitten deiner Helfer im Schraders *gesehen habe, wurde mir klar, dass die Schneiderei dir längst so viel bedeutet, wie sie mir all die Jahre bedeutet hat.*

Ich möchte dir nun folgendes Angebot unterbreiten: Ich werde für 24 Monate die Miete weiterbezahlen, damit du dir frei von finanziellem Druck überlegen kannst, was du mit dem kleinen Laden und deinem unglaublichen Talent anstellen möchtest. Probier dich aus! Mach alles neu! Lass es, wie es ist! Ich gebe dir freie Hand, und ich bin sicher, du wirst am Ende diese vier Wände mit Herzblut und Ideen und deiner ganz persönlichen Handschrift füllen!

Was meinst du? Haben wir nicht beide diesen Schubs gebraucht, um einen Neuanfang zu wagen? Lass uns mutig sein!

Alles Liebe
deine Margret

An: Margret-Sonnemann@starnet.de
Re: Was mir alles durch den Kopf geht

Liebe Margret,

puh ... du bist in letzter Zeit für jede Menge Überraschungen gut! Ich soll deine Werkstatt übernehmen, obwohl ich so schlecht darauf aufgepasst habe?

Ich bin platt. Wirklich! Komplett überrumpelt.

Dass du in Bad Aibling bleiben wirst, ganz ehrlich, das haben wir uns alle uns schon gedacht. Wir konnten es an deinen glänzenden Augen sehen, wenn du von Seppi (und Molly) und euren Plänen für ein Generationenhaus geschwärmt hast.

»Margret ist zwar irgendwie anwesend«, hat mir Vicki einmal zugeflüstert, »aber irgendwie auch nicht. Ihr Herz hat sie definitiv in Bayern gelassen.«

Du glaubst gar nicht, wie sehr wir uns alle für dich freuen! Und ich allen voran, das weißt du sicherlich. Du hast sehr glücklich ausgesehen.

Dass ich deine Werkstatt übernehmen soll, kommt trotzdem ziemlich plötzlich. Natürlich habe ich gemerkt, dass du zwar mit renoviert und angepackt hast, dich allerdings bei gestalterischen Fragen sehr zurückgenommen hast. Wolltest du wirklich altrosa Wände? Und den riesigen goldgerahmten Spiegel an der Wand mit der bordeauxroten Tapete? Die abgezogenen Dielen, nun dunkel gebeizt?

Na klar! Du hast jedes Mal eifrig genickt. Aber immer erst, nachdem ich *etwas gesagt hatte. Und dann hast du so getan, als wäre genau das auch dein Vorschlag gewesen. Ziemlich schlau. Du hast mich ausgetrickst, meine Liebe! Aber dass dir die neue Optik der Werkstatt am Ende gefiel, habe ich gesehen. Du hast richtig gestrahlt. Das waren wohl die zwei intensivsten Tage unserer bisherigen Zusammenarbeit.*

Nun bist du weg und wir feiern Neueröffnung. Jola und ich haben alle Helfer zu Kaffee und Kuchen eingeladen. Es ist unglaublich schade, dass du nicht dabei sein kannst. Wir werden dich vermissen. Wir vermissen dich jetzt schon.

Ich soll deine Werkstatt übernehmen? Oh Margret! Du glaubst gar nicht, wie sehr mich dein Vertrauen freut und ehrt. Aber ich muss ein bisschen darüber nachdenken. Das alles kommt mir einfach unglaublich vor. Ich muss erst herausfinden, ob ich den Mut, den du mir bescheinigst, auch wirklich besitze.

Liebe Grüße
deine (verwirrte) Rosa

»Meinst du, es wird überhaupt jemand vorbeikommen?«, frage ich Jola, während ich auf der obersten Sprosse einer Leiter stehe und mich strecke, um eine bunte Girlande über dem Eingang der Werkstatt aufzuhängen.

Meine Kollegin fegt gerade den Bürgersteig vor dem Geschäft. Es soll alles rundherum einladend aussehen, wenn wir unsere Wiedereröffnung begehen.

»Werden sie alle kommen«, antwortet sie. »Ganze Straße.«

Ich wäre auch gern so sicher wie Jola, aber als die Schneiderei in Trümmern lag und Conny sich von mir losgesagt hat, ist meine eigentlich unerschütterliche Zuversicht gleich mit zu Bruch gegangen. Ich seufze leise.

Klar, die Geschäfte laufen seit einer Woche wieder. Aber werden die Leute wirklich mit uns feiern wollen? Zumal die Werkstatt von heute kaum an die erinnert, die sie seit Jahren kannten?

Die Dekoration hängt. Nach dem Runterklettern bleibe ich einen Moment auf der untersten Sprosse stehen und schaue mir von außen unser Werk der letzten Tage an. Bei der Erinnerung daran, was sich hier abgespielt hat, muss ich unwillkürlich lächeln. Und plötzlich wird mir klar, dass ich eigentlich keinen Grund habe, verzagt zu sein.

Nachdem wir uns alle im *Schraders* gestärkt und nochmals Pläne geschmiedet hatten, legten wir gleich los. Renovieren, einkaufen, reparieren, einräumen … Das Wochenende war angefüllt mit typischen Aktivitäten auf einer Baustelle. Unsere Schneiderei verwandelte sich in einen Bienenstock, vor dem tagein, tagaus die geschäftigen Arbeiterinnen tanzten.

Eine Welle der Solidarität überrollte uns förmlich. Kaum eine unserer Kundinnen, die nicht vorbeischaute, um wenigstens ein bisschen mit Hand anzulegen. Dazu erhielten wir Spenden aller Art – von selbst gebackenem Kuchen und frisch gekochten Speisen über neue Fliesen und Armaturen für unser Bad bis hin zu Tapete, Farben und Malerutensilien – und als Höhepunkt einen traumhaft schönen antiken Kleiderschrank.

»Den arbeite ich dir auf«, versprach Rob, der ein Faible für alte Möbel besitzt und deshalb bei einem Restaurator arbeitet.

Schon da hätte ich merken müssen, was in Margret vorgeht. »Den könntest du neben den Riesenspiegel stellen«, schlug sie nämlich vor, »mit geöffneten Türen. Und darin hängt eine ganze Kollektion deiner traumhaften Kleider. Wer reinkommt, hat gleich das Gefühl, in einem gemütlichen Ankleidezimmer zu stehen.«

»Und fühlt sich wie zu Hause«, ergänzte ich.

Margret lächelte vielsagend. »Genau«, sagte sie und widmete sich anschließend dem Umtopfen der beiden Schefflеras, die unser Schaufenster zieren, seit ich hier arbeite, und zum Glück weitgehend unversehrt geblieben waren. Nun bekamen sie frische Erde und neue, große Töpfe.

Es war wie ein Wunder: Während wir von Freitag bis Sonntag jeden Tag bis in die Nacht durcharbeiteten, hatte ich das Gefühl, irgendwo säße ein Designer, der nach einem genauen Plan die Werkstatt gestaltete. Alles, was die Leute uns spendeten, passte – wie durch Zauberhand zusammengestellt – zueinander, ergänzte sich und harmonierte miteinander.

Hatte einer der Helfer keine Zeit mehr, standen gleich die nächsten vor der Tür.

Solch einen Rückhalt unter den Nachbarn hatte ich nie und nimmer erwartet. Jetzt zahlte sich aus, dass Margret Sonnemann dem Kiez über viele Jahre treu gewesen war.

Wenn ich ihre Werkstatt wirklich übernehme? Werde ich genauso beliebt sein? Werden mir die Leute die Treue halten, genau wie sie es bei Margret getan haben? Werden sie es mögen, dass ich nicht nur Änderungen, sondern Mode anbiete? Wird die neu gestaltete Werkstatt ihnen nicht viel zu schick, wie ein Fremdkörper, erscheinen?

So viele Fragen. Ich weiß, dass ich die Antworten nicht erhalten werde, wenn ich nicht mutig bin und mich ausprobiere. Hat Margret recht? War die Zerstörung und die damit verbundene Neugestaltung der Schneiderei der Startschuss für einen … für *meinen* Neubeginn?

»Natürlich hat Margret recht«, sagt Vicki, die ich frage, als wir wie in alten Zeiten gemeinsam in der Küche sitzen und Spaghetti auf die Gabeln wickeln. »Du bist so weit. Die Leute in eurer Straße kennen dich und Jola nun genauso gut, wie sie Margret gekannt haben. Wie kommst du auf die Idee, dass sie weglaufen könnten? Du hast in den letzten Tagen deutlich gesehen, dass sie nicht einmal daran denken.« Sie nimmt genüsslich einen Schluck Rotwein. »Gibt es jemanden, der dir ernsthaft abrät?«, fragt sie.

Ich denke kurz nach, während ich auf meinen Nudeln herumkaue. »Nein«, lautet meine schlichte Antwort. »Alle sagen, das hat das Schicksal so gewollt.«

»Vielleicht solltest du mal wieder einen Glückskeks essen, wie damals«, sagt Vicki und lacht. »Ich meine, falls du unsicher bist und einen kleinen Schubs brauchst.«

»Hör bloß auf! *Heute hält das Schicksal etwas für Sie bereit*«, pruste ich los. »Das kann ich echt nicht gebrauchen. Davon hab ich langsam die Nase voll.« Mir ist schon viel leichter ums Herz.

»Im Grunde ist an dem Spruch was dran«, erwidert Vicki und sieht auf einmal ziemlich ernst aus.

»Wie meinst du das?«

»Na ja, manchmal passieren die Dinge, wie sie passieren sollen. Findest du nicht? Im ersten Moment kriegst du zwar die Krise, aber später wird dir klar, dass alles, was geschehen ist, wichtig und richtig war. Und dass es deinem Leben die Wendung gegeben hat, die nötig war.«

»So was Ähnliches hat Margret mir auch gesagt«, entgegne ich nachdenklich.

»Erinnerst du dich noch, wie es war, als ich meine ungewollte Schwangerschaft bemerkte?«, fragt Vicki.

»Du lieber Himmel, ja«, seufze ich und zwinkere meiner Freundin zu. »Das war eine echt dramatische Zeit.«

»Und was ist draus geworden?«, fragt sie weiter.

Mir ist klar, worauf sie hinauswill. »Alles ist großartig. Ihr habt euch für euer Kind entschieden und seid nun glücklich mit Lulu.«

»Genau das meine ich. Durch die kleine Lulu sind wir komplett. Was uns entgangen wäre, wenn wir sie nicht hätten, darüber mag ich gar nicht nachdenken.«

»Da hast du recht.«

»Und? Was lernst du daraus?«

»Ich sollte ein Baby kriegen.«

»Käse«, lacht Vicki. »Irgendwann natürlich schon, aber jetzt wird es erst einmal Zeit, deinen eigenen Modeladen zu eröffnen. Das wird dich glücklich machen, Rosa! Da bin ich ganz sicher. Du bist so weit.«

»Das scheinen alle zu glauben.«

»Na, dann glaub und vertrau uns mal.«

»Vicki meint, ich soll Margrets Angebot annehmen«, taste ich mich als Nächstes bei Basti vor, als wir am Sonntagmorgen zusammen aufwachen und ein ganzer Tag Zweisamkeit vor uns liegt.

»Du zögerst noch?«

»Ich hab Schiss, Basti!«

Er zieht mich an sich, hält mich eine Weile fest. »Das musst du nicht«, sagt er schließlich. »Du hast einen riesigen Rückhalt im Kiez.«

»Meinst du nicht, das bezog sich auf Margret?«

»So wenig Selbstbewusstsein?«, neckt mich Basti. »Das kenne ich ja gar nicht von dir.«

»Ich schon.«

»Hör mal, Rosa! Ich verstehe dich besser, als du denkst.« Und dann erzählt er mir, dass er das Angebot bekommen hat, die HNO-Praxis eines Kollegen zu übernehmen, der in Ruhestand geht.

»Echt jetzt?«, frage ich und bin kurz davor, begeistert aus dem Bett zu springen. »Und das erzählst du mir so nebenbei? Das ist ja Wahnsinn!«

Wie oft hat mir Basti unendlich leidgetan, wenn er morgens müde und vollkommen übernächtigt aus dem Krankenhaus kam, nur um nach kurzer Pause in die Spätschicht zu eilen. Oder wenn er gleich 24 Stunden ohne Pause auf seiner Station blieb. Wochenend- und Feiertagsdienste. Stundenlanges Stehen im OP – all das, was Bastis Traumberuf unglaublich hart macht und ihn selbst manchmal zu einer überarbeiteten »Maschine«, die hofft, vor lauter Erschöpfung keinen schwerwiegenden Fehler zu begehen.

»Ich kaue schon ein paar Wochen auf dem Thema herum«, gibt er zu. »Aber ich wollte dich nicht damit belasten. Du hattest weiß Gott genug um die Ohren.«

»Das war aber falsche Rücksichtnahme«, sage ich. »Du bist immer für mich da. Und ich will es für dich sein. Schreib dir das hinter die Ohren.«

»Mir ging es wie dir«, erklärt er sein Schweigen. »Mein erster Impuls war, es nicht zu machen und deshalb wollte ich nicht darüber reden. Eine Praxisübernahme erschien mir eine Nummer zu groß für mich, und ich arbeite außerdem echt gerne auf meiner Station.«

»Ich weiß.« Die Parallelen erschlagen mich geradezu.

»Was rätst du mir?«, fragt Basti.

»Ich rate dir, genau nachzudenken und die Praxis zu

übernehmen. Du bist so weit.« Ich muss grinsen, als mir klar wird, dass ich wie Vicki ein paar Tage zuvor klinge. In Bastis Fall sehe ich klar, dass der Moment gekommen ist, sich in die Selbstständigkeit zu wagen. Bei mir selbst tappe ich weiterhin im Nebel. »Verrückt! Plötzlich stehen wir beide vor einer Riesenentscheidung.«

»Und? Was machen wir?«, fragt Basti.

»Wir trauen uns«, beschließe ich, »und wir halten zusammen. Für Juli wird das großartig, wenn du auf einmal mehr Zeit für sie hast. Und für mich auch«, füge ich hinzu, bevor ich mich glücklich an ihn schmiege.

»Träumst du?« Jola steht am Fuß der Leiter, stützt sich auf einen Besen und lächelt mich an. Ich kehre zurück in die Gegenwart.

»Komm«, sage ich zu meiner Kollegin. »Wir müssen reden.«

»Wird Zeit«, antwortet Jola.

Wir setzen uns in die neu gestaltete Werkstatt, die wieder vollständig eingerichtet ist und noch ziemlich intensiv nach Farbe riecht.

»Es ist schön geworden«, sage ich und schaue mich um. »Findest du nicht?«

Die verträumten Wandfarben, der herrlich romantische Spiegel, der Schrank voller Traumkleider, daneben Margrets alte Nähmaschine, die ab sofort nur noch zur Dekoration dient. Neue Nähmaschinen, ein hübscher hölzerner Tresen und eine Frühstücksecke mit Kaffeemaschine und buntem Tongeschirr.

»Werde ich gar nicht mehr nach Hause gehen«, antwortet Jola gut gelaunt.

»Ich auch nicht! Hat dir Margret erzählt, was sie plant?«

Jola nickt. »Und was willst du machen?«

Noch einmal lasse ich den Blick schweifen. »Wollen wir es wagen?«, frage ich.

»Wir?«

»Na klar, wir. Wir beide! Wer denn sonst?«

»Ich … ich bin nicht sicher, dass du mich dabeihaben …«

»Jola«, falle ich ihr ins Wort. »Was denkst du denn? Meinst du, ich habe nur eine Sekunde daran gedacht, *ohne* dich hier weiterzumachen?« Ich schüttele mich, als mir ein schrecklicher Gedanke kommt. »Oder willst du etwa auch gehen?«, frage ich ängstlich und fürchte mich vor der Antwort.

»Sag mal! Wie stellst du dir das vor?«, fragt Jola zurück.

»Gleich vorweg, wir entscheiden alles gemeinsam, okay? Meine Idee sieht im Moment so aus: Die Änderungsarbeiten müssen wir auf jeden Fall weitermachen.« Vor meinem geistigen Auge entsteht plötzlich eine klare Vorstellung. »Das kennen die Leute hier von uns und ich will sie nicht vor den Kopf stoßen. Meinst du, wir könnten es nebenbei mit etwas Mode versuchen? Wenn ich das bisher ausprobiert habe, lief es eigentlich immer ganz gut.« Ich möchte nicht, dass Jola weggeht, deshalb soll sie von Anfang an sagen, was sie über unsere Zusammenarbeit denkt und wie sie sich diese vorstellt.

»Ich kann machen die Änderungen und du kannst nähen die schöne Kleider für die Leute«, schlägt sie vor.

»Und du bleibst wirklich bei mir?«, frage ich noch einmal, um ganz sicher zu sein.

»Ja! Ich bin sehr froh!« Glücklich strahlen wir uns an.

Wenn alles so einfach wäre! Unsere Idee erscheint mir jedenfalls tragfähig. Angenommen, ich verkaufe meine Mode nicht oder nur zögerlich, bleibt uns noch immer die Änderungsschneiderei. Die läuft seit Jahren wie geschmiert. Margrets Segen haben wir.

Wie es aussieht, sind die Segel gesetzt, der Wind frischt auf und wir nehmen Kurs auf:

Einfach Rosa

Den Namen für mein kleines Modelabel habe ich mir schon vor vielen Monaten überlegt, genaugenommen, als ich meine erste Modenschau vorbereitet habe. Jetzt kann der Traum Wirklichkeit werden.

»Ist das schön geworden!«

»Wie hübsch!«

»Man erkennt ja gar nichts wieder. Toll!«

»Junge Besen kehren gut!«

Ich stehe am Eingang zur Schneiderei und beobachte staunend, wie immer mehr Nachbarn neugierig in unsere Werkstatt strömen und sich umsehen.

Jens und Oskar haben Bierbänke und Tische auf dem Bürgersteig aufgebaut. Ich habe alle zu Kaffee, Kuchen und Häppchen eingeladen und freue mich, dass die Nachbarn gekommen sind, um nach dem Schreck und der harten Arbeit mit uns zu feiern. Alle gratulieren uns. Wir werden mit Wohlwollen und Blumensträußen geradezu überhäuft.

Zum ersten Mal, seit ich den Gedanken, von nun an die Chefin der Werkstatt zu sein, an mich herangelassen habe, bin ich mir sicher, dass es richtig ist, was ich tue.

Die Leute hier werden mich nicht im Stich lassen.

Vier Stunden später räume ich müde, aber glücklich mit Jola, Jens und Oskar die Spuren der kleinen Party beiseite.

»Ich hab heute gleich vier von meinen Kleidern verkauft«, jubele ich überglücklich, »und drei Bestellungen entgegengenommen. Das heißt, ich kann mich am Montag gleich an die Arbeit machen und neue schneidern.«

»Bravo«, freut sich Jola.

»Es ist Frühling«, sagt Jens. »Da will alle Welt neue Klamotten haben. Das kannst du ausnutzen.«

»Hast du schon Ideen?«, fragt Oskar.

»Klar«, antworte ich. »Richtig coole Wedding-Mode. Ich habe neulich …« Mitten im Satz stoppe ich, denn mir wird schmerzlich bewusst, dass ich meine neue Kollektion für Conny gezeichnet habe. Die Ideen für diese frech romantische Linie verdanke ich ihrer Anwesenheit.

»Was ist los?«

»Ach, nichts«, antworte ich. Mein Hochgefühl will ich mir nicht nehmen lassen. In den letzten Tagen habe ich vor lauter Arbeit und Aufregung kaum an Conny gedacht.

Die anderen reden ebenfalls nicht mehr von ihr. Weder von dem Verdacht, dass sie das Geld im *Schraders* gestohlen haben könnte, noch von der Möglichkeit, dass sie eine Mitschuld an der Zerstörung der Werkstatt habe. Weshalb auch? Uns ist klar, dass wir mit Verdächtigungen nicht weiterkommen, sondern nur die Stimmung und die Atmosphäre vergiften. Die Polizei hat sich nicht mehr gemeldet, was bedeutet, dass ihre Ermittlungen bisher nichts erbracht haben. Nach einem langen Telefonat mit Connys Mutter, die genauso ratlos ist wie ich, habe ich Conny, wenn man so will, »abgeschrieben«. Auch wenn das nicht freiwillig geschah – *sie selbst* wollte es so. Seltsam, wie ein Mensch, der eben wichtig war, plötzlich von der Bildfläche verschwinden kann.

Nachdem die Werkstatt und der Platz davor in einen ordentlichen Zustand zurückversetzt sind, holt Oskar eine Flasche Prosecco und vier Gläser aus dem Restaurant.

»Wir müssen auf jeden Fall noch anstoßen«, sagt er, lässt

den Korken knallen und schenkt uns ein. Zu viert stehen wir in der neuen alten Werkstatt, heben die Gläser und prosten uns zu.

»Auf den Neuanfang!«

»Auf uns und unseren Zusammenhalt!«

In diesem Augenblick klingelt die Türglocke. Mir fällt beinahe mein Glas aus der Hand. Nicht vor Schreck, sondern vor Überraschung.

In der Werkstatt steht nämlich … Conny. Schmal, blass, aber mit entschlossenem Gesichtsausdruck und einer Körperhaltung, die nur eins auszudrücken scheint: *Leute, da bin ich wieder!*

Ich höre Jola neben mir schlucken.

»Ich möchte eine Aussage machen«, sagt Conny mitten in unser sprachloses Staunen hinein. »Begleitet ihr mich zur Polizei?«

KAPITEL 12

An: rosa.redlich@webfix.de
Ein Schaf kommt selten allein

Liebe Rosa,

stell dir vor, es gibt Neuigkeiten vom Generationenhaus. Langsam wird aus dem lose angedachten Plan ein handfestes Projekt. Die Finanzierung steht, die Verträge sind unterzeichnet und gestern haben wir den ganzen Tag damit verbracht, die Baupläne zu sichten. Seppis ehemaliger Kuhstall wird sich in ein großes Wohnhaus mit insgesamt sieben Wohnungen verwandeln. Und das Haus, in dem wir aktuell wohnen, wird zu einem Gemeinschaftshaus, in dem gekocht, gespielt, gelesen und gefeiert werden kann.

Sogar eine große Ferienwohnung wird es geben. Rate mal, wessen Idee das war?

Bevor wir überhaupt zu bauen angefangen haben, sind drei der Wohnungen bereits vergeben. Eine weitere ist natürlich für Seppi und mich reserviert. Das Interesse an unserem Projekt ist riesengroß.

Noch mehr schöne Neuigkeiten: Seit zwei Tagen hat unsere Molly Gesellschaft. Lola, die als »Überbleibsel« eines aufgelösten Zirkus in einem Tierheim gestrandet war, ist eingezogen. Die beiden verstehen sich großartig und zuckeln nun einträchtig über die Streuobstwiese.

So schön es hier ist, in Gedanken bin ich oft bei euch. Natürlich wäre ich gern bei der Eröffnung der »neuen« Schneiderei dabei gewesen. Trotzdem bin ich bewusst vorher weggefahren. Ich finde es besser, wenn die Nachbarn und Kunden die Werkstatt nun von Anfang an nicht mehr mit mir, sondern mit dir und Jola in Verbindung bringen. Es ist euer Neubeginn. Und den solltet ihr ganz unter euch genießen.

Ich wette, es war brechend voll, nicht wahr?

Liebe Grüße
deine Margret

PS Ich liebe rosa Wände und goldene Spiegel auf burgunderroter Tapete übrigens sehr. Ich denke, in unserer Wohnung werde ich das Schlafzimmer auf diese Weise einrichten. Seppi hat auch nur ein ganz klein bisschen komisch geguckt, als ich ihm das vorschlug.

An: Margret-Sonnemann@starnet.de
Re: Ein Schaf kommt selten allein

Liebe Margret,

freut mich zu hören, dass bei euch alles gut vorangeht.

Und ich habe ebenfalls Neuigkeiten, die dich mit Sicherheit interessieren, auch wenn du bei der Polizei angegeben hast, dass sie sich mit allen neuen Erkenntnissen an mich und nicht an dich wenden sollen:

Wir wissen, wer die Werkstatt in Schutt und Asche gelegt hat. Es war kein Zufall, dass es uns getroffen hat. Und es hatte mit Conny zu tun, der jungen Frau, von der ich dir ausführlich erzählt habe. Es war tatsächlich ihr Exfreund, der Typ, der hier in der Straße wohnt und mit dem sie eine Weile zusammengelebt hat.

Conny stand am Abend der Wiedereröffnung plötzlich in der Werkstatt. Sie hatte beschlossen, nun endgültig mit ihrem »Freund« zu brechen, und hat bei der Polizei aus-

gesagt, dass er die Zerstörung verursacht hat. Vermutlich kommt er mit einer saftigen Geldstrafe davon. Aber ich bin sicher, dass er, da er nun aufgeflogen ist, uns künftig in Ruhe lassen wird. Vielleicht nutzt er die Gelegenheit sogar, um etwas aus seinem Leben zu machen, aber das ist möglicherweise zu positiv gedacht.

Seit ich weiß, wer an den Zerstörungen schuld ist, bin ich etwas ruhiger, weil ich mich nicht mehr pausenlos fragen muss, wer uns das angetan hat. Allerdings denke ich trotzdem darüber nach, eine Alarmanlage einbauen zu lassen. Was meinst du dazu? Ansonsten kann ich dir erzählen, dass die Geschäfte in der alten, neuen Schneiderei großartig laufen.

Dass wir beide uns etwas Neues trauen, setzt mit einem Mal unglaublich viel Energie frei, findest du nicht? Es ist, als wenn ein Zug, der sich einmal in Bewegung gesetzt hat, nun beinahe von selbst fährt und nicht mehr zu stoppen ist. Diese stürmischen Entwicklungen hätte ich vor ein paar Wochen nicht für möglich gehalten.

Liebe Grüße
deine Rosa

»Ich hole uns etwas zu trinken und dann reden wir«, sagt Oskar, als wir am nächsten Nachmittag in seinem Auto in die Malplaquetstraße einbiegen. »Wir *müssen* reden.«

Keiner widerspricht ihm.

Conny sitzt neben mir. »In Ordnung«, sagt sie leise. »Ihr habt völlig recht, ich bin euch ein paar Erklärungen schuldig.«

»Eine ganze Menge!«, ergänzt Jens.

Ich schweige lieber, denn ich möchte Conny, die freiwillig zu uns zurückgekommen ist, nicht einschüchtern.

Sie hat Kippe soeben wegen Sachbeschädigung angezeigt und ausgesagt, dass er in jener Nacht angetrunken über das Fenster im Hinterhof in die Schneiderei eingedrungen ist und dort alles zerstört hat.

Darüber, dass Kippe auch ihr gegenüber gewalttätig war, hat sie jedoch kein Wort verloren. Ebenso hat sie sich nicht über die Vorgänge im *Schraders* geäußert. Ich bin gespannt, was sie uns jetzt erzählen möchte.

Nachdem Oskar uns mit Apfelsaft, Tee und Wasser versorgt hat, lassen wir uns in der gemütlichen, von einer einzelnen Lampe beleuchteten Werkstatt nieder. Das *Schraders* ist für unsere Zwecke viel zu laut und unruhig, schließlich haben wir eine Menge ernster Themen zu besprechen.

Ich bin nervös, weiß gar nicht, mit welchem der anstehenden Themen wir beginnen sollen. Zum Glück macht Conny, die ihr Glas unberührt abstellt, beherzt den Anfang.

»Ich konnte es nicht verhindern«, sagt sie, »dass er hier alles kurz und klein geschlagen hat. Es tut mir leid!«

»Warum bist du zu Kippe zurückgegangen?«, frage ich und merke, dass ich mich zusammenreißen muss, um ruhig zu bleiben. Die letzten Wochen waren emotional ziemlich heftig für mich. Jetzt, wo mir Conny endlich gegenübersitzt, drängen die unterdrückten Gefühle mit aller Macht an die Oberfläche.

»Das hatte mehrere Gründe«, erzählt Conny. »Ich will mich nicht rausreden oder reinwaschen oder den Unschuldsengel spielen. Ich nehme an, dass es euch schwerfällt, mich zu verstehen, doch ich habe das ganz bewusst getan. Ich *wollte* es noch einmal mit ihm versuchen. Kippe war der Erste, der mich aufgefangen hat nach all dem … all dem, was passiert war. Ich war ihm eine zweite Chance schuldig – dachte ich jedenfalls, als er am Abend deiner Party plötzlich vor eurem Haus auftauchte. Keine Ahnung, wie er herausgefunden hat, wo du wohnst. Ich vermute, er ist mir gefolgt. Jedenfalls stand er da, als ich zu Ole wollte, und bat und flehte, dass ich zu ihm zurückkommen solle. Ich hörte ihm zu und dann traf ich eine Entscheidung, obwohl ich tief in mir drin wusste, dass sie falsch war. Trotzdem konnte ich nicht anders. Kannst du das verstehen, Rosa?«

Ich nicke. Tatsächlich verstehe ich Conny nur zu gut. Gefühle lassen sich nicht mit der Wurzel ausreißen wie ein lästiges Unkraut. Sie sind unser Segen und manchmal sind sie eben auch unser Fluch. Ich denke daran zurück, wie oft ich schon geliebte Menschen zurückgewiesen und verletzt habe, allen voran meinen Freund Basti. Mir läuft es noch heute kalt den Rücken hinunter bei der Erinnerung daran, wie ich einst unsere Liebe aufs Spiel gesetzt habe und ihn beinahe verloren hätte.

»Ich bin also mit ihm gegangen an diesem Abend. Mein Handy hatte ich vergessen, aber wahrscheinlich hätte ich sowieso nicht angerufen. Ich war mir sicher, ihr würdet mich nicht verstehen, nach all dem, was der Mann mir angetan hatte.«

»Und Ole?«, frage ich.

»Ihn habe ich genauso vor den Kopf gestoßen wie euch.« Sie sieht uns nacheinander an, dann schluchzt sie auf. »Das wirklich Kranke ist, dass ich keine Erklärung für mein Handeln habe. Niemals haben werde. Es gibt sie einfach nicht. Wenn ihr mich jetzt alle hasst, kann ich das nur zu gut verstehen.«

»Denkst du wirklich, dass *ich* dich hasse?«, will ich von Conny wissen.

»Du hättest jedenfalls allen Grund dazu«, antwortet sie leise.

Wieder einmal merke ich, dass Connys Welt in schwarz und weiß eingeteilt ist. Mir ist klar, dass ich dagegen im

Moment nichts machen kann, außer ihr zu zeigen, dass es auch anders geht.

»Ich hasse dich nicht. Das habe ich nie getan«, entgegne ich. »Und Ole wird es ebenfalls nicht tun. Wir haben uns Sorgen gemacht. Du warst plötzlich weg.«

»Das war nicht fair. Ich weiß.«

»Wir haben wie wild nach dir gesucht. Sogar in Lindow.«

»Ich weiß.« Sie seufzt leise. »Als ich zu Kippe zurückging, war er in einem schrecklichen Zustand, vollkommen am Boden zerstört. Ich hielt es für eine gute Idee, eine Weile mit ihm aus der Stadt zu gehen, etwas Ruhe zu finden. Die Bungalowsiedlung liegt im Frühling meist wie ausgestorben da, war also ein idealer Ort, um uns zu verstecken. Ich habe gehofft, er würde endlich zu sich finden ... wir zueinander, damit wir uns ein gemeinsames Leben aufbauen könnten. Ein schönes Leben, ohne die Sauferei, ohne Diebstähle und all das.«

Ihre Stimme klingt rau. Sie schluckt, dann gießt sie sich ein Glas Wasser ein. »Ich weiß, das klingt naiv. Einer wie er ändert sich nicht, werdet ihr denken. Und ihr habt recht. Das kann er nicht, vor allem *will* er es nicht. Aber ich hatte doch gerade von euch gelernt, dass man Menschen nicht einfach aufgeben darf. Dass sie es wert sind, es noch einmal mit ihnen zu versuchen. Und ich wollte es versuchen.«

»Und was ist dann passiert?«

»Wir haben euch kommen hören, weil Juli so laut geweint hat. Ich habe zu Kippe gesagt, dass er euch vertrauen kann, dass ihr wunderbare Menschen seid und uns helfen werdet. Doch er wollte nichts davon hören, sondern verschwinden. Ich bat ihn zu bleiben und euch wenigstens kurz kennenzulernen, aber da wurde er wütend und zog mich durch die Hintertür hinaus in den Wald.«

»Wir haben deine Jacke gefunden.«

»Die hab ich in der Eile verloren. Wir haben abgewartet, bis ihr verschwunden wart, sind dann zurück. Das war der Moment, in dem ich begriff, dass wir entgegen meiner Hoffnung keine Zukunft haben.«

»Warum?«

»Er schrie mich an, dass ich unser Versteck verraten hätte, und dann schlug er mich erneut. Er wollte mir nicht glauben. Einfach nicht glauben.« Conny wischt sich eine Träne aus dem Gesicht.

»Warum bist du danach nicht zu uns zurückgekommen? Das wäre vollkommen in Ordnung gewesen!«

»Ehrlich? Was hätte ich euch sagen sollen?«

»Na, die Wahrheit. So wie du es jetzt machst.«

Conny schüttelt den Kopf. »Ich konnte nicht. Ich hab mich geschämt«, erwidert sie. »Ich war dumm, naiv.«

»Wo bist du hingegangen?«, fragt Jens.

»Ich hab mir eine winzige möblierte Wohnung genommen«, antwortet Conny, »in Kreuzberg. Ich hatte doch noch das Geld von euch.«

Ob sie weiß, wie doppeldeutig ihr Satz gerade klingt? Den Diebstahl im *Schraders* haben wir bisher nicht erwähnt. Und sie selbst hat kein einziges Wort über das Geld im Bungalow verloren.

»Ich wollte mir in Ruhe überlegen, wie ich vorgehe. Ich hatte vor, das zum ersten Mal in meinem Leben allein herauszufinden, wollte niemanden vor den Kopf stoßen oder mit in die Sache hineinziehen. Und dann ist es doch passiert. Kippe ließ nicht von mir ab, bat um ein allerletztes Treffen. Und ausgerechnet da bist du, Rosa, mitten hineingeplatzt.«

Ich erinnere mich nur zu gut an diese unangenehme Szene und wie eigenartig Conny und Kippe reagiert haben. »Da hättest du mir etwas sagen können«, werfe ich ein, »wenigstens einen Hinweis geben.«

»Du verstehst nicht, Rosa! Kippe dachte längst, dass *du* daran schuld wärst, dass ich nicht länger mit ihm zusammen sein will. Er begriff nicht, dass es *meine* Entscheidung war, ihn endgültig zu verlassen. Als du plötzlich aufgetaucht bist, war das für ihn die Bestätigung, dass ich ihn deinetwegen verlassen habe.«

»Das tut mir leid.«

»Mir tut es leid, denn letztlich führte es zu dem, was schließlich passiert ist. Ich habe meine Sachen bei dir abgeholt und bin zu Kippe. Ein letztes Mal. Damit er seine Miete bezahlen kann, habe ich ihm Geld gegeben. Ich beschwor ihn, dass er es schaffen kann, sich ein neues Leben aufzubauen, und dass ich das jetzt auch tun würde. Danach bin ich gegangen.«

»Und kurze Zeit später ist er ausgerastet.« Mir wird schlecht bei dem Gedanken, dass ich womöglich von Glück reden kann, dass sich Kippe »nur« an der Werkstatt ausgetobt hat. »Ich bin froh, dass du gekommen bist«, sage ich, »und uns alles erzählst.«

»Ich hab euch schließlich mit hineingezogen. Das tut mir leid. Aber ich wollte, dass ihr alles wisst und mich wenigstens nicht hasst, wenn ich gehe.«

»Du willst gehen?«, frage ich erschrocken.

»Es ist besser so.«

Jens räuspert sich. »Du kannst gehen, Conny«, sagt er, »aber erst, wenn du uns wirklich *alles* erzählt hast.«

»Ich hab euch ziemlich im Stich gelassen, ich weiß!« Sie wendet sich nun den beiden zu. »Das tut mir leid, denn ich habe gern bei euch gearbeitet.«

Sie sagt kein Wort von dem geklauten Geld, schießt mir durch den Kopf. Aber ich schweige, denn jetzt müssen die anderen reden.

»Ich wollte weiter bei euch arbeiten, nachdem ich wieder bei Kippe …« Sie schluckt. »Es war doch ein Anfang, aber …«

Auf einmal fängt sie bitterlich an zu weinen. Mir läuft eine Gänsehaut über den Rücken.

»Hat *er* dich gezwungen, das Geld zu nehmen?«, fragt Oskar.

»Was für Geld?«, schluchzt Conny und schaut uns mit tränenfeuchten Augen an. »Rosa hat neulich schon gefragt. Ich habe kein Geld von euch genommen!«

»Conny«, sagt Jens eindringlich. »Wir werden dich nicht anzeigen. Es geht mir ausschließlich darum, die Wahrheit zu wissen.«

»Ich hab kein Geld genommen«, beteuert Conny erneut.

»Und warum warst du am Sonntagmorgen, nachdem du nicht zum Essen bei Rosa aufgetaucht bist, im *Schraders*?«, setzt Oskar ihr die sprichwörtliche Pistole auf die Brust. »Obwohl du keinen Dienst hattest?«

»Ich wollte mit euch reden«, antwortet Conny, etwas gefasster. »Ich wollte euch darum bitten, dass ich den Job behalten darf, auch wenn … wenn ich nun bei Kippe und nicht bei Rosa leben würde. Ich wollte euch bitten, mir trotzdem zu vertrauen.«

»Ist das die Wahrheit?«

Conny nickt. »Ich weiß nicht einmal, was an dem Morgen passiert ist. Nachdem ich euch nicht angetroffen habe, bin ich gleich rüber zu Kippe gegangen.«

»Jemand hat die kompletten Einnahmen vom Samstag mitgehen lassen. Rund 5.000 Euro«, sagt Jens. »Es war naheliegend, dass du es gewesen bist.«

»Ich wollte mit euch reden«, beteuert Conny. »Niemals wäre ich auf die Idee gekommen, euch zu bestehlen. Glaubt ihr mir das?«

Wir schweigen alle betreten.

Auch wenn alles, was sie uns erzählt, die Wahrheit zu sein scheint, es fällt dennoch nicht leicht, ihr erneut zu vertrauen. Also unternehme ich einen letzten Vorstoß. Es muss einfach alles auf den Tisch.

»Und das Geld im Bungalow?«, frage ich. »Ich hab es gesehen.«

»Ach, deshalb fällt es euch schwer, mir zu glauben! Das waren 3.000 Euro, und die habe ich von meinen Eltern«, antwortet Conny, ohne zu zögern. »Sie überweisen mir jeden Monat etwas auf mein Konto. Selbst nachdem ich …« Sie schluckt. »Ich wollte es nie haben, aber dann habe ich die Hälfte davon abgehoben, bevor wir nach Lindow aufgebrochen sind. Um Kippe zu zeigen, dass wir genug für einen Neuanfang haben.«

Jetzt weiß ich, dass ich ihr glauben kann, denn das was sie sagt, deckt sich mit dem, was Katharina Markgraf mir erzählt hat.

In diesem Augenblick klopft es an der Tür. Hastig springe ich auf. Wer mag das um diese Zeit sein? Und vor allem mit welcher Absicht? Mein Herz pocht wie wild, als ich zur Tür gehe. Wieder einmal wird mir klar, dass die Ereignisse der letzten Wochen nicht spurlos an mir vorübergegangen sind.

Als ich Connys Mutter draußen stehen sehe, weiß ich nicht, ob ich lachen oder weinen soll. Einerseits ist es natürlich großartig, dass es nicht Kippe mit einem Baseballschläger in der Hand ist. Doch ob jetzt der geeignete Moment ist, um Mutter und Tochter nach Jahren voller Streit, Trennung und Missverständnissen wieder zu vereinen, vermag ich beim besten Willen nicht zu sagen. Was wird geschehen, wenn ich Katharina hereinlasse?

»Wer ist da?«, fragt Jens.

Blitzschnell muss ich entscheiden. Connys Mutter ein

Zeichen geben, dass sie gehen soll, und hoffen, sie deutet es richtig und verschwindet ohne Aufsehen? Oder die Tür öffnen und den Dingen ihren Lauf lassen? Ich entscheide mich für die zweite Variante. Ich will nicht Schicksal spielen. Ich bin schließlich kein Glückskeks.

»Es ist deine Mutter«, sage ich an Conny gewandt, während ich den Schlüssel im Schloss umdrehe. Selbst im Halbdunkel der Schneiderei erkenne ich, dass Conny eine Spur blasser wird.

»Okay«, gibt sie leise zurück und steht auf. Eine Sekunde später stehen sich Mutter und Tochter gegenüber.

Ich vergesse zu atmen. Jens und Oskar beobachten genau wie ich atemlos die beiden Hauptpersonen der Szene.

Conny und ihre Mutter.

Die zerbrechlich wirkende junge Frau in Jeans und T-Shirt, die beinahe noch ein Mädchen ist und in den letzten Monaten eine unglaublich harte Zeit durchgemacht und fast ihre Zukunft zerstört hat.

Katharina, die elegante Mittfünfzigerin, die ihr Leben voll Hingabe der Musik gewidmet hat und bereit war, für den schönen Schein ihre Tochter zu opfern.

»Mama«, haucht Conny. Tränen rinnen über ihr Gesicht.

Einen endlos langen Moment später öffnet Katharina ihre Arme und drückt ihre verlorene Tochter ans Herz.

Ich kann nichts dafür – echt nicht –, aber ich muss heulen, wenn's schön wird. Und diese stille unaufgeregte, wortlose Versöhnung, die ist so unfassbar großartig, dass ein paar leise Tränchen ihr nicht gerecht werden. Während sich Conny und ihre Mutter still umarmen, kann ich ein lautes Schluchzen nicht unterdrücken.

Erst später, nachdem alle gegangen sind und ich müde und erschöpft die Werkstatt zuschließe, kommt mir in den Sinn, dass wir heute zwar mit Siebenmeilenstiefeln auf ein perfektes Happy End zugelaufen sind, doch eine der alles entscheidenden Fragen noch immer nicht beantwortet haben:

Wenn Conny es nicht war – und sie war es nicht –, wer hat dann das Geld aus dem *Schraders* gestohlen?

KAPITEL 13

An: rosa.redlich@webfix.de
Wichtige Frage

Liebe Rosa,

ich bin natürlich sehr erleichtert, dass der Anschlag auf die Werkstatt aufgeklärt wurde, sodass ich mir keine Gedanken um euch machen muss. Ich denke, auf eine Alarmanlage kannst du weiterhin verzichten. Ist ein Gefühl. Entscheiden sollst du.

Ich finde es lieb, dass du mich mit deinen Fragen an den Belangen der Werkstatt teilhaben lässt. Gern möchte ich beratend an deiner Seite bleiben, obwohl ich sicher bin, dass du instinktiv das Richtige tust.

Darf ich dich auch einmal etwas fragen? Denkst du, dass ich die richtige Entscheidung getroffen habe, als ich mehr oder weniger Hals über Kopf hierher gezogen bin? Ich wüsste gern, was dein stets untrügliches Gefühl dir sagt.

Liebe Grüße
deine Margret

An: Margret-Sonnemann@starnet.de
Re: Wichtige Frage

Liebe Margret,
zweifelst du plötzlich?
Ich kann in gewisser Weise nachvollziehen, was in dir

vorgeht. Aus dem Gewohnten auszubrechen ist ziemlich mutig. Aber im Gewohnten zu verharren ist deshalb nicht unbedingt die richtige Lösung. Was ich sagen will: Wir haben unsere heimlichen Träume, und die sind nichts anderes als unsere verborgenen Wünsche. Wünsche kann man sich erfüllen. Vielleicht nicht alle, bestimmt nicht sofort. Aber sie zeigen uns den Weg, und wir müssen eigentlich nur noch losgehen. Hast du dich nicht manches Mal nach Veränderung gesehnt? Sie dir nur nicht zugebilligt, weil du glaubtest, nach 30 Jahren Schneiderei wäre kein Neubeginn mehr möglich? Es ist möglich, wie wir alle gerade sehen.

Ich habe manchmal genauso viel Angst vor der Zukunft wie du im Augenblick. Vicki hat mir jedoch Mut gemacht. Und Basti ebenso.

Stell dir vor, er wird Anfang nächsten Jahres seine eigene HNO-Praxis eröffnen. Und weißt du was? Er hat vor diesem Schritt genauso gezittert und gezögert, wie wir beide es tun. Letztlich gibt es keine Alternative dazu, einfach loszugehen. Es sei denn, wir möchten gern Moos ansetzen. Wenn wir unsere eingefahrenen Gleise verlassen, wissen wir nicht, wohin die Reise geht. Deshalb kann ich dir natürlich nicht mit letzter Sicherheit sagen, dass du die richtige Entscheidung getroffen hast.

Aber wenn du mich schon nach meinem Bauchgefühl fragst, will ich dir sagen, dass ich fest daran glaube, du hast es richtig gemacht. Schau doch nur, wie glücklich du bist und wie wohl du dich fühlst. Das ist das Leben. Das Heute! Was morgen ist, kann keiner von uns wissen.

Liebe Grüße
deine Rosa

»Bist du sicher, dass ich dabei sein soll?«, frage ich Conny zum dritten Mal an diesem Morgen.

Sie lächelt mich an, während sie Teller und Tassen aus dem Schrank holt. Conny hat mich zu einem gemeinsamen Frühstück mit ihrer Mutter in ihre winzige Kreuzberger Wohnung eingeladen, die sie nach der endgültigen Trennung von Kippe angemietet hat. »Bin ich«, antwortet sie. »Du kannst gerne noch dreimal fragen.«

Ich seufze leise, denn ich bin unsicher, welche Rolle ich bei dem Treffen spielen soll. Andererseits finde ich es schön, dass sie uns beide einlädt, um uns ihr kleines Reich zu zeigen.

Natürlich hatte ihre Mutter sie gebeten, wieder in die Villa am Wannsee einzuziehen, doch das wollte Conny nicht.

»Ich bin 21«, erklärte sie mir einen Tag nach der Versöhnung. »Ich möchte einfach nicht mehr zu Hause wohnen.«

»Und wie geht's weiter in nächster Zeit?«

»Meinst du, ich kann wieder im *Schraders* arbeiten?«, fragte Conny zögerlich. »Ich muss Geld verdienen, wenn ich meinen Eltern nicht ewig auf der Tasche liegen will.«

Ich zuckte mit den Schultern, weil ich mich lieber nicht zu weit aus dem Fenster lehnen wollte. Zwar hatten Jens und Oskar signalisiert, dass sie Conny glaubten, ob ihr Vertrauen jedoch für einen Neuanfang reichte, konnte ich beim besten Willen nicht einschätzen.

Connys Eifer, auf eigenen Beinen zu stehen, gefiel mir allerdings sehr. »Und Kippe?«

»Ich denke, der hat kapiert, dass er mich in Ruhe lassen muss«, erwiderte Conny entschlossen. »Ansonsten werde ich ihn wegen Körperverletzung anzeigen und durchsetzen, dass er sich mir nicht mehr nähern darf.«

Ich gewann den Eindruck, dass Conny durch ihren Rückfall neue Kraft gewonnen hatte. Sie wirkte, nachdem sie sich alles von der Seele geredet hatte, stärker als zuvor.

Es klingelt an der Tür. Katharina Markgraf ist gekommen. Auch wenn ich mich frage, warum ich bei ihrem Gespräch dabei sein soll, lasse ich mir nichts von meinen Zweifeln anmerken. Im besten Fall wird meine Anwesenheit bewirken, dass die beiden nicht gleich wieder in einen handfesten Konflikt geraten.

Katharina hat Obst und einen hübsch gebundenen rosa Rosenstrauß mitgebracht. In Ermangelung einer Vase stellt Conny die Blumen in ein Wasserglas.

Die beiden wirken ziemlich befangen, als sie sich kurz umarmen, was natürlich nach all den unerfreulichen Vorfällen kein Wunder ist. Kaum sitzen wir und nippen am Kaffee, stellt Katharina die Frage, die wohl jeder Mutter in dieser Situation auf dem Herzen liegen würde. »Und, wie soll es weitergehen?«

Ob sich das leicht beantworten lässt? Conny reagiert sehr gelassen.

»So richtig weiß ich das immer noch nicht«, antwortet sie. »Vorerst würde ich gern meinen alten Job wiederhaben, damit ich Geld zum Leben und für die Miete habe.«

»Auf deinem Konto sind mehrere tausend Euro«, sagt Katharina. »Du hast das Geld nicht angerührt, als du weg warst. Es gehört dir.«

»Es tut mir leid, Mama«, sagt Conny. »Davon ist kaum noch etwas übrig. Ich bezahle die Miete damit und den Rest … habe ich vor Kurzem abgehoben …« Ich nicke ihr aufmunternd zu. Die Basis für einen Neuanfang kann nur durch absolute Ehrlichkeit gelegt werden. »Ich habe das Geld dem Mann gegeben, von dem ich glaubte, ihn zu lieben. Wenn ich kann, werde ich euch alles zurückzahlen. Aber ihr müsst bitte Geduld mit mir haben.«

Katharina schüttelt den Kopf. »Das musst du nicht.« Sie streicht ihrer Tochter zaghaft über die Hand. »Dass du zurück bist und es dir leid tut, ist das Allerwichtigste. Geld ist …« Sie stützt den Kopf in ihre Hände und fängt tatsächlich an zu weinen.

Conny rutscht ein Stück näher an sie heran, legt tröstend einen Arm um die Schultern ihrer Mutter. »Es tut mir so leid«, sagt sie leise.

»Ach, Conny!« Noch einmal nehmen sie sich in die Arme, dieses Mal fester, unbefangener. »Mir tut es leid. Ich war … Ich habe endlose Stunden nachgedacht und heute weiß ich, dass vieles von dem, was ich vorgab für dich zu tun, in Wirklichkeit allein mir dienen sollte, meinen Vorstellungen vom Leben. Kannst du mir das verzeihen?«

Conny nickt. »Wir haben uns beide nichts geschenkt.«

Das sind die besten Versöhnungen. Wenn jede Seite einsieht, dass sie nicht unschuldig an dem Streit gewesen ist.

»Und jetzt?«, fragen die beiden gleichzeitig. Dann lachen sie, wirken plötzlich wie befreit. Zum ersten Mal sehe ich in Connys Zügen Unbeschwertheit und Lebenslust. Ganz wie es sich für eine 21-Jährige gehört.

»Hört mal«, sagt sie sichtlich erleichtert. »Ich habe mir etwas überlegt.«

Beide sehen wir Conny neugierig an.

»Ich will die Musik nicht an den Nagel hängen. Mama, das Klavier ist mein Leben, so wie es deins ist. Ich werde mich für ein Lehramtsstudium bewerben. Musik und Deutsch, das wäre meine Traumkombination. Bis zum Oktober bleibe ich im *Schraders* als Küchenhilfe, wenn die mich noch einmal nehmen. Und dann fange ich von vorne an.« Sie betrachtet ihre rechte Hand, an der zwei Finger nicht folgenlos verheilt sind.

»Würdet ihr, du und Papa, mich dabei unterstützen?«

»Das klingt gut«, lobt Katharina und sieht richtig gerührt aus. »Sehr gut sogar! Und natürlich helfen wir dir dabei.«

Ich bin unglaublich froh, dass sie endlich bereit ist, ihre weichen Seiten zu zeigen. Vielleicht musste sie ihre Tochter erst einmal verlieren, um in der Lage zu sein, sie zu nehmen, wie sie ist, und Conny ihr Leben nach den eigenen Vorstellungen leben zu lassen.

Der Rest des Treffens vergeht auf angenehme Weise. Nachdem die Spannung nun abgeklungen ist, widmen wir uns ausgiebig dem Frühstück und verbringen die Zeit mit angenehmer Plauderei.

»Eine Versöhnung steht noch aus«, sage ich, nachdem Katharina gegangen ist, als wir in Connys winziger Küche aufräumen und das Geschirr abspülen. Ich muss keinen Namen nennen. Ihr ist klar, von wem die Rede ist.

»Ich weiß«, sagt sie leise. »Aber ich weiß beim besten Willen nicht, wie ich das hinkriegen soll.«

»Ole und ich haben jede Woche mindestens zweimal telefoniert, während du verschwunden warst«, berichte ich. »Sein Interesse an dir hat nicht nachgelassen. Er weiß, dass du zurück bist und dass es dir gut geht. Doch den Schritt auf ihn zu, den musst du allein gehen.«

Conny nickt. »Meinst du, ich soll ihn anrufen?«

Statt weiterer Worte umarme ich sie, verabschiede mich und drücke ihr beim Rausgehen ihr Handy in die Hand.

»Und ob du das sollst«, sage ich augenzwinkernd. Dann ziehe ich die Tür hinter mir zu. Ich hoffe sehr, dass Ole wirklich der großherzige Typ ist, für den ich ihn halte. Er muss ordentlich was aushalten können, wenn Conny ihm sagt, wo sie sich in den letzten Wochen aufgehalten hat.

Wenn seine Liebe stark genug ist, das zu tragen, sollte einer Versöhnung der beiden eigentlich nichts im Wege stehen.

Eine Woche später sitzen Basti, Juli und ich mit Ole und Conny um den großen Tisch im Wohnzimmer. Wir essen Spaghetti mit Tomatensoße. Zum Nachtisch hat uns Juli einen Schokoladenpudding gekocht. Glücklich schaue ich den anderen beim Essen zu, höre sie quatschen und lachen, und alles, was wir tun, fühlt sich seltsamerweise an, als hätte es die letzten belastenden Wochen gar nicht gegeben. Ich vermute, es liegt daran, dass wir alle instinktiv unsere Zusammengehörigkeit spüren. Auch wenn sie erst von kurzer Dauer ist, so haben uns die turbulenten Ereignisse nicht getrennt, sondern enger zusammenrücken lassen.

Conny und Ole verabschieden sich nach dem gemeinsamen Essen. Die beiden brauchen viel Zeit zum Reden und für ihre Zweisamkeit. Auch wenn Ole Conny verziehen hat, wird es eine Weile dauern, bis sein Vertrauen vollständig zurückgekehrt ist.

Nach den üblichen Aufräumarbeiten übe ich mit Juli Deutsch für ihre nächste Arbeit. Basti sitzt auf dem Sofa und vertieft sich in allerlei Papierkram, die Praxisübernahme betreffend.

Wie schön ein stinknormaler Alltag sein kann, weiß man immer erst zu schätzen, wenn man ihn eine Weile nicht hatte!

»Morgen, Rosa«, sagt jemand hinter mir, als ich in die Malplaquetstraße einbiege. Ich weiß nicht, was meine Mitmenschen bewegt, mich so oft von hinten anzuquatschen.

Wie jedes Mal, wenn das passiert, erschrecke ich, vor allem, wenn ich gerade in Gedanken versunken bin, und das bin ich eigentlich ständig.

Katharina Markgraf hat mich gestern Abend angerufen und mich gebeten, für sie ein Kleid zu entwerfen. Sie möchte es bei einem ihrer nächsten Konzerte tragen. Ich fühle mich geehrt und natürlich ist ein Auftrag wie dieser genau der richtige Startschuss für mein kleines Modelabel. Gerade hatte ich eine ziemlich gute Idee …

Ich drehe mich um und erkenne den Typen zunächst nicht, der mich angesprochen hat und mit drei großen Schritten zu mir aufschließt.

Er deutet meinen fragenden Blick richtig. »Andi«, stellt er sich vor. »Ich bin der Koch im *Schraders.*«

»Entschuldige«, antworte ich verlegen. »Ich hab dich nicht gleich erkannt.«

Tatsächlich habe ich ihn erst zwei- oder dreimal gesehen.

»Und? Was soll ich dir heute Schönes zum Mittag kochen?«, fragt er und grinst mich von der Seite an.

»Ähm … Ich esse meist eine Suppe oder einen Salat von der Karte«, erwidere ich etwas überrascht von seiner Frage.

Er grinst noch breiter. »Ich kann dir dein Lieblingsgericht machen. Extraservice.«

Ich bin froh, dass wir in diesem Moment am Restaurant ankommen. Der Koch scheint nett zu sein, dennoch irritiert mich sein Angebot ein wenig. »Ich geh dann mal rüber in die Werkstatt«, sage ich. »Und danke, aber du musst meinetwegen nichts extra zubereiten.« Eigentlich sollte er genug mit den Bestellungen der Gäste zu tun haben.

Er zuckt mit den Schultern und wirft einen Blick auf seine Uhr. »Uuups, 20 Minuten zu spät«, sagt er lachend. »Bis später!«

Ich weiß, dass Jens und Oskar keine hammerharten Chefs sind. Die Atmosphäre im *Schraders* ist gelassen und kollegial. Jedenfalls wirkt es auf mich jedenfalls so und Conny hat mir das bestätigt. Wie lässig und entspannt der Koch zu spät zur Arbeit erscheint, wird den beiden jedoch bestimmt nicht gefallen.

Zum Glück bin ich recht schnell vom seltsamen Verhalten des Kochs abgelenkt, denn die ersten Kunden stehen bereits vor der Tür. Bis Jola eintrifft, die heute einen Arzttermin hat, nehme ich deren Änderungswünsche entgegen, höre mir ein bisschen Klatsch und Tratsch an und freue mich über den einen oder anderen nachträglichen Glückwunsch zur gelungenen Neugestaltung der Werkstatt.

Als der erste Ansturm bewältigt ist, setze ich mich rasch an meinen Skizzenblock. Die Idee für Katharina Markgrafs Kleid ist zum Glück erneut in meinem Kopf aufgetaucht.

Während ich zeichne, fällt mir auf, dass keine der Kundinnen seit der Neueröffnung explizit nach Margret fragt. Natürlich will die eine oder andere weiterhin wissen, wie es ihr in Bayern geht, aber unsere Schneiderei läuft weiter, wie sie es vorher getan hat. Sie kommen so selbstverständlich zu mir und Jola, wie sie es immer getan haben. Alles ist gut!

Kurz vor Mittag betritt Conny in die Werkstatt. Sie sieht ein wenig blass um die Nase herum aus, auch wenn ihre Augen glücklich strahlen. »Ich bin total nervös«, sagt sie, nachdem sie uns begrüßt hat, setzt sich auf einen Stuhl und springt sofort wieder auf. Sie ist auf dem Weg ins *Schraders*, um Jens und Oskar zu bitten, sie wieder einzustellen. »Wenn die beiden mich nun gleich vor die Tür setzen?«

»Das machen sie nicht«, beschwichtige ich. »Die zwei sind nicht so. Sie glauben dir, dass du nichts gestohlen hast, und ich bin ziemlich sicher, dass sie dir eine zweite Chance geben.«

»Das wär wahnsinnig toll«, sagt Conny. »Ich werd sie nicht enttäuschen.«

»Soll ich mit rüberkommen?«, frage ich vorsorglich.

Conny schüttelt den Kopf. »Das schaffe ich alleine«, antwortet sie. »Danke!«

Als Jola und ich eine Stunde später zum Mittagessen ins *Schraders* gehen, ist von Conny keine Spur zu sehen. Jens und Oskar sind ebenfalls nicht anwesend. Nur Andi, der Koch, streckt seinen Kopf aus der Küche und winkt mir zu. Im Brotkorb, der zu meinem Salat gereicht wird, liegt eine rote Rose.

KAPITEL 14

An: rosa.redlich@webfix.de
Baldiges Wiedersehen

Liebe Rosa,

stell dir vor, schon bald werden wir uns wiedersehen, denn heute erhielt ich einen besonderen Brief. Deine Schwester Lila hat Seppi und mich zu ihrer Hochzeit eingeladen. Ich freue mich so sehr! Auf keinen Fall werde ich es mir entgehen lassen, euch alle wiederzusehen und mit euch unser Wiedersehen, das Glück, die Liebe und alle guten Dinge des Lebens zu feiern.

Nebenbei werde ich das Angenehme mit dem Nützlichen verbinden, meine Wohnung auflösen und den Transport einiger mir wichtiger Habseligkeiten nach Bad Aibling in die Wege leiten.

Es wird guttun, ein wenig frei von unserer Baustelle zu nehmen, die im Moment ein großes Chaos mit sich bringt und nur schwer erahnen lässt, dass hier in wenigen Monaten 20 Menschen und viele Tiere miteinander leben werden. Bis auf eine Wohnung sind alle Einheiten bereits vergeben. Ich wünschte, ich könnte euch anbieten, sie anzumieten. Aber ich weiß, das muss ein Traum bleiben, denn ihr gehört nach Berlin, so wie ich es all die Jahre getan habe.

Wie laufen die Geschäfte?

Liebe Grüße
deine Margret

An: Margret-Sonnemann@starnet.de
Re: Baldiges Wiedersehen

Liebe Margret,

was für eine großartige Nachricht.

Ich weiß, ihr lasst eure Baustelle wahrscheinlich gar nicht gern aus den Augen, und deshalb habe ich es kaum zu hoffen gewagt, dass ihr Lilas Einladung folgen würdet.

So sollten wir es von nun an immer machen: Auch wenn wir nun ziemlich weit voneinander weg wohnen, werden wir die besonderen Momente in unserem Leben miteinander teilen. Nicht wahr?

Du fragst nach den Geschäften: Sie könnten gar nicht besser laufen. Jola und ich haben nach wie vor mit Änderungsarbeiten alle Hände voll zu tun. Ganz nebenbei spricht sich auch mein kleines Modelabel langsam herum. Ich habe das Schaufenster mit einigen Kleidern dekoriert, mithilfe von Vicki einen Flyer gestaltet und in den umliegenden Geschäften ausgelegt. Das erregt einige Aufmerksamkeit, in der Weddinger Wochenzeitung gab es neulich sogar einen kleinen Bericht über mich. Da ich meine Preise auf einem angemessenen Niveau halte, fühlen sich vor allem junge Frauen von meiner Kollektion angesprochen, die gern etwas tragen, das nicht von der Stange kommt, aber gleichzeitig nicht die Welt kostet.

Warum hatte ich eigentlich solche Angst vor diesem Schritt? Ich bin gespannt, wie es weitergeht. Im Moment läuft alles großartig. Es mögen wieder andere Zeiten kommen, das weiß ich nur zu gut. Für die werde ich mich mit positiver Energie wappnen, so gut es eben geht.

Ich freu mich wie verrückt auf unser Wiedersehen und bin sehr gespannt darauf, deinen Seppi kennenzulernen.

Liebe Grüße
deine Rosa

»Und? Wie ist der erste Arbeitstag verlaufen?«, frage ich Conny, die ziemlich abgekämpft klingt, als sie abends bei mir anruft.

»Okay«, antwortet sie verhalten.

»Wirklich alles okay?«, frage ich, da sie so niedergeschlagen wirkt.

»Na ja«, druckst sie herum.

»Irgendwas ist los, oder?«

»Ich denke, die anderen Angestellten finden es nicht gut, dass ich wieder in der Küche anfangen durfte«, rückt Conny schließlich mit der Sprache heraus. »Sie sind alle total zurückhaltend, zum Teil richtig unfreundlich.«

Ich überlege, was ich sagen kann, um ihr Mut zu machen, ohne die Situation zu verniedlichen.

Doch sie fährt selbst schon fort: »Ich kann das nicht beweisen, dass ich keine Diebin bin. Sie müssen es mir einfach glauben.«

»Das werden sie«, erwidere ich. »Gib ihnen ein bisschen Zeit.«

Conny seufzt. »Das hat mir Ole auch geraten. Ich hab ihm alles erzählt und er meinte, ich solle etwas Geduld haben. Aber es ist echt schwer auszuhalten, wie sie alle gucken und hinter meinem Rücken tuscheln. Der Einzige, der halbwegs nett ist, ist Andi.«

»Der Koch?«

Sie nickt. »Der hat mich umarmt und richtig herzlich begrüßt.«

Das ist ein Anfang. Ich muss allerdings an meine kurzen Begegnungen mit ihm denken und werde das Gefühl nicht los, dass er nicht so nett ist, wie er tut. Ich beschließe jedoch, den Mund zu halten, weil ich Conny nicht noch mehr verunsichern möchte.

»In einem halben Jahr beginnt dein Studium«, versuche

ich sie aufzumuntern. »Dann kannst du noch mal komplett neu anfangen.«

»Bis dahin beiße ich mich durch«, sagt Conny und klingt tatsächlich beherzter. »Die anderen müssen mir einfach glauben, dass ich niemals im *Schraders* geklaut habe.«

Jens und Oskar sind für ein paar Tage auf Landpartie, um Wein- und Obstbauern zu besuchen und neue Produkte einzukaufen. Also erwartet mich heute eine der Angestellten hinterm Tresen, als ich meinen Morgenkaffee abholen will. Ihr Blick in Richtung Conny, die zusammen mit mir angekommen ist, freundlich grüßend das Restaurant betritt und gleich in der Küche verschwindet, spricht Bände. Zum ersten Mal frage ich mich, ob es wirklich eine gute Idee war, dass Conny hierher zurückgekehrt ist.

Aber wenn sie doch ein reines Gewissen hat!

Warum sollte sie den Zweiflern recht geben, indem sie kneift?

Ich hoffe, dass ihr labiles Gleichgewicht aufgrund der Ausgrenzung nicht ein weiteres Mal Schlagseite bekommt. Ein bisschen beruhigt mich allerdings die Tatsache, dass aus der Küche fröhliches Geplauder erklingt, kaum dass Conny sie betreten hat. Der Koch scheint wirklich ausgesprochen nett zu ihr zu sein.

Mit zwei Bechern Kaffee in den Händen gehe ich hinüber auf die andere Straßenseite, wo mich der Anblick meines hübsch dekorierten Schaufensters glücklich und zufrieden stimmt.

Für heute habe ich mir vorgenommen, einige Sommerkleider zuzuschneiden, die sich als kleiner Verkaufsschlager herausgestellt haben. Die Nachfrage nach den relativ kurzen Teilchen aus figurbetonendem Baumwollstretch, den ich in verschiedenen Farben und Mustern vorrätig habe, ist sprunghaft gestiegen, seit das Wetter sommerlich warm geworden ist. Ich beschließe, Conny eins der Kleidchen schenken, denn ihr verdanke ich schließlich die Idee zu dem einfachen, aber ausgesprochen kombinationsfreudigen Kleidungsstück. Es passt zu Jeans wie zu Leggins. Zu Lederjacke wie zum Blazer. Zu schweren Boots wie zu schmalen Pumps. Einfach perfekt!

Während ich arbeite, fliegen meine Gedanken zu dem großen Ereignis, das uns bald ins Haus steht. Bereits in zwei Wochen wird es so weit sein. Lila heiratet!

Ich werde ganz kribbelig vor lauter Vorfreude, allerdings nur so lange, bis mir klar wird, dass ich selbst noch kein Kleid für diesen großen Tag besitze. Die turbulenten Ereignisse der letzten Wochen haben einfach nicht zugelassen, dass ich mir darüber Gedanken machen konnte. Aber das muss ich! Am sprichwörtlich größten und bedeutendsten Tag im Leben von Lila möchte ich ein besonders schönes Kleid tragen. Die nächsten Abende werde ich genau diesem Thema widmen.

Denke ich zumindest. Allerdings nur so lange, bis ich mich zu Hause an die ersten Entwürfe setzen will, das Telefon klingelt und meine Schwester, die glückliche Braut, dran ist.

»Na, Süße, bist du schon aufgeregt?«, frage ich fröhlich.

»Na ja …«

»Hey, was ist los?«

»Kann ich mal bei dir vorbeikommen?«

»Natürlich.« Schon hat sie aufgelegt und mich mit dem Gefühl zurückgelassen, dass etwas nicht in Ordnung ist.

Eine Viertelstunde später steht Lila vor mir, einen Riesenkarton im Arm.

»Was ist da drin?«, frage ich.

»Das Kleid.«

»Welches Kleid?« Ich bin verdattert. »Du meinst … das Hochzeitskleid? Was ist damit?«

Mir wird ganz heiß, als ich das duftige Etwas vorsichtig aus dem Karton ziehe. Zum Glück sieht es makellos aus. Lila hat es vor ein paar Wochen nach einer allerletzten Anprobe abgeholt und mit zu sich nach Hause genommen.

»Es passt nicht mehr.«

»Hahaha, du willst mich verkohlen«, lache ich, aber durch Lilas ernsten Blick wird mir klar, dass sie mich nicht anschwindelt. »Du willst, dass ich graue Haare kriege, stimmt's?«

»Natürlich nicht.« Sie zieht mich ins Schlafzimmer. »Guck dir die Bescherung selbst an!«

Schon während sie Jeans und Bluse abstreift, sehe ich, was los ist. »Seit wann hast du so viel Busen?«

»Seit ich im vierten Monat bin.«

»Nein!«

»Doch!«

»Du kriegst ein Baby?«

Lila nickt, dann heult sie, dann lacht sie. Wir liegen uns in den Armen und nachdem wir uns beruhigt haben, zücke ich mein Maßband und verspreche ihr, das Kleid noch einmal zu ändern.

»Bin ich froh, dass du in einer Woche vor dem Altar stehst«, sage ich, als sie sich verabschiedet.

»Ich auch«, erwidert sie. »Ich auch!«

In den nächsten Tagen läuft das Leben in ruhigen Bahnen und ich habe, nachdem ich in einer Nacht- und Nebelaktion Lilas Kleid geändert habe, tatsächlich Zeit, mir selbst ein Outfit zu schneidern. Ich durchsuche meine Sammlung an Stoffen nach einem passenden und entscheide ich mich dafür, ein bodenlanges Kleid aus hellblauer Seide anzufertigen. Es wird angeschnittene Ärmel haben, nur ein wenig Ausschnitt und insgesamt eher zurückhaltend wirken. Der große Auftritt soll an diesem Tag Lila, der Braut, gehören, und außerdem passt mein eleganter Look einfach wunderbar zu Vickis Schlösschen. Bei der Rückenpartie des Kleides gönne ich mir jedoch etwas Extravaganz: Es wird aus durchsichtiger Spitze sein. Ein bisschen sexy auszusehen ist erlaubt und schadet nicht. Ein Paar Perlenohrringe, die wie kleine Tropfen an meinen Ohren baumeln werden, weiße Pumps und eine passende Clutch komplettieren meinen Look.

Nach all den Aufregungen der letzten Wochen macht es unglaublichen Spaß, ein bisschen zu träumen und mich ausschließlich den schönen Dingen des Lebens hinzugeben.

Wenige Tage vor Lilas Hochzeit sitzen Jola und ich an unseren Nähmaschinen. Es ist ziemlich heiß draußen. Die Straßen wirken wie leer gefegt. Wer die Mittagshitze meiden kann, tut das auch. Ich sehe Conny über die Straße Richtung Werkstatt kommen. Sie balanciert ein Tablett, auf dem zwei Gläser stehen, zu uns hinüber. Ich stehe auf und öffne ihr die Tür.

»Zwei Eiskaffee gefällig?«, fragt sie strahlend.

»Kommst du richtig«, freut sich Jola.

»Mit lieben Grüßen von Oskar und Jens«, sagt Conny, während sie die Becher auf unserem kleinen Esstisch abstellt. »Ich muss gleich wieder rüber.«

»Dann sind die beiden also zurück?«, frage ich.

»Ja, seit wenigen Minuten«, antwortet Conny. »Nachher besprechen wir das Catering für Lilas Hochzeit.«

Als ich Conny zur Tür bringe, sehe ich Andi auf der anderen Straßenseite. Er entdeckt uns und kommt direkt auf uns zu.

»Die zwei schönsten Frauen vom Wedding«, begrüßt er uns grinsend. »Wie geht's euch, ihr zwei Hübschen?«

»Danke, gut«, erwidere ich und stelle erneut fest, dass Andi mir trotz seiner offensichtlichen, wenn auch leicht übertriebenen Freundlichkeit nicht wirklich sympathisch ist.

Die beiden machen sich auf den Weg ins *Schraders*. Ich glaube meinen Augen nicht zu trauen, als ich sehe, dass der Typ seine Hand auf Connys Hintern legt.

Die schaut in verdutzt an, dann rückt sie von ihm ab und haut ihm kurz mit dem Tablett auf die Finger. »Lass das«, faucht sie.

Die Szene ist im Bruchteil einer Sekunde über die Bühne gegangen, nicht mehr als zehn Schritte von mir entfernt.

Jetzt bleibt der Koch stehen. »Sag mal, spinnst du?«, brüllt er Conny an. Sein Gesicht ist rot vor Wut.

»Nein, du spinnst«, erwidert sie, den Umständen entsprechend gefasst. »Was sollte das denn?«

»Was spielst du dich so auf?«, fragt er zurück und sieht nicht im Mindesten schuldbewusst aus. »Du könntest dich gefälligst dankbar erweisen dafür, dass ich dich nicht auffliegen lasse.«

»Auffliegen? Womit?«

Ich gehe langsam auf die beiden zu, um zur Stelle zu sein, falls die Situation noch weiter eskaliert.

»Tu mal nicht so unschuldig«, brüllt er. »Alle wissen, dass du das Geld geklaut hast. Wir haben gesehen, wie du hier wochenlang rumgehangen hast. Ohne Kohle. Hast dich für 'n paar Cent wahrscheinlich von jedem dahergelaufenen Penner vögeln lassen und jetzt spielst du plötzlich die Prinzessin auf der Erbse.«

»Das ist nicht wahr!«

Conny starrt den durchgedrehten Koch entsetzt an. Ich kann sehen, wie sie der Mut verlässt, und beschließe, ihr beizustehen. Doch ehe ich reagieren kann, schiebt sich Jola an mir vorbei und baut sich vor Connys Quälgeist auf.

»Lasst du sie in Ruhe!«, faucht sie. Ich habe meine stets ausgeglichene Kollegin noch nie so wütend erlebt. »Keiner will hören deine dumme Gerede. Gehst du jetzt!«

Ich trete neben die beiden. Jola und ich nehmen Conny in unsere Mitte.

Andi fängt an zu lachen. »Ihr seid bescheuert«, sagt er, während er sich abwendet. »Dass ihr der Schlampe glaubt! 4.800 Euro! Das ist ein Haufen Geld. Da kann man schon mal lange Finger machen. Denkt drüber nach!«

Wenig später ist der Koch im *Schraders* verschwunden.

»Danke«, atmet Conny auf, als er nicht mehr zu sehen ist.

»Was ist denn mit dem los?«, frage ich noch immer überrumpelt von dem, was sich gerade ereignet hat.

»Und was soll ich jetzt machen?«, fragt Conny hilflos. »Ich kann nicht da rüber gehen und so tun, als wäre nichts geschehen.«

»Ich komme mit«, beschließe ich, »und erkläre Jens und Oskar, was passiert ist. Irgendeine Lösung muss es geben.«

Als wir wenig später den *Schraders*-Wirten gegenüberstehen, hat sich die Situation quasi von selbst geklärt.

»Ich fasse es nicht«, begrüßt uns Oskar, als wir den Gastraum betreten. Conny hat sich ein paar Minuten mit uns in der Werkstatt aufgehalten, um sich zu beruhigen.

»Was denn?«, frage ich ängstlich. Hat der Koch sie in seiner Wut als Diebin angeschwärzt?

»Andi hat gekündigt.«

»Wie bitte?«, haucht Conny.

Jens schüttelt den Kopf. »Und das mitten im größten Stress! Ich fasse es nicht!«, wiederholt er Oskars Worte.

»Warum das denn so plötzlich?«, frage ich und bin auf alles gefasst.

»Er kam rein und hat sich völlig normal an die Arbeit gemacht«, erzählt Jens. »Nach zwei drei Minuten hat er alles stehen und liegen lassen und gesagt, er könne hier nicht länger bleiben.«

»Und weg war er.«

Für Jens und Oskar mag die Kündigung ein Schock sein. Ich hingegen bin tief im Innern erleichtert, was ich mir jedoch nicht anmerken lasse. Die Szene von eben verschweigen Conny und ich in stiller Übereinkunft. Endlich ein Problem, das sich von selbst erledigt hat.

»Oh mein Gott!« Gerade bin ich im Begriff, Zwiebeln für unseren Salat zu hacken, als mir dieser Aufschrei über die Lippen kommt.

Basti saust direkt aus dem Wohnzimmer zu mir rüber. »Was ist los?«, fragt er, als er mich mit dem Messer in der Hand und verheulten Augen in der Küche stehen sieht.

»Oh mein Gott«, wiederhole ich. Nein, ich bin nicht besonders gläubig, trotzdem hatte ich eben eine Erleuchtung.

»Basti«, hauche ich. »Ich heul wegen der Zwiebeln. Keine Sorge. Aber ich glaube, ich weiß jetzt, wer das Geld geklaut hat.«

»Wollt ihr Conny abholen?«, fragt Jens, als Basti und ich ins *Schraders* marschieren.

»Nein, viel besser«, erwidert Basti. »Habt ihr einen Moment Zeit? Unter vier Augen?«

Jens und Oskar sehen verwundert aus und führen uns in den Roten Salon, der nur zu besonderen Anlässen für Gäste geöffnet ist.

»Was ist los?«, fragt Jens. »Rosa, du bist ja ganz blass um die Nase.«

»Sagt bitte, wie viel Geld wurde euch damals gestohlen?«, frage ich hastig.

Die beiden sehen sich an. »Warum willst du das wissen?«

»Bitte! Es ist wichtig.«

»4.800«, antwortet Oskar. »Es waren genau 4.800 Euro.«

Mein Herz pocht wie verrückt. »Wer versteckt das Geld, wenn ihr nicht da seid?«

»Das macht Alex. Er leitet das Restaurant in unserer Abwesenheit. Willst du ihn etwa verdächti…?«

»Nein«, unterbreche ich. »Jetzt sagt mir, wissen die anderen Angestellten, wie viel Geld ihr am Abend einnehmt?«

Beide schütteln einvernehmlich den Kopf. »Natürlich nicht«, erwidert Oskar. »Das wissen nur wir oder eben Alex. Du machst mich langsam neugierig mit deiner Fragerei.«

Ich lasse mich nicht beirren. »Letzte Frage: Habt ihr, nachdem das Geld geklaut worden war, jemals einem eurer Leute gesagt, wie viel gestohlen wurde?«

Jens denkt kurz nach, ehe er den Kopf schüttelt. »Nur der Polizei«, antwortet er.

Mir kommen vor Erleichterung die Tränen. »Es war Andi«, bringe ich mühsam beherrscht hervor. »Euer Koch! Er hat das Geld genommen.«

»Rosa, hör mal …«

Ich lasse Jens nicht ausreden, sondern erzähle in Lichtgeschwindigkeit, was sich vor wenigen Stunden auf der Straße zugetragen hat. »Woher sollte er exakt wissen, wie viel gestohlen wurde, wenn er das Geld nicht genommen hat? Ihr habt es schließlich keinem erzählt«, sage ich triumphierend.

Basti, der die Geschichte bereits ein paar Minuten länger kennt, pflichtet mir bei. »Und als er gemerkt hat, dass er sich verplappert hat …«

»… hat er zugesehen, dass er Land gewinnt«, ergänzt Oskar. »Verdammt!«

Wir schauen uns schweigend an.

»Rosa, du bist genial«, sagt Jens schließlich.

Als ich Stunden später im Bett liege, kann ich vor lauter Aufregung nicht einschlafen und beginne Schafe zu zählen. »Eine Molly, eine Lola, eine Molly, eine Lola …«

»Was flüsterst du da?«, fragt Basti schlaftrunken und schmiegt sich von hinten an mich.

»Ach nichts«, antworte ich und drehe mich zu ihm um. »Ich hab nur leise gesagt, dass ich dich liebe!«

»Du bist süß«, flüstert Basti und küsst mich. »Und ich liebe dich auch.«

Ich schlinge meine Arme um seinen Hals und plötzlich habe ich überhaupt keine Lust mehr, gleich einzuschlafen …

KAPITEL 15

»Willst du, Lila Redlich, den hier anwesenden Robert Heldt zu deinem Ehemann nehmen, ihn lieben und ehren …«

Es ist nicht einfach, die Tränenflut zu beherrschen, wenn die eigene Schwester vor dem Traualtar steht und eine freundliche, in einen schwarzen Talar gehüllte Pastorin die Worte spricht, die die Welt bedeuten.

Als wir Mädchen waren, haben Lila und ich uns manchmal diesen großen Tag ausgemalt, uns vorgestellt, was für Kleider wir tragen, wie unsere Männer aussehen und wie sie heißen. Und natürlich wollten wir dieses Ereignis, wie so ziemlich alles in unserem Leben, gemeinsam begehen.

Nun ist es Lila, die heute heiratet – in einem weißen Kleid aus edler Seide und unendlich vielen Lagen Tüll, dem man zum Glück nicht ansieht, dass es mich ordentlich auf Trab gehalten hat und ich es drei Mal umarbeiten musste. Weich und wie angegossen schmiegt es sich um Lilas Körper. Wie eine Märchenprinzessin sieht sie aus. Ein kurzer weißer Schleier ziert ihren Kopf. Die blonden Haare sind zu einem Kranz geflochten. Sie hält einen Strauß aus rosa Rosen in den Händen … und natürlich ist sie die schönste Braut der Welt.

Die urtümliche Felsstein-Dorfkirche von Kletzin ist bis auf den letzten Platz besetzt. An die hundert Menschen haben sich an diesem strahlend sonnigen Tag im Juni versammelt, um gemeinsam mit den Brautleuten Hochzeit zu feiern.

»Ja«, antwortet Lila und schaut Rob, der nun ihr Ehemann ist, mit strahlenden Augen an. Ein Seufzer geht durch die Kirche. Wer diese Szene nicht romantisch findet, muss aus echt hartem Holz geschnitzt sein.

Basti nimmt meine Hand und drückt sie fest. Dann reicht er mir ein Taschentuch. Wenig später schreiten die Brautleute Arm in Arm, begleitet von Orgelmusik, durch den Mittelgang der Kirche – die wunderschöne Prinzessin Lila und der breitschultrige Rob, dem nicht nur Jeans und Shirt, sondern ebenso der dunkle Anzug, den er heute trägt, hervorragend stehen.

Wir Gäste schließen uns nach und nach dem Brautpaar an. Vor der Kirche versammeln wir uns und gratulieren dem glücklichen Paar, das die ganze Zeit mit der Sonne um die Wette strahlt. Lila ist im Gegensatz zu mir überhaupt nicht nah am Wasser gebaut, was ein Riesenglück ist, denn so bleibt ihre Schminke wenigstens da, wo sie hingehört.

Ein Fotograf müht sich nun, uns alle so in Aufstellung zu bringen, dass er stimmungsvolle Fotos schießen kann, was bei der Menge an Gästen keine einfache Aufgabe ist.

»Komm, Rosa«, sagt meine Mutter und winkt mich zu sich, denn zuerst werden einige Fotos vom allerengsten Familienkreis geknipst.

Lila legt ihren Arm um mich, während der Fotograf, der von uns Zwillingsschwestern besonders angetan zu sein scheint und deshalb eine Fotostrecke allein mit uns beiden knipst, seine Arbeit tut. »Es ist genauso schön, wie wir es uns früher ausgedacht haben«, flüstert sie mir ins Ohr. »Findest du nicht?«

Ich nicke und freue mich, dass ihr genau das Gleiche durch den Kopf geht wie mir vor wenigen Minuten. Auch wenn wir unsere Differenzen hatten, im Grunde hängen wir aneinander und sind mit Leib und Seele Zwillinge.

Nachdem der Fotograf gefühlte einhundert weitere Einstellungen mit uns durchexerziert hat, schlendert die ganze

Gruppe hinüber zu Vickis Schlösschen, das lediglich einen Steinwurf von der Kirche entfernt ist. Im parkartigen Garten des Anwesens ist ein riesiges weißes Zelt aufgebaut, unter dessen Dach eine große u-förmige Tafel darauf wartet, dass wir Platz nehmen. Ganz vorn steht eine Bühne.

Weiß gekleidete Bedienungen empfangen uns mit Champagner, und obwohl ich heute Morgen vor Aufregung keinen Bissen herunterbekommen habe, nehme ich ein Glas und freue mich darauf, meine trockenen Lippen mit dem edlen Getränk zu benetzen.

Lila tritt, nachdem sich alle versammelt haben, auf die Bühne, und greift zum Mikrofon, während Rob neben ihr steht.

»Ich bin so glücklich ...«, sagt sie und nun bricht ihre Stimme doch, »... so glücklich, dass ihr alle gekommen seid, so froh, dass ich heute in lauter strahlende Gesichter blicken darf und so dankbar, dass ich euch habe und dazu einen Mann, den ich von ganzem Herzen liebe. Bitte hebt mit mir eure Gläser auf diesen wunderbaren Tag und dann lasst uns richtig feiern!«

»Auf das Brautpaar!«, ruft jemand aus der Menge.

»Auf das Brautpaar!«, skandieren wir und prosten dem frisch gebackenen Ehepaar fröhlich zu. »Auf Lila und Rob!«

Hochrufe erklingen, und langsam nehmen wir alle an der weiß gedeckten und mit rosa Rosen geschmückten Tafel Platz. Neben mir sitzt Vicki.

»Nicht nur, dass wir dein Zuhause zum Feiern nutzen dürfen«, sage ich und zwinkere ihr zu, »du hast auch gleich für das perfekte Hochzeitswetter gesorgt.«

»Wenn schon, denn schon«, erwidert meine Freundin grinsend. »An einem Tag wie diesem muss einfach alles stimmen.«

Während uns die Vorspeise – Spargelsuppe mit Morchelcrostini – gereicht wird, lasse ich meinen Blick über die Gäste schweifen. Die meisten von ihnen kenne ich. Ich freue mich und bin sicher, ich werde den Rest des Tages aus dem Plaudern nicht mehr herauskommen.

Nach dem Dessert – Erdbeercarpaccio an Vanillemousse (der neue Koch vom *Schraders*, der hier heute mit einem Kollegen am Herd steht, hat sich selbst übertroffen) – gehe ich mit Basti im Schlepptau zu Margret hinüber. Bisher hatten wir kaum Gelegenheit miteinander zu sprechen, da sie gestern erst in Berlin angekommen ist, als ich bereits mit Lila, Rob, Basti und Juli nach Kletzin gefahren bin.

Wir umarmen uns stürmisch.

»Wie schön!« Ich bin so glücklich, meine Meisterin wiederzusehen, zumal bei diesem Treffen die Umstände sehr viel angenehmer sind als beim letzten Mal.

»Darf ich euch Joseph vorstellen?«, sagt sie. Ihre Augen strahlen nicht weniger glücklich als die von Lila.

»Seppi«, sagt der Mann an ihrer Seite, der mit Dreitagebart, voller grauer Mähne und einer bayerischen Tracht einem verwegenen Abenteurer aus alten Heimatfilmen nicht ganz unähnlich sieht, mit knarziger Stimme und reicht mir die Hand. Er ist mir sofort sympathisch. »I hob scho viel von dir g'heart.«

»Ich hoffe, nur Gutes!«

Er zwinkert mir lächelnd zu. »G'wiss!«

Margret und ich schlendern Arm in Arm über Vickis Grundstück. Basti und Seppi folgen uns, nachdem sie sich miteinander bekannt gemacht haben.

Wir begrüßen hier den einen, winken dort einem anderen zu. Anschließend bewundern wir den Berg an Geschenken, den die Gäste auf einem Extratisch aufgetürmt haben. Lila und Rob werden mindestens einen kompletten Tag brauchen, um das alles auszupacken und zu bestaunen.

Ich habe eine Überraschung für das Brautpaar vorbereitet und die kommt gerade über den Rasen auf mich zu.

»Darf ich euch Conny vorstellen?«, frage ich Margret und Seppi. »Und ihre Mutter, Katharina Markgraf. Das ist Margret Sonnemann, meine liebe Meisterin und … Freundin.«

Alle schütteln sich freundlich lächelnd die Hände.

Nun nehme ich mir einen Moment Zeit, um Conny anzuschauen. Ich verfalle in ungläubiges Staunen, denn es fällt mir schwer, die junge Frau, die strahlend schön vor mir steht, mit dem abgerissenen Mädchen zusammenzubringen, das vor drei Monaten im Regen vor der Schneiderei hockte.

Conny trägt ein schulterfreies rosa Korsagenkleid. Ihre Haare, aus denen die schwarze und neongrüne Farbe unterdessen vollständig herausgewaschen ist, sind sorgfältig hochgesteckt. Statt zahlreicher Piercings schmückt sie sich nur mit vier blitzenden kleinen Ohrringen. Und einem winzigen Tattoo auf der Schulter, das ich bisher noch nicht gesehen habe, weil es immer von ihrer Kleidung bedeckt war.

Sie bemerkt meinen Blick.

»Kirschblüten«, erklärt sie. »In Japan werden sie als Symbol für Anmut und Standhaftigkeit bezeichnet.«

»Sie passen zu dir«, erwidere ich. »Du siehst wunderschön aus. Und eine Kämpferin bist du ebenfalls.«

Wir nehmen uns gerührt in die Arme.

Ich meine, was ich sage, denn Conny wirkt wie neugeboren, seit sie ihr Leben in den Griff bekommen hat. Lediglich einige langsam verblassende Narben erinnern noch an das, was sie vor Kurzem durchgemacht hat.

Katharina, die neben ihrer Tochter steht, lächelt. »Dann wollen wir an die Arbeit gehen«, sagt sie, ganz die disziplinierte Macherin, die sie nun einmal ist und vermutlich immer bleiben wird.

In diesem Augenblick gesellt sich Ole zu uns. »Ich hab rasch das Auto geparkt«, sagt er, bevor er uns herzlich begrüßt.

»Ich bin ziemlich aufgeregt«, haucht Conny und kuschelt sich an ihn.

»Du schaffst das«, redet Ole ihr gut zu und küsst sie auf die Wange.

Ich kann mir denken, wie Conny zumute ist, und drücke ihr fest die Daumen, denn sie hat sich für heute etwas wirklich Großartiges vorgenommen.

Die Kellner haben unterdessen die Tische vom Mittagsgeschirr befreit. Ich bin selbst ein bisschen zitterig, als ich nun die Bühne betrete und mir das Mikro nehme. »Alle mal herhören!«, rufe ich. »Am besten gleich herkommen. Es gibt nämlich eine Überraschung.«

Lila und Rob stellen sich ganz nach vorn und sehen mich erwartungsvoll an. Die komplette Gästeschar versammelt sich nach und nach raunend vor der Bühne. Außer Basti, Vicki und Daniel ist niemand in meine Überraschung eingeweiht.

»Liebe Lila, lieber Rob!«, beginne ich meine kleine Rede und hoffe, nicht allzu piepsig zu klingen. »Ich habe lange hin und her überlegt, wie ich diesen Tag für euch unvergesslich machen kann. Natürlich weiß ich, dass er das sowieso schon ist. Man heiratet schließlich nur einmal. Also … hey, das hoffe ich jedenfalls.« Ich blicke in lauter lächelnde Gesichter. Mit jedem Wort fühle ich mich sicherer, auch wenn Redenschwingen wohl nie zu meinen Lieblingsbeschäftigungen gehören wird. »Ich glaube fest daran, dass einige Menschen, denen wir im Laufe des Lebens begegnen, uns nicht ohne Grund über den Weg laufen. Ich meine, an den meisten Leuten gehen wir doch einfach vorbei. Nur ganz wenige verändern etwas in uns. Und wir in ihnen. Man kann dieses Zusammentreffen Fügung nennen, Schicksal oder einfach Glück. Meine beiden Lieben, Lila und Rob, ich bin sicher, ihr habt euch getroffen, weil ihr euch treffen musstet. Weil ihr zwei für einander bestimmt seid.«

Lila klatscht in die Hände und wirft mir eine Kusshand zu. »Ich liebe dich«, formen ihren Lippen.

»Und jetzt zur Überraschung«, fahre ich fort, »bevor ich aus Versehen noch allzu philosophisch werde. Wir sind schließlich zum Feiern hier. Ich möchte euch gern jemanden vorstellen, der *mir* begegnet ist. Das Interesse aneinander beruhte zunächst nicht auf Gegenseitigkeit, aber ihr wisst ja, dass ich manchmal ganz schön hartnäckig sein kann. Liebe Conny, ich bin froh und glücklich, dass wir beide uns über den Weg gelaufen sind.«

Gemeinsam mit ihrer Mutter steht Conny vor der Bühne und schaut lächelnd zu mir hoch.

»Darf ich nun meine Freundin Cornelia Markgraf und ihre Mutter Katharina an ihr Instrument bitten!« Ein Raunen geht durch die Menge. Meine Überraschung ist geglückt. Mit einer Pianistin von Weltruhm hat mit Sicherheit keiner der Gäste gerechnet. »Womit nun die Frage geklärt ist, warum ein Flügel mitten im Garten herumsteht.«

Lila hält sich vor Erstaunen eine Hand vor den Mund.

Conny und ihre Mutter stellen sich neben dem eleganten weißen Flügel auf, der auf einer steinernen Plattform inmitten blühender Rosenbüsche prangt.

»Lila und Rob, für all das Glück, das ich euch wünsche, gibt es einfach nicht die geeigneten Worte«, beende ich meine Ansprache. »Ich bin schon immer der Meinung gewesen, dass Musik viel tiefer in unsere Seele dringt, als es Worte je können. Deshalb möchte ich euch beiden jetzt Musik schenken, um euch zu sagen, dass ich euch alles Gute der Welt und noch viel mehr wünsche.«

Ein riesiger Applaus brandet auf, als ich die Bühne verlasse und Mutter und Tochter ihr Konzert am Flügel beginnen. Wir hören ein buntes Potpourri feinster Klaviermusik – Mozart und Bach, aber auch moderne Stücke wie *Scarborough fair* von Simon & Garfunkel und *All you need is love* von den Beatles. Zum Abschluss spielen die beiden vierhändig einige der ungarischen Tänze von Johannes Brahms, und ich muss zugeben, nie zuvor habe ich jemanden so virtuos Klavierspielen hören wie Conny und ihre Mutter. Auch wenn Conny bedingt durch ihre Verletzung keine Weltkarriere mehr bevorsteht, geht ihr Können noch immer weit über das übliche Maß hinaus. Tosender Applaus am Ende des Konzertes beweist, dass nicht nur ich unfassbar beeindruckt bin.

Lila fällt mir um den Hals und nun kullern ihr doch Tränen über die Wangen.

Conny und Katharina halten sich an den Händen und verbeugen sich. Anschließend schlingt die junge Musikerin glücklich ihrem Ole die Arme um den Hals und die beiden lassen sich den Rest des Tages nicht wieder los.

Wohin ich auch blicke, sehe ich glückliche, von Musik verzauberte Menschen. Das ist es, was ich am Leben so unendlich liebe. Es mag eine Achterbahn sein, die manchmal stürmisch mit uns in die Tiefe rauscht, aber fast immer bekommen wir die Chance, zurück nach oben zu gelangen und wieder glücklich zu sein.

Und genau dafür lohnt es sich zu leben.

»Rosa, kommst du?« Eine von Lilas Kolleginnen nimmt meine Hand und zieht mich Richtung Tanzfläche. Seit Stunden ist die Feier in vollem Gange. Wir haben viel gegessen, getrunken, getanzt und gelacht.

»Was ist los?«, frage ich.

»Lila will den Brautstrauß werfen!«

»Ach herrje.«

Keine Ahnung, woher dieser Brauch kommt, er erfreut sich auf jeden Fall großer Beliebtheit. Ungefähr zehn junge Frauen haben sich vor meiner Schwester aufgebaut und warten nun darauf, den hübsch gebundenen Strauß, den sie gleich in die Menge werfen wird, aufzufangen. Lila strahlt.

»Na, dann gucken wir mal, welche von euch als nächste heiraten wird«, ruft sie fröhlich ins Mikrofon.

Während sich die kichernde zukünftige Bräuteschar vor Lila aufbaut, reicht sie das Mikrofon an Rob weiter, dreht uns den Rücken zu und holt aus. Die Band spielt einen Tusch. »Auf die nächste Hochzeit«, quiekt meine Schwester vergnügt und schon fliegt der Strauß genau auf mich zu.

Hat Lila den mit Absicht in meine Richtung geschleudert?

Nein, das glaube ich nicht, und selbst wenn sie es gewollt hätte, wäre ihr das wahrscheinlich nicht gelungen, denn im Werfen war sie schon früher im Sportunterricht eine Niete.

Ach verdammt! Eigentlich war ich nicht scharf auf den Strauß, doch ehe ich auf der Hochzeit meiner Schwester von rosafarbenen Rosen erschlagen werde, breite ich doch lieber die Arme aus und fange ihn auf.

»Rosa«, schreit Lila und klatscht begeistert in die Hände. »Rosa wird die nächste Braut sein!«

Ein stürmischer Applaus brandet auf. Ich drücke die Rosen an meine Brust und versenke meine Nase in den duftenden Blüten, um meine Rührung zu verbergen.

Nachdem ich eine Menge Schulterklopfen, Händeschütteln und Augenzwinkern überstanden habe, kommt Basti auf mich zu.

»Du lieber Himmel«, sage ich lachend und reiche ihm kopfschüttelnd die Blumen. »Das ist wirklich albern.«

»Finde ich nicht«, erwidert Basti, legt den Strauß ab und führt mich auf die Tanzfläche, wo die Band gerade anfängt, *Your song* von Elton John zu spielen.

»Nein?«, hauche ich verblüfft.

»Ich wollte dich sowieso fragen.«

»Du wolltest …«

»Möchtest du mich heiraten, liebste Rosa?«, fragt er und legt seine Hände auf meine Hüften, während ich im liebevollen Blick seiner Augen versinke.

»Das ist nicht dein Ernst«, hauche ich. »Ich meine … Wenn … Also … Wenn du denkst, nur weil ich den Strauß gefangen … und so …«

»Ja oder nein?«

Bevor ich antworten kann, verschließen seine Lippen meinen Mund mit einem zärtlichen Kuss.

»Ja«, antworte ich, als wir uns voneinander lösen, ich glücklich meine Arme um seinen Hals lege und mich an ihn schmiege. »Von ganzem Herzen: Ja!«

ENDE

DANKSAGUNG

Als ich im Jahr 2010 ein Exposé zum *Glückskekssommer* entwarf, ahnte ich nicht, dass ich im Februar 2015 die vier Bände umfassende Rosa-Redlich-Reihe in Händen halten würde.

Fünf Jahre hat mich die liebenswert chaotische Schneiderin aus Berlin begleitet. Was haben wir gelacht, geheult, gelitten und gefeiert.

Viele Leserinnen haben mir geschrieben, dass Rosa eine Freundin für sie geworden ist.

Ganz ehrlich, es geht mir ganz genauso. Wenn ich auf einen Kaffee ins *Schraders* einkehre, erwarte ich beinahe, dass Rosa mit Vicki oder Margret am Nachbartisch sitzt oder mir aus ihrer kleinen Schneiderei zuwinkt.

Natürlich sind Rosa und all die anderen Figuren Produkte meiner Fantasie, dennoch habe ich ihnen viel zu verdanken.

Für den *Glückskekssommer* habe ich meinen ersten Verlagsvertrag erhalten. Ich habe gelernt, dass Romane schreiben Geduld, Zähigkeit und viel Disziplin verlangt. Jedes neue Projekt ist eine große Herausforderung. Und eine große Chance.

Ich danke dem gesamten Team des Gmeiner-Verlags für das Vertrauen und die Unterstützung, insbesondere Katja Ernst, die jedes Manuskript mit Hingabe und Sachkenntnis betreut hat.

Nach der Arbeit kommt bekanntlich das Vergnügen. Und das schenken mir meine wunderbaren Leserinnen, die jeden

Band mit Vorfreude erwarten und deren Feedback mir sehr wichtig ist.

Ihnen allen gilt mein ganz besonderer und von Herzen kommender Dank!

Stellvertretend möchte ich hier Monika Stutzke, Vera Höhne und Monika Schulte erwähnen. Unser Nachmittag auf Rosas Spuren im *Schraders* war ein echtes Highlight für mich.

Für *Kirschblütenfrühling* habe ich eine ganz besondere Recherche unternommen – eine Lamawanderung. Ich danke Anita Selig-Smith von Zadik-Lamas (www.zadik-lamas.de) für diese tolle Erfahrung und die umfassende Beantwortung meiner Fragen. Ich komme wieder!

Besonders herzlich danke ich Anna Mechler, meiner Agentin, für ihre beständige Ermutigung. Sie ist die charmanteste »Antreiberin«, die mir jemals begegnet ist.

Last but not least: meine Familie.

Ohne euch würde ich keinen einzigen Satz aufs Papier kriegen. Ihr seid das Allerbeste in meinem Leben!

KERSTIN HOHLFELD
Herbsttagebuch

978-3-8392-1292-9 (Paperback)
978-3-8392-3905-6 (pdf)
978-3-8392-3904-9 (epub)

»Eine turbulente Dreiecksgeschichte aus dem Herzen Berlins. Leidenschaftliche Liebe, riskante Geheimnisse und prickelnde Spannung inklusive.«

Schneiderin Rosa findet ein uraltes Tagebuch. Es sind die Aufzeichnungen von Augusta von Liesen, einer lange verstorbenen Verwandten ihrer Freundin Vicki. Die Einträge enden rätselhaft und Rosa erfährt, dass Augusta urplötzlich gestorben ist. Sie will unbedingt herausfinden, was damals passiert ist. Zumal die alte Geschichte hochbrisante Auswirkungen auf die Gegenwart hat. Wird es ihr gelingen, das alte Familiengeheimnis aufzuklären und dabei Ordnung in ihr eigenes turbulentes Leben zu bringen?

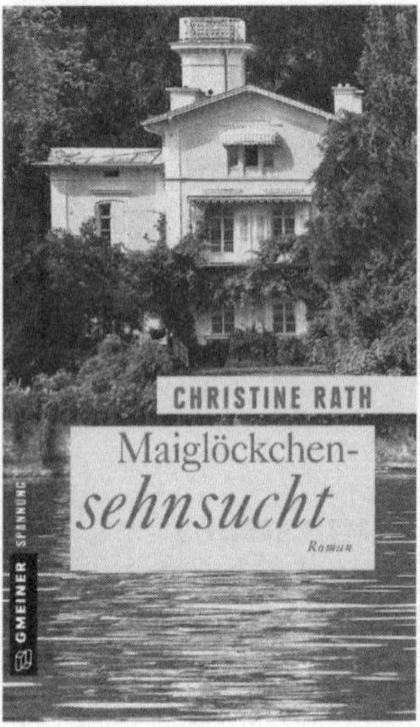

CHRISTINE RATH
Maiglöckchensehnsucht

978-3-8392-1646-0 (Paperback)
978-3-8392-4569-9 (pdf)
978-3-8392-4568-2 (epub)

»Eine berührende und fesselnde Geschichte über eine verbotene Liebe und düstere Geheimnisse am traumhaften Bodensee, die bis zur letzten Seite Spannung verspricht!«

»Für mein Maiglöckchen Lily, in Liebe Hermann« steht auf der alten Spieluhr, die Maja beim Renovieren der geerbten alten Villa am Bodensee, in der sie eine Pension eröffnen will, findet. Was hat die sonderbare Irin Nora damit zu tun, die eines Tages dort auftaucht und behauptet, die rechtmäßige Erbin zu sein? Als auch noch der attraktive Pensionsgast Peter auf mysteriöse Weise ums Leben kommt, wird es Zeit für Kommissar Michael Harter, die Sache in die Hand zu nehmen – und für Maja, um ihre Existenz und ihr Glück zu kämpfen.

BEATE BAUM
Die Ballade von John und Ines

978-3-8392-1642-2 (Paperback)
978-3-8392-4561-3 (pdf)
978-3-8392-4560-6 (epub)

»Ein Krimi, zu dessen Lösung
Paul McCartney persönlich zur Hilfe eilt.«

Ines Behrendt ist glücklich: Die Dresdner Sängerin ist an Paul McCartneys Pop-Uni LIPA angenommen worden, zwischen dem Mitstudenten John Raymond und ihr knistert es, und ausgerechnet in Liverpool wird ihr Beatles-Programm bejubelt. Alles ist perfekt, da wird eines Morgens der Chef des berühmten Cavern-Clubs erschlagen aufgefunden und John verhaftet. Dabei erscheint der deutsche Veranstalter Nicolas Olsen, der aus der Stadt eine Art Beatles-Disneyland machen will, doch sehr viel verdächtiger …

ELINOR BICKS
Lavendelbitter

978-3-8392-1643-9 (Paperback)
978-3-8392-4563-7 (pdf)
978-3-8392-4562-0 (epub)

»Ein packender Garten-Krimi rund um große Gefühle, kleine Hilfsmittel und Rezepte aus Omas Kräuterbuch – auf keinen Fall zum Nachmachen!«

Lore Kukuks Verehrer wird tot aufgefunden. Die Leiche umgibt ein zweifelhafter Ruf und der Geruch nach Lavendel. Die Duftspur führt in ihren Garten auf dem Otzberg, der von Lavendel überwuchert ist. Hinzu kommt, dass eine ganze Reihe toter Männer Lores Weg säumt. Kommissar Roland Otto ist jedoch von ihrer Unschuld überzeugt. Aber ist er wirklich unbefangen? Oder hat Lore ihm mit ihrem Lavendelwein die Sinne vernebelt?

GMEINER SPANNUNG

WWW.GMEINER-VERLAG.DE
Wir machen's spannend

Unser Lesermagazin

2 × jährlich das Neueste aus der Gmeiner-Bibliothek

Das KrimiJournal erhalten Sie in Ihrer Buchhandlung oder unter www.gmeiner-verlag.de

24 x 35 cm, 40 S., farbig; inkl. Büchermagazin »nicht nur« für Frauen und HistoJournal

GmeinerNewsletter

Neues aus der Welt der Gmeiner-Romane

Haben Sie schon unsere GmeinerNewsletter abonniert?

Monatlich erhalten Sie per E-Mail aktuelle Informationen aus der Welt der Krimis, der historischen Romane und der Frauenromane: Buchtipps, Berichte über Autoren und ihre Arbeit, Veranstaltungshinweise, neue Literaturseiten im Internet und interessante Neuigkeiten.

Die Anmeldung zu den GmeinerNewslettern ist ganz einfach. Direkt auf der Homepage des Gmeiner-Verlags (www.gmeiner-verlag.de) finden Sie das entsprechende Anmeldeformular.

Ihre Meinung ist gefragt!

Mitmachen und gewinnen

Wir möchten Ihnen mit unseren Romanen immer beste Unterhaltung bieten. Sie können uns dabei unterstützen, indem Sie uns Ihre Meinung zu den Gmeiner-Romanen sagen! Senden Sie eine E-Mail an gewinnspiel@gmeiner-verlag.de und teilen Sie uns mit, welches Buch Sie gelesen haben und wie es Ihnen gefallen hat. Alle Einsendungen nehmen automatisch am großen Jahresgewinnspiel mit attraktiven Buchpreisen teil.

GMEINER SPANNUNG

WWW.GMEINER-VERLAG.DE

Wir machen's spannend